清·徐釚 撰

詞苑叢談

（一）

中國書店

詳校官助教臣李嶟

臣紀昀覆勘

欽定四庫全書　　集部十

詞苑叢談　　詞曲類 詞話之屬

提要

臣等謹案詞苑叢談十二卷

國朝徐釚撰釚字電發號虹亭吴江人康熙己

未

名試博學宏詞授翰林院檢討是書專輯詞家故實

分體製音韻品藻紀事辨正諧謔外編七門

采摭繁富援據詳明足為論詞者總滙江南通志稱鈍少刻菊莊樂府朝鮮貢使仇元吉見之以金餅購去貽詩曰中朝攜得菊莊詞讀罷烟霞照海湄北宇風流何處是一聲鐵笛起相思則鈍于倚聲一道自早歲即已擅長故于論詞亦具有鑒裁非苟作也惟其閒徵引舊文未盡注其所出同時朱彝尊陳維崧等嘗議之鈍亦自欲補綴而未盡也至紀

事一門半取近事其閒點綴以成佳句標榜以借虛聲者蓋所不免然考世說新語注載裴啟作語林記謝安黃公酒壚事安以為所說不實則敘録同時之事自古已然唐宋人詩話說部此類尤夥則亦非釚之創例矣乾隆四十九年二月恭校上

總纂官臣紀昀臣陸錫熊臣孫士毅

總校官臣陸費墀

欽定四庫全書

詞苑叢談卷一

翰林院檢討徐釚撰

體製

梁武帝江南弄云衆花雜色滿上林舒芳曜彩垂輕陰連手躞蹀舞春心舞春心臨歲腴中人望獨踟躕此絶妙好詞已在清平調菩薩蠻之先矣

沈約六憶詩其三云憶眠時人眠獨未眠解羅不待勸

就枕更須牽復恐旁人見嬌羞在燭前亦詞之濫觴也屈子離騷亦名辭漢武秋風亦名辭詞者詩之餘也然則詞果有合于詩乎曰按其調而知之也殷靁之詩曰殷其雷在南山之陽此三五言調也魚麗之詩曰魚麗于罶鱨鯊此二四言調也還之詩曰遭我乎峱之間兮竝驅從兩肩兮此六七言調也江汜之詩曰不我以不我以此疊句調也東山之詩曰我來自東零雨其濛鸛鳴于垤婦嘆于室此換韻調也行露之詩曰厭浥行露

其二章曰誰謂雀無角此換頭調也凡此煩促相宣短長互用以啟後人協律之原豈非三百篇實祖禰哉藥園閒話

唐人張志和自稱煙波釣徒常作漁歌子一詞極能道漁家之事詞云西塞山前白鷺飛桃花流水鱖魚肥青箬笠綠蓑衣斜風細雨不須歸今樂章一名漁父即此調也西吳記云湖州磁湖鎮道士磯即張志和所謂西塞山前也新唐書云志和字子同始名龜齡十六擢明經肅宗特見賞重因賜名後坐事貶南浦尉不復仕居江湖自稱煙波釣徒著元真子亦以自號每垂釣

不設餌志不在魚也令武昌府志記大冶縣東九十里為道士洑即西塞山塞音澀見水經云壁立千仞東北對黄公九磯故名西塞橫截江流旋渦沸激舟人過之每為失色張耒詩已逢嫵媚散花峽不怕危亡道士磯遂以為即志和所遊西塞山也未知孰是

政和中一中貴人使越州回得詞于古碑陰無名無譜不知何人作也録以進御命大晟府填腔因詞中語賜名魚遊春水詞云秦樓東風裏燕子還來尋舊壘餘寒猶峭紅日薄侵羅綺嫩草方抽碧玉茵媚柳輕拂黄金縷鶯囀上林魚遊春水幾曲闌干遍倚又是一番新桃

李佳人因怪歸遲梅妝淚洗鳳簫聲絶沈孤雁望斷清波無雙鯉雲山萬重寸心千里

藝苑雌黄云寒鴉萬點流水遶孤村之句人皆以為少游自造此語殊不知亦有所本予在臨安見平江梅知録云隋煬帝詩云寒鴉千萬點流水遶孤村少游用此語也又予嘗讀李義山效徐陵體贈更衣云輕寒衣省夜金斗熨沉香乃知少游詞玉籠金斗時熨沉香與夫睡起熨沉香玉腕不勝金斗其語亦有來處

李易安云樂府聲詩並著最盛于唐開元天寶間有李八郎者能歌擅天下時新及第進士開宴曲江榜中一名士先召李易服隱姓名衣冠故敝精神慘怛與同之宴所曰表弟願與坐末衆皆不顧既酒行樂作歌者進時曹元謙念奴嬌為冠歌罷衆皆咨嗟稱賞名士忽指李曰請表弟歌衆皆哂或有怒者及轉喉發聲歌一曲衆皆泣下羅拜曰此李八郎也自後鄭衛之聲日熾流靡之變日繁亦有菩薩蠻春光好莎雞子更漏子浣溪

沙夢江南漁父等詞不可遍也五代干戈斯文道熄獨
江南李氏君臣尚文雅故有小樓吹徹玉笙寒吹縐一
池春水之辭語雖奇甚所謂亡國之音哀以思也逮至
本朝禮樂文武大備又涵養百餘年始有柳屯田永者
變舊聲作新聲出樂章集大得聲稱于世雖協音律而
詞語塵下又有張子野宋子京兄弟沈唐元絳晁次膺
輩繼出雖時時有妙語而破碎何足名家至晏元獻歐
陽永叔蘇子瞻李蔡諸人作為小歌詞直如酌蠡水于

大海然皆句讀不葺之詩爾又往往不協音律者何耶蓋詩文分平仄而歌詞分五音又分五聲又分音律又分清濁輕重且如近世所謂聲聲慢雨中花喜遷鶯既押平聲韻又押入聲韻玉樓春本押平聲韻又押上去聲又押入聲本押仄聲韻如押上聲則協如押入聲則不可歌矣王介甫曾子固文章似西漢若作小歌詞則人必絶倒不可讀也乃知别是一家知之者少後晏叔原賀方回秦少游黄魯直出始能知之又晏苦無鋪叙賀

苦少典重秦即專主情致而少故實譬如貧家美女非不妍麗而終乏富貴黄即尚故實而多疵病如良玉有瑕價自減半矣

賀方回晚景云鶩外紅綃一縷霞淡黄楊柳帶棲鴉玉人和月折梅花笑撚粉香歸繡户半垂羅幕護窻紗東風寒似夜來些其起句本王子安滕王閣賦此子可云善盜賀有姬能詩嘗答賀云獨倚危闌淚滿襟小園春色懶追尋深恩却似丁香結難展芭蕉一寸心句亦可

誦

復齋漫録云方回詞有雁後歸云巧剪合歡羅勝子釵頭春意翩翩艷歌淺笑拜嫣然願郎宜此酒行樂駐華年未至文園多病客幽襟悽斷堪憐舊遊夢挂碧雲邊人歸落雁後思發在花前山谷守當塗方回過焉人日席上作也調本臨江仙山谷以方回用薛道衡詩故易以雁後歸云

苕溪漁隱曰唐初歌詞多是五言詩或七言詩初無長

短句自中葉以後至五代漸變成長短句及本朝則盡

為此體今所存者止瑞鷓鴣小秦王二闋是七言八句

詩并七言絶句詩而已瑞鷓鴣猶依字依歌若小秦王

必須雜以虛聲乃可歌耳其詞曰碧山影裏小紅旗儂

是江南踏浪兒拍手欲嘲山簡醉齊聲爭唱浪婆詞西

興渡口帆初落漁浦山頭日未欹儂送潮回歌底曲樽

前還唱使君詩此瑞鷓鴣也濟南春好雪初晴行到龍

山馬足輕使君莫忘雲溪女時作陽關腸斷聲此小秦

王也皆東坡所作

姜堯章號白石道人善吹簫能自製曲淳熙丙申至日過維揚夜雪初霽薺麥彌望入其城則四顧蕭條寒水自碧暮色漸起戍角悲吟堯章愴然感慨因自度揚州慢一曲云淮左名都竹西佳處解鞍少駐初程過春風十里盡薺麥青青自策馬窺江去後廢池喬木猶厭言兵漸黃昏清角吹寒都在空城杜郎俊賞算如今重到須驚縱荳蔻詞工青樓夢好難賦深情二十四橋仍在

波心蕩冷月無聲念橋邊紅藥年年知為誰生堯章又
嘗載雪詣石湖度新聲兩曲石湖把玩不已使二妓習
之音節諧婉乃命之曰暗香踈影其暗香詞云舊時月
色算幾番照我梅邊吹笛喚起玉人不管清寒與攀摘
何遜而今漸老都忘却春風詞筆但怪得竹外踈花香
冷入瑶席江國正寂寂嘆寄與路遥人雪初積翠尊易
泣紅蕚無言耿相憶長記曾攜手處千樹壓西湖寒碧
又片片吹盡也幾時見得其踈影詞云苔枝綴玉有翠

禽小小技上同宿客裏相逢籬角黃昏無言自倚修竹昭君不慣胡沙遠但暗憶江南江北想佩環月夜歸來化作此花幽獨猶記深宮舊事那人正睡裏飛近蛾綠莫似春風不管盈盈早與安排金屋還教一片隨波去又却怨玉龍哀曲等恁時重覓幽香已入小窗橫幅研北雜志云小紅范成大青衣也有色藝成大請老姜夔詣之一日授簡徵新聲夔製暗香踈影兩曲成大使二妓歌之音節清婉成大尋以小紅贈之其夕大雪過垂虹賦詩曰自喜新詞韻最嬌小紅低唱我吹簫曲終過盡松陵路回首烟波十四橋夔喜自度曲吹洞簫小紅輒歌而和之夔卒于蘇州范挽詩曰所幸小紅方嫁了不

然啼損馬塍花宋時花藥出東西馬塍皆名人葬處燮葬此故云

師師令因張子野所製新詞贈妓李師師得名也詞云

香鈿寶珥拂菱花如水學妝皆道稱時宜粉色有天然春意蜀綵衣裳勝未起縱亂霞垂地都城池苑誇桃李問東風何似不須回扇障清歌唇一點小于花蕊正直殘英和月隊寄此情千里

唐主嘗製小詞云曾宴桃源深洞一曲舞鸞歌鳳長記別伊時和淚出門相送如夢如夢殘月落花煙重此莊

宗自度曲也古今詞話云後唐莊宗修内苑掘得斷碑中有三十二字莊宗使樂工入律歌之名曰宴桃源一名憶仙姿

宋陳亞性滑稽常用藥名作閨情生查子三首其一曰

相思相思子意已深薏苡白紙白芷書難足字字苦參商苦參故

要檀郎讀狼毒分明記得約當歸當歸遠至遠志櫻桃熟何事

菊花時猶未回鄉茴香曲其二曰小院雨餘涼禹餘糧石竹

風生砌羅扇儘從容蓯蓉半夏半夏紗廚睡起來閒坐北亭中

栢葶滴盡珍珠淚為念壻辛勤細辛去折蟾宮桂其三曰浪

蕩去來來躑躅花頻換可惜石榴裙蘭麝香將半琵琶閒後理相思心撥華茇朱絃斷擬續斷朱絃續斷待這冤家面代赭予謂此等詞偶一為之可耳畢竟不雅

韓文公遣興詩斷送一生惟有酒又贈鄭兵曹詩破除萬事無過酒山谷各去其一字作勸酒詞云斷送一生惟有破除萬事無過遠山橫黛蘸秋波不飲傍人笑我花病等閒瘦弱春愁沒處遮攔盃行到手莫留殘不道月斜人散王阮亭曰黃魯直竟作歇後鄭五何哉

庭院深深深幾許楊柳堆煙簾幙無重數金勒雕鞍遊治處樓高不見章臺路雨橫風狂三月暮門掩梨花無計留春住淚眼問花花不語亂紅飛過鞦韆去歐陽修蝶戀花春暮詞也李易安酷愛其語遂用作庭院深深深數闋楊升菴云一句中連三字者如夜夜夜深聞子規又日日日斜空醉歸又更更更漏月明中又樹樹樹梢啼曉鶯皆善疊字也

宋宣和間掘地得石刻一詞唐人作也本無題後人名

之後庭宴云千里故鄉十年華屋亂魂飛過屏山簇眼重眉褪不勝春菱花知我消香玉雙雙燕子歸來應解笑人幽獨斷歌零舞遺恨清江曲萬樹綠低迷一庭紅撲簌

俞仲茅彥爰園詞話曰詞全以調為主調全以字之音為主音有平仄多必不可移者間有可移者仄有上去入多可移者間有必不可移者儻必不可移者任意出入則歌時有棘喉澁舌之病故宋時一調作者多至數

十人如出一吻令人既不解歌而詞家染指不過小令中調尚多以律詩手為之不知孰為音孰為調無怪乎詞之亡也

又曰唐詩三變愈下宋詞殊不然歐蘇黄秦足當高岑王李南渡以後矯矯陡健即不得稱中宋晚宋也惟辛稼軒自度梁肉不勝前哲特出奇險為珍錯供與劉後村輩俱曹洞旁出學者正可欽佩不必反唇併捧心也

周長卿元曰古人好詞即一字未易彈改子瞻緑水人

家遠別本遠作曉為古今詞話所賞愚謂遠字雖平然是實境曉字無歸著試通咏全章便見少游斜陽暮後人妄肆譏評托名山谷淮海集辨之詳矣又有人親在柳州見石刻是斜陽樹樹字甚佳猶未若暮字至苕溪漁隱記者卿贅山彩結結改作綵益佳不知何佳也若子瞻秪繡户秪字改窺則善矣

又曰唐晚五代小令塡詞用韻多詭譎不成文者聊為之可耳不足多法尊前集載唐莊宗歌頭一首為字一

百三十六此長調之祖然不能佳

張芸叟詞云回首夕陽紅盡處應是長安人喜誦之樂天題岳陽樓詩云春岸緑時連夢澤夕波紅處近長安盖芸叟用此換骨也

捫蝨新話王元澤詞曰露晞向曉簾幙風輕小院閒晝翠逕鶯来驚下新紅鋪繡倚危牆舊本一作欄望一作登高樹海棠帶雨胭脂透又因循過了清明時候舊本又因循上有算韶華三字倦遊宴風光滿目好景良辰誰共攜手恨被榆錢買

斷兩眉長皺憶高陽人散後落花流水人一作仍依舊這情懷對東風盡成消瘦調寄倦尋芳慢令曲中簾幙風柔庭幃晝永海棠帶雨胭脂後因循過了清明也等句本諸此

六州歌頭本鼓吹曲也音調悲壯又以古興亡事實之聞之使人慷慨良不與艷詞同科誠可喜也六州得名蓋唐人西邊之州伊州梁州石州甘州渭州氐州也宋人大祀大卹皆用此調明朝大卹則用應天長云

劉公戩 體仁 詞繹曰詞有與古詩同義者瀟瀟雨歇易水之歌也同是天涯麥蘄之詩也又是羊車過也團扇之辭也夜夜岳陽樓中日出當心之志也已失了春風一半鯢居之諷也瓊樓玉宇天問之遺也詞有與古詩同妙者如問甚時同賦三十六陂秋色即灞岸之興也關河冷落殘照當樓即勑勒之歌也危樓雲雨上其下水扶天即明月積雪之句也燕子樓空佳人何在空鎖樓中燕即平生少年之篇也

又曰詞起結最難而結尤難于起盖不欲轉入別調也呼翠袖為君舞倩盈盈翠袖揾英雄淚正是一法然又須結得有不愁明月盡自有夜珠来之妙乃得又曰稼軒盃汝前来毛颖傳也誰共我醉明月恨賦也皆非詞家本色

又曰夜闌更秉燭相對如夢寐叔原則云今宵剩把銀釭照猶恐相逢是夢中此詩與詞之分疆也

又曰中調長調轉換處不欲全脫不欲明粘如畫家開

合之法須一氣而成則神味自足以有意求之不得也

又曰長調最難工蕪累與癡重同忌襯字不可少又忌淺熟

又曰詞中對句正是難處莫認作襯句至五言對句七言對句使觀者不作對疑尤妙

又曰山谷全首以聲字為韻注云效福唐獨木橋體不知何體也然猶上句不用韻至元美道場山則句句皆用山字謂之戲作可也詞中如效醉翁也字效楚詞些

字兮字皆不可無一不可有二至檃括體亦不作可也不獨醉翁如嚼蠟即子瞻改琴詩琵琶字不現畢竟是全首說夢

詞與詩不同詞之語句有兩字四字至七八字者若惟疊實字讀之且不通況付雪兒乎合用虛字呼喚一字如正但任況之類兩字如莫是又還之類三字如更能消最無端之類却要用之得其所

句法中有字面蓋詞中有生硬字用不得須是深加鍛

鍊字字敲折得響歌誦妥溜方為本色語如賀方回吳夢窗皆美于鍊字者多于李長吉溫庭筠詩中来字面亦詞中起眼處不可不留意也

詞要清空不要質實清空則古雅峭拔質實則凝澁晦昧姜白石如野雲孤飛去留無跡吳夢窗如七寶樓臺眩人耳目折碎下来不成片段此清空質實之說又如聲聲慢云檀欒金碧婀娜蓬萊浮雲不蘸芳洲前八字恐亦太澁如唐多令云何處合成愁離人心上秋縱芭

蕉不雨也颼颼此詞便不質實白石如疏影暗香揚州慢一萼紅琵琶仙探春歸淡黃柳等曲不惟清虛又且騷雅讀之使人神魂飛越

沈東江謙曰承詩啓曲者詞也上不可似詩下不可似曲然詩與曲又俱可入詞貴人自運

又曰小調要言短意長忌尖弱中調要骨肉停匀忌平板長調要操縱自如忌粗率能于豪爽中着一二精緻語綿婉中着一二激厲語尤見錯綜

又曰白描不可近俗修飾不得太文生香真色在離即之間不特難知亦難言

又曰僻詞作者少宜渾脫乃近自然常調作者多宜生新斯能振動

又曰小令中調有排蕩之勢者吳彦高之南朝千古傷心事范希文之塞下秋来風景異是也長調極狎昵之情者周美成之衣染鶯黄柳耆卿之晚晴初是也于此足悟偷聲變律之妙

又曰稼軒詞以發揚奮厲爲工至寶釵分桃葉渡一曲昵狎温柔魂銷意盡才人伎倆眞不可測

又曰男中李後主女中李易安極是當行本色作秦少游一向沉吟久大類山谷歸田樂引鏟盡浮詞直抒本色而淺人常以雕繪傲之此等詞極難作然亦不可多作

又曰徐師川門外重重疊疊山遮不斷愁來路歐陽永叔强將離恨倚江樓江水不能流恨去古人語不相襲

又能各見所長

又曰塡詞結句或以動蕩見奇或以迷離稱雋着一實語敗矣康伯可正是銷魂時候也撩亂花飛晏叔原紫騮認得舊遊蹤嘶過畫橋東畔路秦少游放花無語對斜暉此恨誰知深得此法

又曰詞要不亢不卑不觸不悖驀然而來悠然而逝立意貴新設色貴雅構局貴變言情貴含蓄如驕馬弄銜而欲行粲女窺簾而未出得之矣

賀黄公裳詞筌曰詞家多翻詩意入詞雖名流不免吾常愛李後主一斛珠末句云繡牀斜凭嬌無那爛嚼紅絨笑向檀郎唾楊孟載春繡絶句云閒情正在停針處笑嚼紅絨唾碧窻此却翻詞入詩彌子瑕竟效顰于南子

又曰詞雖以險麗為工實不及本色語之妙如李易安眼波纔動被人猜蕭淑蘭去也不教知怕人留戀伊魏夫人為報歸期須及早休誤妾一春閒孫光憲留不得

留得也應無益嚴次山一春不忍上高樓為怕見分攜處
覩此種句覺紅杏枝頭春意鬧尚書安排一個字費許
大氣力
又曰寫景之工者如尹鶚盡日醉尋春歸來月滿身李
重光酒惡時拈花蕊嗅李易安獨抱濃愁無好夢夜闌
猶剪燈花弄劉潛夫貪與蕭郎眉語不知舞錯伊州皆
入神之句
又曰詞雖宜于艷冶亦不可過于纖褻吾極喜康與之

滿庭芳寒夜一闋真所謂樂而不淫且雖填詞小技亦兼詞令議論敘事三者之妙首云霜幙風簾閒齋小戶素蟾初上雕籠寫其節序景物也繼云玉杯醽醁還與可人同古鴨沉煙篆細玉筍破橙橘香濃梳妝懶脂輕粉薄約畧淡眉峯則陳設之濟楚殽核之精良與夫手爪顏色一一如見矣換頭云清新歌幾許低隨慢唱語笑相供道文書針線令夜休攻莫厭蘭膏更繼明朝又紛冗匆匆則不惟以色藝見長宛然慧心女子小窻中

喝喝口角末云酩酊也冠兒未卸先把被兒烘一段溫
存旖旎之致咄咄逼人觀此形容節次必非狹斜曲里
中人又非望宋窺韓者之事真所云真個憐惜也
又曰小詞以含蓄為佳亦有作決絕語而妙者如韋莊
誰家年少足風流妾擬將身嫁與一生休縱被無情棄
不能羞之類是也牛嶠須作一生拚盡君今日歡抑亦
其次柳耆卿衣帶漸寬終不悔為伊消得人憔悴亦即
韋意而氣加婉矣

又曰凡寫迷離之況者止須述景如小窻斜日到芭蕉
半牀斜月疎鐘後不言愁而愁自見因思韓致光空樓
雁一聲遠屏燈半滅已足色悲涼何必又贅眉山正愁
絕耶覺首篇時復見殘燈和煙墜金穗如此結句更自
含情無限

毛稚黃先舒曰李易安春情清露晨流新桐初引用世
說全句渾妙嘗論詞貴開宕不欲沾滯忽悲忽喜乍遠
乍近所為妙耳如遊樂詞徵須著愁思方不癡肥李春

情詞本閨怨結云多少遊春意更看今日晴未忽爾開拓不但不為題束併不為本意所苦直如行雲舒卷自如人不覺耳

又曰前半泛寫後半專叙盛宋詞人多此法如子瞻賀新凉後叚只說榴花卜算子後叚只說鳴雁周清真寒食詞後叚只說邂逅乃更意長

又曰藝苑巵言云塡詞小技尤為謹嚴夫詞宜可自放而元美乃云謹嚴知詞故難作作詞亦未易也柴虎臣

云指取温柔詞歸蘊藉暱而閨帷勿浸而巷曲浸而巷曲勿墮而邞鄙又云語境則咸陽古道汴水長流語事則赤壁周郎江州司馬語景則岸草平沙曉風殘月語情則紅雨飛愁黄花比瘦可謂雅暢

彭羨門孫遹曰作詞必先選料大約用古人之事則取其新僻而去其陳因用古人之語則取其清雋而去其平實用古人之字則取其鮮麗而去其淺俗不可不知也

董文友蓉渡詞話曰嚴給事與僕論詞云近日詩餘好亦似曲僕謂詞與詩曲界限甚分似曲不可似詩仍復不佳譬如擬六朝文落唐音固卑侵漢調亦覺傖父

鄒程村祇謨詞衷曰今人作詩餘多據張南湖詩餘圖譜及程明善嘯餘譜二書南湖譜平仄差核而用黑白及半黑半白圈以分別之不無魚豕之訛且載調太略如粉蝶兒與惜奴嬌本係兩體但字數稍同及起句相似遂誤為一體恐亦未安至嘯餘譜則舛誤益甚如念

奴嬌之與無俗念百字謠大江乘賀新郎之與金縷曲金人捧露盤之與上西平本一體也而分載數體燕臺春之即燕春臺大江乘之即大江東秋霽之即春霽棘影之與疎影本無異名也而誤仍訛字或列數體或逸本名甚至錯亂句讀增減字數而強綴標目妄分韻脚又如千年調六州歌頭陽關引帝臺春之類句數率皆淆亂成譜如是學者奉為金科玉律何以迄無駁正者耶

又曰俞少卿云郎仁寶瑛謂塡詞名同而文有多寡音有平仄各異者甚多悉無書可証然三人占則從二人取多者証之可矣所引康伯可之應天長葉少藴之念奴嬌俱有兩首不獨文稍異而多寡懸殊則傳流抄錄之誤也樂章集中尤多其他往往平仄稍異者亦多吾向謂間亦有可移者此類是也又云有二句合作一句一句分作二句者字數不差妙在歌者上下縱橫所協此自確論子瞻塡長調多用此法他人即不爾至于花

間集同一調名而人各一體如荷葉杯訴衷情之類至河傳酒泉子等尤甚當時何不另創一名耶殊不可曉愚按此等處近譜俱無定例作詞者既用其體即于本題註明亦可

俞少卿云花間集内三十二調草堂諸本所無尊前集僅當花間三之一而草堂所無者二十八調内八調與花間同餘又皆花間所無有喜遷鶯應天長三臺名與草堂同而詞絶不同又有調同而名異者憶仙姿即如夢令羅敷豔

歌即醜奴兒令又有調同而微不同者瀟湘神赤棗子之于搗練子一斛珠之于醉落魄餘叵殫述大抵一調之始隨人遣詞命名初無定準致有紛拏至花草粹篇異體怪目渺不可極或一調而名多至十數殊厭披覽後世有述則吾不知愚按此類宋詞極多張宗瑞詞一卷悉易新名近来名人亦間效此余選悉從舊名而詳為考註庶使觀者披卷曉然耳又曰阮亭常云詞選須從舊名如本草誌藥一種數名必好稱新目無裨方理徒惑觀聽愚謂好用舊譜之改

稱者如本草中之別名也又有自立新名按其詞則楞然無有者如清異錄中藥名好奇妄撰者也然間有古名無謂而偶易佳名者如用修易六醜為箇儂阮亭易秋思耗為畫屏秋色但就本詞稱之亦不妨小作狡獪又曰詞有一體而數名者亦有數體而一名者詮敘字數不無次第參錯其一二字之間在于作者研詳綜變譜中譜外多取唐宋人本詞較合便得指南張世文謝天瑞徐伯魯程明善等前後增損繁簡俱未盡善沈天

羽謂花間無定體不必泒入體中但就河傳酒泉子諸調言耳要非定論前人著令後人為律必謂花間無定體草堂始有定體則作小令者何不短長任意耶郎中虎賁吾善予俞光禄之言耳

又曰詞之歌調既已失傳而後人製調創名者亦復不乏如用修之落燈風欵殘紅元美之小諾臯怨朱絃緯真之水慢聲裂石青江仲茅之美人歸仲醇之闌干拍以及支機集之琅天樂天台宴等類不識比之樂章大

聲諸集輒叶律與否文人偶一為之可也又曰宋人諸體亦有不可驟解者如蘇長公之皂羅特髻(中調)連用七采菱拾翠字程書舟之四代好(長調)連用八好字劉龍洲之四犯剪梅花(長調)中犯解連環醉蓬萊(二段)雪獅兒等體又如柳屯田樂章集中如傾盃塞孤祭天神諸長調俱不分換頭凡此等類未易縷析龍洲之四犯想即如南北曲之有二犯三犯耶或後人所增如劉煇之嫁名歐陽未可知也

又曰調名原起之説起于楊用修及都元敬而沈天羽掩楊論爲己説如蝶戀花取梁元帝翻堦蛺蝶戀花情滿庭芳取吳融滿庭芳草易黄昏點絳脣取江淹白雪凝瓊貌明珠點絳脣鷓鴣天取鄭嵎春遊雞鹿塞家在鷓鴣天惜餘春取太白賦語浣溪紗取杜陵詩意青玉案取四愁詩語踏莎行取韓翃詩踏莎行草過青溪西江月取衛萬詩只今惟有西江月菩薩蠻西域婦髻也蘇幕遮（高昌女子所戴油帽）西域婦帽也尉遲杯尉遲敬德飲酒

必用大杯也蘭陵王每入陣必先歌其勇也生查子古槎字張騫乘槎事也瀟湘逢故人柳渾詩句也此升菴詞品也（即沈天羽所載疏名）又如滿庭芳取柳柳州滿庭芳草積玉樓春取白樂天詩玉樓宴罷醉和春丁香結取古詩丁香結恨新霜葉飛取杜詩清霜洞庭葉故欲別時飛清都宴取沈隱侯朝上閶闔宮夜宴清都闕又云風流子出文選劉良文選註曰風流言其風美之聲流于天下子者男子之通稱也荔枝香出唐書貴妃生日命小

部奏新曲未有名適進荔枝至因名荔枝香解語花出天寶遺事亦明皇稱貴妃語解連環出莊子連環可解也華胥引出列子黄帝晝寢夢遊華胥之國如塞垣春塞垣二字出後漢書鮮卑傳玉燭新玉燭二字出爾雅此元敬南濠詩話也卓珂月又云多麗張均妓名善琵琶者也念奴嬌唐明皇宫人念奴也愚按宋人詞調不下千餘新度者即本詞取句命名餘俱按譜填綴若一一推鑿何能盡符原指安知昔人最始命名者其原詞

不已失傳乎且僻調甚多安能一一傳會載籍自命稽
古學者寧失闕疑毋使後人徒資彈射可耳
又曰胡元瑞筆叢駁用修處最多其辨詞調尤極覶縷
如辨詞名之本詩者點絳脣青玉案等楊說或協餘俱
偶合未必盡自詩中滿庭芳草易黄昏唐人本形容凄
寂詞名滿庭芳豈應出此生查子謂查即古槎字合之
博望意義不通菩薩蠻謂蠻國之人危髻金冠瓔珞被
體故名非專指婦髻也蘭陵王入陣曲見北齊史尉遲

大杯正史無考乃誤認元人雜劇鷓鴣天謂本鄭嵎詩則雞鹿塞當入何調曲中有黃鶯兒水底魚鬬鵪鶉混江龍等又本何調耶元瑞此論可謂詞品董狐矣愚按用修元敬俱號綜博而過于求新作好遂多瑕漏如一滿庭芳而用修謂本吳融元敬謂本柳州果何所原起歟風流子二字一解尤為可笑詞中如贊浦子竹馬子之類極多亦男子通稱耶則兒字又屬何解荔枝香解語花與安公子等類相近似乎可据若連環華胥本之莊

列塞垣玉燭本之後漢書爾雅遥遥華胄探河宿海毋乃太遠此俱穿鑿附會之過也然元瑞考據精詳而于詞理未盡研涉毛馳黄詩辨詆駁胡元瑞云詞人以所長入詩其七言律非平韻玉樓春則襯字鷓鴣天而玉樓春無平韻者鷓鴣天無襯字者是不知有瑞鷓鴣而以臆説附會也此數調本在眉睫而持論或誤信乎博而且精之為難矣　愚又按詞品序中云唐七言律即詞之瑞鷓鴣也七言仄韻即詞之玉樓春也胡豈不知

而臆辭若此豈有意避楊語或下筆之偶誤耶又曰詞品云唐詞多録題所賦臨江仙則言水仙女冠子則述道情河瀆神則縁祠廟巫山一段雲則狀巫峽醉公子則咏公子醉也胡元瑞藝林學山云譜詞所咏因即詞名然詞家亦間如此不盡泥也菩薩蠻稱唐世諸調之祖昔人著作最衆乃無一曲與詞名相合餘可類推猶樂府然題即詞曲之名也聲調即詞曲音節也宋人塡詞絶唱如流水孤村曉風殘月等篇皆與調名

了不關涉而王晉卿人月圓謝無逸漁家傲殊碌碌無
聞則樂府所重在調不在題明矣愚按此論楊固太泥
胡亦未盡通方也大率古人由詞而製調故命名多屬
本意後人因調而填詞故賦寄率離原詞曰填曰寄通
用可知宋人如黄鶯兒之咏鶯迎新春之咏春月下笛
之咏笛暗香踈影之咏梅粉蝶兒之咏蝶如此之類其
傳者不勝屈指然工拙之故原不在是近人偶爾引用
巧不累雅若藉是名工所謂竇中窺日未見全照耳

又曰沈天羽云詞名多本樂府然去樂府遠矣南北劇名又本填詞然去填詞更遠為按南北劇與填詞同者青杏兒中調即北劇小石調憶王孫小令即北劇仙吕調小令之搗練子生查子點絳脣霜天曉角卜算子謁金門憶秦娥海棠春秋蘂香燕歸梁浪淘沙鷓鴣天虞美人步蟾宮鵲橋仙夜行船梅花引中調之唐多令一剪梅破陣子行香子青玉案天仙子傳言玉女風入松剔銀燈祝英臺近滿路花戀芳春意難忘長調之滿江紅尾

犯滿庭芳燭影摇紅絳都春念奴嬌高陽臺喜遷鶯東風第一枝真珠簾齊天樂二郎神花心動寶鼎現皆南劇之引子小令之柳稍寄賀聖朝中調之醉春風紅林檎近驀山溪長調之聲聲慢八聲甘州桂枝香永遇樂解連環沁園春賀新郎集賢賓哨遍皆南劇慢詞外此鮮有相同者更有南北曲與詩餘同名而調實不同者又不能盡數胡元瑞云宋人黄鶯兒桂枝香二郎神高陽臺好事近醉花陰八聲甘州之類與元人毫無相似

若菩薩蠻西江月鷓鴣天一剪梅元人雖用悉不可按腔矣愚按此等九宫譜中悉載然有全體俱似者又有不用換頭者至詞曲之界本有畦畛不得謂調同而詞意悉同竟至儒墨無辨也

又曰小調換頭長調多不換頭間如小梅花江南春諸調凡換韻者多非正體不足取法

又曰張玉田謂詞不宜和韻盖詞語句參錯復格以成韻支分驅染欲合得離能如李長沙所謂善用韻者雖

和猶如自作乃妙近則香嚴諸集半用宋韻阮亭稱其
與和杜諸作同為天才不可學其餘名手多喜為此如
和坡公楊花諸闋各出新意篇篇可誦但不可如方千
里之和片玉張杞之和花間首首强叶縱極肖能如新
豐雞犬盡得故處乎
又曰咏物固不可不似尤忌刻意太似取形不如取神
用事不若用意
又曰詞有檃括體有迴文體迴文之就句迴者自東坡

晦菴始也其通體迴者自義仍始也近來公阮文友有一首迴作兩調者文人慧筆曲生狡獪此中故有三昧匪徒乞靈竇家餘巧耳

又曰詞之紇那曲長相思五言絕句也俱載尊前集上柳枝竹枝清平調引小秦王陽關曲八拍蠻浪淘沙七言絕句也阿那曲雞叫子仄韻七言絕句也花間集多收諸體瑞鷓鴣七言律詩也載草堂集中款殘紅五言古詩也楊用修體體裁易混徽選實繁故當稍别之以存詩詞之辨又曰張南湖

詩餘圖譜於詞學失傳之日創為譜系有蓽路藍縷之功愚山詩選云南湖少從西樓王氏遊刻意填詞必求合某宮某調某調第幾聲其聲出入第幾犯抗墜圓美必求合作則此言似屬溢論大約南湖所載俱係習見諸體一按字數多寡韻腳平仄而于音律之學尚隔一塵試觀柳永樂章集中有同一體而分大石歇指諸調按之平仄亦復無別此理近人原無見解亦如公甗所言徐六擔板耳

王阮亭士禎曰近日雲間作者論詞有云五季猶有唐風入宋便開元曲故嵩意小令冀復古音屏去宋調庶防流失僕謂此論雖高殊屬孟浪廢宋詞而宗唐廢唐詩而宗漢魏廢唐宋大家之文而宗秦漢然則古今文章一畫足矣不必三墳八索至六經三史不幾贅疣乎又云或問詩詞曲分界予曰無可奈何花落去似曾相識燕歸來定非香奩詩良辰美景奈何天賞心樂事誰家院定非草堂詞也

詞有定名即有定格其字數多寡平仄韻脚較然中有參差不同者一曰襯字文義偶不聯暢用一二字襯之密按其音節虛實間正文自在如南北劇這字那字正字個字卻字之類從來詞本即無分别不可不知一曰宮調所謂黄鐘宮仙呂宮無射宮中呂宮正宮仙呂調歇指調高平調大石調小石調正平調越調商調也詞有同名而所入之宮調異字數多寡亦因之異者如北劇黄鐘水仙子與雙調水仙子異南劇越調過曲小桃

紅與正宮過曲小桃紅異之類一曰體製唐人長短句皆小令耳後演為中調為長調一名而有小令復有中調有長調或系之以犯以近以慢別之如南北劇名犯名賺名破之類又有字數多寡同而所入之宫調異名亦因之異者如玉樓春與木蘭花同而以木蘭花歌之即入大石調之類又有名異而字數多寡則同如蝶戀花一名鳳棲梧鵲橋枝如念奴嬌一名百字令酹江月大江東去之類不能殫述矣

東坡賀新涼詞乳燕飛華屋云云後段石榴半吐紅巾蹙以下皆咏榴卜算子缺月挂疎桐云云縹緲孤鴻影以下皆説鴻别一格也

調中用事最難要緊着題融化不澀如東坡永遇樂云燕子樓空佳人何在空鎖樓中燕用張建封事白石疎影云猶記深宫舊事那人正睡裏飛近蛾緑用壽陽事又云昭君不慣胡沙遠但暗憶江南江北想環佩月下歸来化作梅花幽獨用少陵詩此皆用事不為所使

李氏晏氏父子耆卿子野美成少游易安至矣詞之正宗也温韋艷而促黄九精而刻長公驟而壯幼安辨而奇又其次也詞之變體也詞體大畧有二一體婉約一體豪放婉約者欲其詞調藴藉豪放者欲其氣象恢宏然亦存乎其人如秦少游之作多是婉約蘇子瞻之作多是豪放大約詞體以婉約為正故東坡稱少游為今之詞手後山評東坡如教坊雷大使舞雖極天下之工要非本色

袁籜菴曰詞有三法章法句法字法有此三者方可稱詞噫難言矣

王西樵士禄曰菩薩蠻迴文有二體有首尾迴環者如邱瓊山秋思湯臨川織錦是也有逐句轉換者如蘇子瞻閨思王元美別思是也然逐句難于通首近時惟丁葯園擅此體今録其一篇云下簾低喚郎知也也知郎喚低簾下来到莫疑猜猜疑莫到来道儂隨處好好處隨儂道書寄待何如如何待寄書

菊莊偶筆曰蘭陵董文友望梅一調以七字為韻詞云奴年兩七比陶家八八李家七七風情仙韻知難並自思量可及十分之七郤似天孫幾望斷新秋初七正閒看北斗遥掛闌干雲邊橫七空有琴絲五七更詞名八六歌名一七奈唱回殘月曉風難説與韋曲才人柳七簡點春風已花信令番六七怕年華都似頃刻開花殷七雖具慧心巧舌然此體亦不必效顰也

尤悔菴侗曰詞名斷宜從舊其更名者乃摘前人詞中

句為之如東坡念奴嬌赤壁詞首云大江東去末云一杯還酹江月令人竟改念奴嬌為大江東去又名酹江月又名赤壁詞如此則有一詞即有一詞名千百不能盡矣後人訛大江東為大江乘更可笑舉一以例其餘

詞苑叢談卷一

詞苑叢談卷二

翰林院檢討徐釚撰

音韻

沈氏詞韻畧

沈謙去矜著毛先舒稚黃括畧并註

東董韻平上去三聲 先舒按填詞之韻大畧平聲獨押上去通押然間有三聲通押者如西江月少年心之類故沈氏於每部韻俱總統三聲而中又明分平仄凡十四部至于入聲無與平上去通押之法故後又别為五部云又按唐人作詞多從詩韻宋詞亦有謹守詩韻不旁通者葢用韻自惡流濫不嫌謹

嚴
也

平一東二冬通用東冬即今詩韻後俱倣此仄上一董二腫去一送二宋通用

江講韻平上去三聲

平三江七陽通用仄上三講二十二養去三絳二十三漾通用

支紙韻平上去三聲

平四支五微八齊十灰半通用十灰半如回梅催杯之類仄上四紙

五尾八薺十灰半去四寘五味八霽九泰半十隊半通用十賄半如悔蕾腿餒之類九泰半如沛會最沫之類十隊半如妹碎廢吠之類

魚語韻平上去三聲

平六魚七虞通用仄上六語七麌去六御七遇通用

街蟹韻平上去三聲街屬九佳因佳字入麻故用街字作領韻而括畧仍稱九佳半者本其舊也

平九佳半十灰半通用九佳半如鞋牌乖懷之類十灰半如開才來猜之類仄上九蟹半十賄半去九泰半十隊半通用九蟹半如買駭之類十賄半如

海宰改采之類九泰半如奈蔡責怪之類十隊半如代再賽在之類

真軫韻平上去三聲

平十一真十二文十三元半通用十三元半如䰟昆門尊之類仄上十一軫十二吻十三元半去十一震十二問十三願半通用十三阮半如忖本損狠之類十三願半如頓遜嫩恨類

元阮韻平上去三聲

平十三元半十四寒十五刪一先通用十三元半如袁煩暄鴛之類

仄上十三阮半十四旱十五潸十六銑去十三願半十

四翰十五諫十六霰通用十三阮半如遠蹇晚反之類十四願半如怨販飯建之類

蕭篠嘯平上去三聲

平二蕭三肴四豪通用仄上十七篠十八巧十九晧去十七嘯十八效十九號通用

歌哿韻平上去三聲

平五歌獨用仄上九蟹半二十哿去二十箇通用九蟹半如

夥類

佳馬韻平上去三聲

平九佳半六麻通用九佳半如媧蛙查义之類仄上九蟹半二十一馬去九泰半二十一禡通用九蟹半如罷之類九泰半如卦話之類

庚梗韻平上去三聲

平八庚九青十蒸通用仄上二十三梗二十四迥二十五拯去二十三映二十四徑二十五證通用

尤有韻平上去三聲

平十一尤獨用仄上二十六有去二十六宥通用

侵寑韻平上去三聲

平十二侵獨用仄上二十七寢去二十七沁通用

覃感韻平上去三聲

平十二覃十四鹽十五咸通用仄上二十八感二十九琰三十豏去二十八勘二十九豔三十陷通用

屋沃韻入聲

仄一屋二沃通用

覺藥韻入聲

仄三覺十藥通用

質陌韻入聲

仄四質十一陌十二錫十三職十四緝通用

物月韻入聲

仄五物六月七曷八黠九屑十六葉通用

合洽韻入聲

仄十五合十七洽通用

先舒按此本是括畧末暇條悉然作者先具詩韻而用此譜按之亦可以無謬矣但沈氏著此譜取証古詞考据甚博然詳而反約唯以名手雅篇灼然無槩者為準至于濫通取便者古來自多不為訓也

毛稚黄先舒曰去矜手輯詞韻一編旁羅曲證尤極精
確謂近古無詞韻周德清所編曲韻也故以入聲作平
上去者約什二三而支思單用唐宋諸詞家槩無是例
謝天瑞暨胡文煥所録韻雖稍取正韻附益之而終乖
古奏索宋元舊本又渺不可得於是博攷舊詞裁成獨
斷使古近臚列作者知趨衆著為令且同畫一焉
又曰予讀有宋諸公作雖雅號名家篇盈什百若秦觀
秋閨幔暗累押仲淹懷舊外淚莫辨邦彥美人心雲並

陳少隱禁煙南天雜押棄疾諸作歌麻通用李景春恨詞本支紙韻而中闌入來字其他故未易闔數故知當時便已縱逸徒以世無通韻之人故傳譌迄今莫能彈射而謭才劣手若于按譜更利其疎漏借以自文其為流禍可勝道哉則去矜此書不徒開絕學於將來且上訂數百年之謬矣然卒讀之際亦間有牴牾予為附注數條比於賈孔疏經之例焉

毛稚黃詞韻說云去矜詞韻例取范希文蘇幕遮詞地

外二字相叶又取蔣勝欲探春令詞處翅住指四字相叶疑於支紙魚語佳蟹三部韻可以互通先舒按宋詞此類僅見數首如辛棄疾南歌子新開河詞本佳蟹韻而起韻用時字歐陽修踏莎行離别詞本支紙韻而末韻用外字姜夔踈影咏梅詞本屋沃韻而中用北字柳耆卿送征衣詞本江講韻而末用遥字當是古人誤處未宜遽用為例又如棄疾滿江紅咏春晚詞十七篠與二十六有合用此獨毛詩有其法如陳風月出皎皓糾

劉受相叶豳風四之日其蚤獻羔祭韭之類及他書僅見數條然止數字未必全韻俱通也又在騷賦則宜施之塡詞尤屬創異盖宋詞多有越韻者至南渡尤甚此如李杜諸詩間有雜韻晚唐律體首句出韻古人墮法護前類復爾爾未足遽以為式也

又云沈氏詞韻按云古詩韻五歌可以通六麻十一尤可以通六魚七虞于塡詞則未嘗見豈敢泥古而誤今耶若夫十二侵之通真文庚青蒸則詩詞並見合并故

從之又引古樂府嬌女詩北遊臨河海遥望中菰菱芙蓉發盛華淥水清且澄絃歌奏音節髣髴有餘音及毛澤民于飛樂詞雲驚瓶心膺相叶作据先舒按歌麻二韻魚虞尤三韻古詩騷樂府俱通而相和曲陌上桑張華輕薄篇尤爲可徵至侵韻單用在古亦嚴即毛詩楚辭止數字叶入如綠衣鼓鐘之末章涉江欵秋冬之緒風邱余車兮方林之類而真文合韻庚青合韻漢魏以來自多十蒸間通庚青自晉後亦頗單叶尤可異者此

韻校庚青聲吻亦不甚差别六經中若螽斯天保無羊
繁霜等章以及易升其高陵三歲不興記從善如登從
惡如崩皆瞎同沈韻一字不譌足徵此韻在古嚴其通
入者不過數字耳槩之他字未必盡通大畧古詩辭真
文自為一韻庚青自為一韻侵自為一韻蒸則自為一
韻而稍離合于庚青之閒今詞韻以蒸合庚青又以歌
麻互通魚虞尤互通正可施于古詩而不可施于塡詞
其說當已至于侵與真文庚青蒸諸韻不但古當愼之

填詞亦未宜遽通也又真文之於庚青蒸宋代名手作詞亦多區别去矜云云此但舉一隅未為通訓予故備論其全云

又云詩韻唯孫愐唐韻一書稽載詳明考韻者當據為正如灰韻一部中亦自别而孫本臚分最清楚如回枚之類自以灰字領韻為一段開哀之類自以咍字領韻為一段又如元韻一部中亦自别孫本如袁煩之類以元字領韻為一段昆門之類以魂字領韻為一段又如

隊韻一部中亦自别孫本如佩妹之類以隊字領韻為一段賽戴之類以代字領韻為一段織吠之類以廢字領韻為一段今詞韻有其韻半通之例覽者但按孫氏本而攷之亦庶幾矣

又云古韻之差等有三今韻之差等有四古韻自上世以及先秦其韻最疎而最純此一等也漢魏用韻稍密而駁此一等也晉宋齊梁之間韻益密而亦漸雜此一等也是古韻之差等三也自唐而下則一百六韻之較

然此一等也宋人填詞韻漸疎而駁此一等也元北曲韻密矣而實偏故四聲不備此一等也明南曲韻雅駁間出而畧在宋詞元曲之間有如四聲咸備此宋韻也如韻有車遮此元韻也此一等也所謂今韻之差等四也

又云沈約韻雖有其書世實未嘗遵用之今之所遵唐孫愐韻一名唐禮部韻非沈氏韻也蓋沈氏之韻最為煩苛總四聲凡分二百零六部唐人因而合之為一百七部曰

唐韻陳州司馬孫愐差次之今所遵承皆是物也若沈氏則廢閣久矣豈惟唐人為然即梁陳隋人亦未嘗用之也劉孝威行行且遊獵篇陽唐合美陰鏗新成安樂宫庆咍合矣王眘七夕詩歌戈合矣不假多証聊舉明之耳且豈徒梁陳隋人乎即約亦不能自証之其昭君詞歌與戈合者也酬謝宣城朓詩元與魂合者也新安江詩真與諄合者也故曰沈約雖有其書實未嘗有遵用之者也若孫愐唐韻凡一百一十四部而今考唐詩

用韻止一百七部是唐人作詩止取裁于一百七部恆韻雖多其七時人亦未嘗肯遵之至於中晚用韻漸雜而詞韻閑矣是李唐一代之中韻亦遞變甚矣文人之吻不易畫一而韻學之難齊如此

又云古韻之差等殆不可分故柴紹炳渾一之爲柴氏韻通近體韻則梁有沈韻唐有唐韻宋有中州音韻塡詞則有沈氏詞韻北曲則元有中原音韻周德清作明有洪武正韻宋濂諸臣撰先舒謹原洪武正韻而撰南曲正韻明

吳人范善溱又撰中州全韻臞仙撰瓊林雅韻然梁沈
韻宋中州音韻明洪武正韻中州全韻瓊林雅韻世有
其書而詩詞曲諸家多不承用
毛氏聲音韻統論曰夫人欲明韻理者先須曉識聲音
韻三說葢一字之成必有首有腹有尾聲者出聲也是
字之首孟子云金聲而玉振之聲之為名葢始事也音
者度音也是字之腹字至成音而其字始正矣韻者收
韻也是字之尾故曰餘韻然三者之中韻居其殿而最

為要凡字之有韻如水之趨海其勢始定如畫之點睛
其神始完故古來律學之士於聲與音固未嘗置于弗
講而唯審韻尤兢兢所以沈約孫愐而下所著之書即
聲音之理未嘗弗貫而耑以韻名書也然韻理精微而
法頗苛又古今詩騷詞曲體製不同因造損益相沿亦
異擬為指示益增眩惑今余姑以唐人詩韻為準而約
以六條簡之有以統韻之繁精之有以悉韻之變標位
明白庶便通曉一曰穿鼻二曰展輔三曰斂脣四曰抵

齶五曰直喉六曰閉口穿鼻者口中得字之後其音必更穿鼻而出作收韻也東冬江陽庚青蒸七韻是也展輔者口之兩旁角為輔凡字出口之後必展開兩輔如笑狀作收韻也支微齊佳灰五韻是也斂脣者口半啓半開聚斂其脣作收韻也魚虞蕭肴豪尤六韻是也抵齶者其字將終時以舌抵著上齶作收韻也真文元寒删先六韻是也直喉者收韻直如本音者也歌麻二韻是也閉口者却閉其口作收韻也侵覃鹽咸四韻是也

凡三十平聲已盡於此上去即可緣是推之唯入聲有異余别著唐人四聲表以鈎稽之斯理盡矣凡是六條其本條之内往往可通出其外者即不相借假或有通者必竟作别讀迺相通耳古今韻學離合遞變原其大畧不外于斯能緣是六條極求精詣一貫之悟於是乎在夫自有生人即有此道元音既散舛譌實多余故畧繁舉最以相覺悟金石或泐斯談不渝謂予弗信請質諸神聱云

毛氏七聲畧例云陰平陽平上聲陰去陽去陰入陽入之七聲其音易曉而鮮成譜周德清但分平聲陰陽范善溱中州全韻兼分去入而作者不甚承用故鮮見之予今畧舉其例每部以四字為準諧聲尋理連類可通初涉之士庶無迷謬計凡七部惟上聲無陰陽云敘次先陰而後陽亦姑襲周氏之舊爾

陰平聲　种該箋腰　陽平聲　蓬陪全潮

上聲　無陰陽

陰去聲　貢玠霰釣　陽去聲　鳳賣電廟
陰入聲　穀七妾鴨　陽入聲　孰亦蓺鑞
鄒程村詞韻衷云阮亭嘗與予論韻謂周挺齋中原音韻為曲韻則范善溱中州全韻當為詞韻至洪武正韻斟酌諸書而成其於詩韻有獨用併為通用者東冬清青之屬有一韻析為二韻者虞模麻遮之屬如冬鐘併入東韻江併入陽韻挑出元字等入先韻𦐇字殘字等入刪韻俱於宋詞暗合填詞者所當援据議極簡核但愚按中州之比

中原止省陰陽之别及所收字微寬耳其減入聲作三聲及分車遮等韻則一本中原尚與詞韻有别即阮亭舊作如南鄉子卜算子念奴嬌賀新郎諸闋所用魚模仄韻有將入聲轉叶者俱用中州韻故耳撲諸宋人韻脚所拘借用一二亦轉本音竟爾通叶昔人少靚至毛氏南曲韻十九則乃全依正韻分部而又云沈氏詞韻中原音韻可以參用大約詞韻寬于詩韻合諸書參伍以盡變則瞭如指掌矣

沈天羽云曲韻近於詞韻而支紙寘上下分作支思齊微兩韻麻馬禡上下分作家麻車遮兩韻及減去入聲故曲韻不可為詞韻胡文煥詞韻三聲用曲韻而入聲用詩韻居然大盲將詞韻不亡於無而亡於有深可嘆也今有去矜詞韻考據該洽部分秩如可為填詞之指南但內中如支紙佳蟹二部與周韻齊微皆來近元阮一部與周韻寒山桓歡先天殊周韻平上去聲十九部而沈韻平上去聲止十四部故通用處較寬然四支竟

全通十灰半元寒删先全通用雖宋詞蘇柳閒然畢竟稍濫不如周韻之有别且上去二聲宋詞上如紙尾語御薺去如寘未遇御霽多有通用近詞亦然而平韻如支微魚虞齊則斷無合理似又未能槩以平貫去入蓋詞韻本無蕭畫作者遽難曹隨分合之間辨極銖黍茍能多引古籍參以神明源流自見

宋人詞韻有通用至數韻者有忽然出一韻者有數人如一轍者有一首而僅見者後人不察利為輕便一韻

偶侵遂延他部數字相引竟及全文此毛氏一人通譜全族通譜之喻為不易也學者但遵成法并舉習見者為繩尺自鮮蹉跌

宋詞多工去通用其來已久考樂府雜録云平聲羽七調上聲角七調去聲宫七調入聲商七調又元和韻譜云平聲者哀而安上聲者厲而舉去聲者清而遠入聲者直而促則昔人歌筵舞袖閒何以使紅牙畢協其理固不可解

入聲最難分別即宋人亦錯綜不齊沈氏詞韻當已近柴虎臣古韻則一屋二沃通而三覺半通三覺半如嶽蜀角數之類四質五物通而九屑半通九屑半如鼈拙譎結之類六月七曷八黠九屑通十藥十一陌通而三覺半通三覺半如鸑濯邈朔之類十二錫十三職通而十一陌半通十一陌半如辟革易麥之類十四緝獨用十五合十六葉十七洽通毛馳黃曲韻則準洪武正韻而一屋單用二質七陌八緝通用三曷六藥通用四轄九合通用五屑十葉通用又屑葉可單用因南曲入

聲單押而設也與詞韻可參証

方子謙韻會小補所載有一字而數音者有一字而古讀與古叶各殊者古人用韻參錯必有援据今人孟浪引用借以自文惑已如辛稼軒歌麻通用鮮不疑之毛馳黄云古六麻一部入魚虞歌三部蓋車讀如居邪讀如徐花讀如敷家爪讀如姑麻讀如磨他讀如拖之類是也塡詞與騷賦異體自當斷以近韻為法

沈休文四聲韻中如朋與蒸靴與戈車與麻打與等卦

畫與怪壞之類挺齋升菴俱駁為缺舌而宋詞中至張仲宗呼否為府以叶主舞林外呼瑣為掃以叶老俞克成呼我為襖以叶好詞品皆指為閩音其說甚當而毛馳黄謂沈韻本屬同文非江淮間偏音挺齋詆之謬已蓋自三百篇楚詞以迄南曲一系相承俱屬為韻統而北曲偏音四聲不備為別統故金元人作詩亦用沈韻作詞亦不專用周韻從無以入聲分叶平上去者又安得以曲韻廢詞韻且上格詩韻乎

菊莊偶筆云古體詩辭以及南北曲雖以時遞遷一系相承然畦畛既分用韻自别善乎陳其年之言曰使擬贈婦述祖之篇而必押家為姑作吳歈越艷之體而乃激些成亂染指花間而預為車遮勸進耽情南曲而仍為闌鄭殘客實大雅之罪人抑亦閨襜之别録也

沈約之韻未必自合聲律而今人守之如金科玉條此無他今之詩學李杜李杜學六朝往往用沈韻故相襲不能革也若作塡詞自可變通如朋與蒸同押打與等

同押卦字畫字與怪壞同押乃是鴂舌之病豈可以為
法耶元人周德清著中原音韻一以中原之韻為正踰
矣然予觀宋人填詞亦已有開先者蓋眞見在人心不
約而同耳試舉數字于右東坡一斛珠云洛城春晚垂
楊亂掩紅樓半小池輕浪紋如篆燭下花前曾醉離歌
宴自惜風流雲雨散闗山有限情無限待君重見尋芳
伴為說相思目斷西樓燕篆字沈約在上韻本屬鴂舌
坡特正之也蔣捷七夕女冠子云蕙花香也雪晴池館

如畫春風飛到寶釵樓上一片笙簫琉璃光射而今燈
謾挂不是暗塵明月那時元夜況年來心嬾意怯羞與
鬧蛾兒争耍江城人悄初更打問繁華誰解再向天公
借剔殘紅灺但夢裏隱隱鈿車羅帕吳牋銀粉待把舊
家風景寫成閒話笑緑鬟鄰女倚窻猶唱夕陽初下是
駁正沈韻畫及挂語及打字之謬也吕聖求惜分釵云
重簾下 微燈挂背闌同說春風話用韻亦與蔣捷同
意晁叔膺感皇恩云寒食不多時牡丹初賣小院重簾

燕飛礙昨宵風雨尚有一分春在今朝猶自得陰晴快
熟睡起來宿醒微帶不惜羅襟揾眉黛日長梳洗看看
花影移改笑指雙杏子連枝帶此詞連用數韻酌古斟
今尤妙明初高季迪石州慢云落子辛夷風雨頓催庭
院瀟灑春來長恁樂章懶按酒籌慵把辭鶯謝燕十年
夢斷青樓情隨柳絮猶縈惹難覓舊知音把琴心重寫
天治憶曾攜手鬬草闌邊買花簾下看轆轤低轉秋千
高打如今何處總有團扇輕衫與誰共走章臺馬回首

暮山青又離愁來也諸公數詞可為用韻之式不獨綺
語之工而已
木蘭花慢柳耆卿清明詞得音調之正盖傾城盈盈歡
情於第二字中有韻近見吳彦高中秋詞亦不失此體
餘人皆不能令載二詞於後柳詞云剌桐花爛熳乍踈
雨洗清明正艶杏燒林緗桃繡野芳景如屏傾城盡尋
春去驟雕鞍紺幰出郊坰風煖繁絃脆管萬家齊奏新
聲盈盈鬭草踏青人豔冶遞逢迎向路傍往往遺簪墮

珥珠翠縱横歡情對佳麗地任金罍罄竭玉山傾捹却
明朝永日晝堂一枕春酲吳詞云敞千門萬户瞰滄海
爛銀盤對流瀣秋高儲胥雁過墜露生寒闌干眺河漢
外送浮雲盡出衆星乾丹桂霓裳縹緲似聞雜佩珊珊
長安底處高城人不見路漫漫歎舊日心情如今容鬢
瘦沈愁潘幽歡縱容易得動是隔年看歸去江湖一葉
浩然對影垂竿吳詞後段起句又異當依柳為正
楊復初築室南山以却居為號淩彥翀以漁家傲詞壽

之云采芝步入南山道山深宛似蓬萊島聞說村居詩
思好還被惱蒼苔滿地無人掃載酒亭前松合抱客來
便許同傾倒玉兎已將靈藥擣秋意早月華長似人難
老復初和詞云當時承望求仙道那知薄命如郊島留
得殘生猶自好多懊惱塵緣俗慮何時掃子已成童無
抱醉眠任便和衣倒今歲砧聲秋未擣涼風早看來只
恐中年老瞿宗吉和詞云喜來不涉邯鄲道愁來不竄
沙門島惟有村居閒最好無事惱苔堦竹徑頻頻掃有

酒可斟琴可抱長年擬看三松倒臼內靈砂親自搗歸隱早朝來未放元真老宗吉既和此詞復序云舊譜皆以仄聲起歐公呼范文正為窮塞主首句所謂塞上秋來風景異正此格也他如王荆公之平岸小橋千嶂抱周清真之幾日春陰寒惻惻謝無逸之秋水無痕清見底亦皆如是今二公皆以平聲易之特著此以俟知音爾

毛氏唐詞通韻說云唐詞多守詩韻然亦有通別韻用

之署如宋詞韻者偶覩數闋漫記之以備考證東冬通用温庭筠定西番云一枝春豔濃樓上月明三五瑣窻中按此詞則上之董腫通用去之送宋通用俱可類推他韻上去例亦放此支微齊及十灰前段通用白樂天長相思云深畫眉深畫眉蟬鬢鬅鬙雲滿衣陽臺行雨迴巫山高巫山低暮雨瀟瀟郎不歸空房獨守時眞文及十三元後段通用韋莊小重山云一閉昭陽春又春夜寒宮漏永夢君恩又溫廷筠清平樂云鳳帳鴛被徒

燻寂寞花鎖朱門競把長門買賦為妾將上明君寒刪通用顧夐虞美人云小屏屈曲掩青山翠幃香粉玉鑪寒兩眉攢又按十三元後段既通入眞文則前段應與此韻通用庚青通用李白菩薩蠻云何處是歸程長亭更短亭覃咸通用薛昭蘊女冠子云去住島經三正遇劉郎使啟瑤緘語虞通用牛嶠玉樓春云小玉牕前嗔燕語紅淚滴穿金線縷按此詞則魚虞通用可類推也篠皓通用牛希濟生查子云語已多情未了迴首猶重

道記得綠羅裙處處憐芳草又尹鶚滿宮花云月沉沉人悄悄一炷後庭香裊風流帝子不歸來滿地禁花慵掃離恨多相見少何處醉迷三島漏清宮樹子規啼愁鎖碧窻春曉按此二詞則蕭豪通用可類推也

毛氏唐宋詞韻互通說云唐白樂天長相思云深畫眉淺畫眉蟬鬢鬅鬙雲滿衣陽臺行雨迴支與微與十灰半通用是宋詞韻也宋秦太虛千秋歲用隊韻辛稼軒沁園春用灰韻皆渾用唐韻由是觀之唐詞亦可用宋

韻宋詞亦可用唐韻自不必過判區畛耳毛氏詞韻不兩涵說云客問唐詞既多用唐人詩韻而又可用宋人詞韻宋詞既用宋人詞韻而又可用唐人詩韻若然則作者總可以併通唐詩宋詞兩韻而無或間然者耶余曰不也兩韻雖唐宋詞人交用之而作者仍須專按一譜如用唐韻則不得更通入宋韻用宋韻者亦不得更通入唐韻倘云直可涵通則用及灰韻者既可藉口唐韻而不劃開灰咍兩段且又將假手宋韻而併通支齊

徽銜矣用及元韻者既可藉口唐韻而不劃開元魂兩段且又將假手宋韻而併通眞文寒刪先矣不其流易已甚而太夷疆畛歟且考古詞亦罕此濫通法然則詞家直是有兩樣用韻法一唐詩韻也一宋詞韻也客曰若然則沈氏詞韻何不兩載之曰沈氏止著宋法以詞則大盛于宋而且欲守唐詩韻者其譜人所共曉故不必更煩筆墨耳

詞苑叢談卷二

欽定四庫全書

詞苑叢談卷三

翰林院檢討徐釚撰

品藻一

南唐李後主重光名煜作烏夜啼一詞最為悽惋詞曰無言獨上西樓月如鈎寂寞梧桐深院鎖清秋剪不斷理還亂是離愁别是一般滋味在心頭所謂亡國之音哀以思也

蘇東坡大江東去有銅將軍鐵綽板之譏柳七曉風殘月謂可令十七八女郎按紅牙檀板歌之此袁綯語也後人遂奉為美談然僕謂東坡詞自有橫槊氣槩固是英雄本色柳纖艷處亦麗以淫耳況楊柳外句又本魏承班漁歌子窻外曉鶯殘月只改二字增一字焉得獨擅千古令取二詞並誌于後蘇念奴嬌赤壁懷古云大江東去浪淘盡千古風流人物故壘西邊人道是三國周郎赤壁亂石穿雲驚濤拍岸捲起千堆雪江山如畫一

時多少豪傑遙想公瑾當年小喬初嫁了雄姿英發羽扇綸巾談笑間檣櫓灰飛煙滅故國神遊多情應笑我早生華髮人生如夢一樽還酹江月柳雨零鈴秋別云寒蟬淒切對長亭晚驟雨初歇都門帳飲無緒方留戀處蘭舟催發執手相看淚眼竟無語凝咽念去去千里煙波暮靄沉沉楚天闊多情自古傷離別更那堪冷落清秋節今宵酒醒何處楊柳岸曉風殘月此去經年應是良辰好景虛設便縱有千種風流待與何人說柳七墓在

真州城西仙人掌王阮亭嘗有詩云殘月曉風仙掌路何人為弔柳屯田亦佳句也

遯菴間覽云張子野先郎中以樂章擅名一時宋子京祁尚書奇其才先往見之將命者謂曰尚書欲見雲破月來花弄影郎中子野屏後呼曰得非紅杏枝頭春意鬧尚書耶遂出置酒盡歡宋玉樓春詞云東城漸覺風光好縠縐波紋迎客棹綠楊煙外曉寒輕紅杏枝頭春意鬧浮生長恨歡娛少肯愛千金輕一笑為君持酒勸斜陽且向花間留晚照張天仙子詞云水調數聲持

酒聽午睡醒來愁未醒送春春去幾時回臨晚鏡傷流景往事悠悠空記省沙上竝禽池上暝雲破月來花弄影重重翠幙密遮燈風不定人初靜明日落紅應滿徑古今詩畫云有客謂子野曰人皆謂公為張三中卽眼中淚心中事意中人也子野云何不目之為張三影客不曉子野曰雲破月來花弄影嬌柔懶起簾壓捲花影柳徑無人墮飛絮無影此余平生所得意也遂又名張三影

按天聖時有兩張先皆字子野俱第進士其能詩壽考悉同一博州人號張三影者是也一吳興人見齊東野語胡氏應麟筆叢所載如此

賀方回鑄嘗作青玉案詞云淩波不過橫塘路但目送

芳塵去錦瑟年華誰與度月臺花榭瑣窗朱户惟有春知處碧雲冉冉蘅皐暮綵筆新題斷腸句誰問閒愁都幾許一川煙草滿城風絮梅子黄時雨山谷最稱之有云解道江南腸斷句世間只有賀方回僕壬子渡江題北征詞亦有句云縱使紅鹽才一曲也應腸斷賀方回

按方回本山陰人徙姑蘇之醋坊橋有小築在横塘嘗往來其間一日訪僧不遇題絶句云破氷泉脉漱籬根壞衲猶疑掛樹猿蠟屐舊痕渾不見東風先為我開門王荆公極愛之詩載龔明之中吳紀聞　周少隱云方回有梅子黄時雨之句人謂之賀梅子方回寡髮郭功甫指其髻曰此真賀梅子也　潘子真云冦萊公詩杜鵑

啼處血成花梅子黄時雨如霧世推
方回所作為絶唱蓋用萊公語也

晏叔原為元獻公殊之暮子自號小山有樂府與珠玉
集並行於世慶歷中開封府與棘寺同日奏獄空仁宗
於宫中晏集叔原作鷓鴣天詞大稱上意詞曰碧藕花
開水殿涼萬年枝上轉紅陽昇平歌管隨天仗祥瑞封
章滿御牀金掌露玉爐香歲華方共聖恩長皇州又奏
圜扉靜十樣宫眉捧壽觴
舒信道名亶神宗朝御史與李定同陷東坡於罪者嘗

作菩薩蠻詞云江梅未放枝頭結江樓已見山頭雪待得此花開知君來未來風帆雙畫鷁小雨隨行色空得鬱金裙酒痕和淚痕王阮亭極賞此詞常曰鍾退谷評閭丘曉詩謂具此手段方能殺王龍標此等語乃出渠輩手豈不可惜僕每讀嚴分宜鈐山堂詩至佳處輙作此嘆

辛稼軒守南徐日每開宴必命侍姬歌其所作賀新涼云甚矣吾衰矣悵平生交遊零落只今餘幾白髮空垂

三十丈一笑人間萬事問何物能令公喜我見青山多嫵媚青山見我應如是情與貌畧相似一尊搔首東窻裏想淵明停雲詩就此時風味江左沉酣求名者豈識濁醪妙理回首叫紫雲飛起不恨古人吾不見恨古人不見吾狂耳知我者二三子歌竟拊髀自笑顧問坐客何如既而作永遇樂序北府事云千古江山英雄無覔孫仲謀處舞榭歌臺風流總被雨打風吹去斜陽草樹尋常巷陌人道寄奴曽住想當年金戈鐵馬氣吞萬里

如虎元嘉草草封狼居胥贏得倉皇北顧四十三年望中猶記烽火揚州路可堪回首佛狸祠下一片神鴉社鼓憑誰問廉頗老矣尚能飯否特置酒召客使妓迭歌益自擊節徧問客必使摘其疵客多遜謝相臺岳珂時年甚少率然對曰童子何知而敢有議然必欲如范文正公以千金求嚴陵祠記一字之易則晚進尚竊有疑也稼軒喜促膝亟使畢其說珂曰前篇豪視一世獨前後二警語差相似新作微覺用事多耳於是大喜酌酒

謂座中曰夫君實中予痼乃改其語日數易累月未竟其刻意如此沒後百餘年邯鄲張埜過辛墓有詞曰嶺頭一片青山可能埋得淩雲氣又曰讓人間留得陽春白雪千載下無人繼稼軒之槩可知矣朱晦菴沒黨禁方嚴稼軒獨為文哭之卒之日家無餘財僅餘著述數帙而已謝疊山經其墓夜聞大聲疾呼似鳴其不平者疊山為文祭之而聲始息嗚呼異哉

張志和漁父詞云青箬笠綠蓑衣斜風細雨不須歸顧

况漁父詞曰新婦磯邊月明女兒浦口潮平黄魯直取二詞合為浣溪紗一闋云新婦磯頭眉黛愁女兒浦口眼波秋驚魚錯認月沉鉤青箬笠前無限事緑蓑衣底一時休斜風細雨轉船頭東坡云山谷此詞清麗新婉其最得意處以山光水色賛花貌真得漁父家風然才出新婦磯便入女兒浦此漁父無乃太濫浪乎

無名氏菩薩蠻云牡丹帶露真珠顆佳人折向庭前過含笑問檀郎花强妾貌强檀郎故相惱只道花枝好一

面發嬌嗔碎挼（挼音那又音綏）花打人唐宣宗嘗稱之時有婦人斷夫兩足者宣宗戲曰此亦碎挼花打人耶宋退翁齊愈宣和間爲太學官固陵召對曰卿文章新奇可作梅詞進呈須是不經人道語齊愈立進眼兒媚詞云霏霏踈影轉征鴻人語暗香中小橋斜渡曲屏深院水月濛濛人間不是藏春處玉笛曉霜空江南處處黃垂密雨綠漲薰風天語稱善次日諭近臣曰宋齊愈梅詞非惟不經人道又且自閑花説至結子黃熟并天色言之

可謂盡之矣

康伯可有聲樂府待詔金馬門凡中興粉飾治具及慈寧歸養兩宫歡集必假伯可之歌詠故應制之詞爲多

一日上元節進瑞鶴仙詞云瑞煙浮禁苑正絳闕春回新正方半氷輪桂華滿溢花衢歌市芙蓉開遍龍樓兩觀見銀燭星毬有爛捲珠簾盡日笙歌盛集寶釵金釧堪羨綺羅叢裏蘭麝香中正宜遊玩風柔夜暖花影亂笑聲喧鬧蛾兒滿路成團打塊簇着冠兒鬭轉喜皇都

舊日風光太平再見上皇覽之極稱賞風柔夜暖以下賜金甚厚秦檜生日伯可獻喜遷鶯詞云臘殘春早正簾幙護寒樓臺清曉寶運當千佳辰餘五嵩嶽誕生元老帝遣阜安宗社人仰雍容廊廟盡總道是文章孔孟勳庸周召師表方春遇魚水君臣須信從年少玉帶金魚朱顏綠鬢占斷世間榮耀篆刻鼎彝將遍整頓乾坤都了願歲歲見柳梢青淺梅英紅小

秦少游踏莎行云霧失樓臺月迷津渡桃源望斷無尋處可堪孤館閉春寒杜鵑聲裏斜陽暮驛寄梅花魚傳尺素砌成此恨無重數郴江幸自遶郴山為誰流下瀟湘去東坡絕愛尾二句余謂不如杜鵑聲裏斜陽暮尤

堪腸斷

王通叟觀作慶清朝慢踏青詞風流楚楚世以為高于屯田集遂名冠柳詞云調雨為酥催氷做水東君分付春還何人便將輕暖點破殘寒結伴踏青去好平頭鞵子小雙鸞煙郊外望中秀色如有無間晴則箇陰則箇餖飣得天氣有許多般須教鏤花撥柳爭要先看不道吳綾繡襪香泥斜沁幾行斑東風巧盡收翠綠吹在眉山

天氣殊未佳汝定成行否寒食近且住為佳爾此晉無名氏帖中語也辛稼軒融化作霜天曉角詞云吴頭楚尾一棹人千里休説舊愁新恨長亭樹今如此宦遊吾倦矣玉人留我醉明日落花寒食得且住為佳爾晉人語本入妙而詞又融化之如此可謂珠璧相照耳

東坡夜登燕子樓夢盼盼因作永遇樂詞云明月如霜好風如水清景無限曲港跳魚圓荷瀉露寂寞無人見紞如五鼓錚然一葉黯黯夢雲驚斷夜茫茫重尋無覓

處覺來小園行遍天涯倦客山中歸路望斷故園心眼燕子樓空佳人何在空鎖樓中燕古今如夢何曾夢覺但有舊歡新怨異時對南樓夜景為徐浩歎後秦少游自會稽入京見東坡坡云久别當作文甚勝都下盛唱公山抹微雲之詞秦遜謝坡遽云不意别後公卻學柳七秦答曰某雖無識亦不至是先生之言無乃過乎坡云銷魂當此際非柳詞句法乎秦慚服又問别作何詞秦舉小樓連苑横空下窺繡轂彫鞍驟坡云十三個字

只說得一個人騎馬樓前過秦問先生近著坡云亦有一詞說樓上事乃舉燕子樓空佳人何在空鎖樓中燕晁無咎在座云三句說盡張建封燕子樓一段事奇哉按山抹微雲少游客會稽席上有所悅所賦滿庭芳詞也詞云山抹微雲天連衰草畫角聲斷譙門暫停征棹聊共飲離尊多少蓬萊舊事空回首煙靄紛紛斜陽外寒鴉數點流水遶孤村銷魂當此際香囊暗解羅帶輕分謾贏得秦樓薄倖名存此去何時見也襟袖上空染

啼痕傷情處高城望斷燈火已黃昏又小樓連苑太虛所寄營妓婁婉詞也婉字東玉詞中藏其字在馬調寄水龍吟曰小樓連苑橫空下窺繡轂彫鞍驟踈簾半捲單衣初試清明時候破暖輕風弄晴微雨欲無還有賣花聲過盡垂楊院落紅成陣飛鴛甃玉佩丁東別後悵佳期參差還又名韁利鎖天還知道和天也瘦花下重門柳邊深巷不堪回首念多情但有當時皓月照人依舊少游有壻為人所侮乃大呼曰吾是山抹微雲女壻也可供一笑杭之西湖有一倅閙唱少游滿庭芳偶

然悮舉一韻云畫角聲斷斜陽妓琴操在側曰畫角聲斷譙門非斜陽也倅因戲之曰爾可改韻否琴即改作陽字韻云山抹微雲天連衰草畫角聲斷斜陽暫停征轡聊共飲離觴多少蓬萊舊侶頻回首煙靄茫茫孤村裏寒鴉萬點流水遶低墻魂傷當此際輕分羅帶暗解香囊謾贏得秦樓薄倖名狂此去何時見也襟袖上空有餘香傷心處高城望斷燈火已昏黃東坡聞而賞之

東坡在黃州作卜算子詞云缺月挂踈桐漏斷人初靜時見幽人獨往來縹緲孤鴻影驚起卻回頭有恨無人省揀盡寒枝不肯棲楓落吳江冷山谷以為非吃煙火食人語鮦陽居士云缺月刺明微也漏斷暗時也幽人

不得志也獨往來無助也驚鴻賢人不安也回首愛君不忘也無人省君不察也揀盡寒枝不偷安於高位也寂寞吴江冷非所安也與考盤詩相似阮亭稱其村夫子强作解事令人欲嘔韋蘇州滁州西澗詩亦以為小人在朝賢人在野之象令韋郎有知豈不叫屈僕嘗戲謂坡公命宫磨蝎湖州詩案生前為王珪舒亶輩所苦身後又硬受此差排耶耆舊續聞云趙右史云余頃于鄭公實處見東坡眞蹟書卜算子斷句云寂寞沙汀冷刊本作楓落吴江冷詞意全不相屬也

少游贈歌妓陶心兒南歌子詞云玉漏迢迢盡銀潢淡淡橫夢回宿酒未全醒已被鄰雞催起怕天明臂上妝猶在襟間淚尚盈水邊燈火漸人行天外一鉤殘月帶三星末句暗藏心字子瞻誚其恐為他姬厮賴也林處士妻梅子鶴可稱千古高風矣乃其長相思惜别詞云吳山青越山青兩岸青山相送迎誰知離别情君淚盈妾淚盈羅帶同心結未成江頭潮已平何等風致閒情一賦詎必玉瑕珠纇耶

連可久江湖得道之士也十二歲其父攜見熊曲肱適有漁父過前令賦漁父詞連應聲作清平樂云陣鴻驚處一網沉江渚落葉亂飛和細雨撥棹不如歸去蘆花輕汎微瀾蓬窻獨自清閒一覺遊仙好夢任他竹冷松寒曲肱贈以詩且謂此子富貴中留不住後果為羽衣多往來西山

東坡製蝶戀花詞云花褪残紅青杏小燕子來時綠水人家遶枝上柳綿吹又少天涯何處無芳草墻裏鞦韆

墻外道墻外行人墻裏佳人笑笑漸不聞聲漸悄多情卻被無情惱常令朝雲歌之雲唱至柳綿句輙為掩抑惆悵如不自勝坡問之曰妾所不能竟者天涯何處無芳草句也

南唐書載元宗手寫攤破浣溪沙二詞賜樂部王感化云菡萏香消翠葉殘西風愁起綠波間還與韶光共憔悴不堪看細雨夢回雞塞遠小樓吹徹玉笙寒多少淚珠何限恨倚闌干又手捲珠簾上玉鉤依前春恨鎖重

樓風裏落花誰是主思悠悠青鳥不傳雲外信丁香空結雨中愁回首緑波三峽暮接天流情致如許當是叔寳後身

馮延已作謁金門云風乍起吹皺一池春水閒引鴛鴦芳徑裏手挼紅杏蕊鬬鴨闌干獨倚碧玉搔頭斜墜終日望君君不至舉頭聞鵲喜元宗戲云吹皺一池春水干卿何事對曰未若陛下細雨夢回雞塞遠小樓吹徹玉笙寒也南唐書

辛稼軒摸魚兒春晚詞云更能消幾番風雨匆匆春又歸去惜春長怕花開早何況落紅無數春且住見說道天涯芳草迷歸路怨春不語算只有殷勤畫簷蛛網盡日惹飛絮長門事準擬佳期又悞蛾眉曾有人妬千金縱買相如賦脉脉此情誰訴君莫舞君不見玉環飛燕皆塵土閒愁最苦休去倚危闌斜陽正在煙柳斷腸處可謂怨之至矣聞壽王見此詞頗不悅然終不加罪若過漢唐寧不賈種豆種桃之禍哉范希文漁家傲邊愁

云塞下秋來風景異衡陽雁去無留意四面邊聲連角起千嶂裏長煙落日孤城閉濁酒一杯家萬里燕然未勒歸無計羗笛悠悠霜滿地人不寐將軍白髮征夫淚詞旨蒼涼多道邊鎮之苦歐陽永叔每呼為窮塞主詩非窮不工乃于詞亦云

蘇叔黨名過坡仙季子作點絳脣詞云新月娟娟夜寒江靜山銜斗起來搔首梅影橫窻瘦好個霜天閒却傳杯手君知否亂鴉啼後歸興濃如酒秦處度名湛少游

子也亦作卜算子詞云春透水波明寒峭花枝瘦極目
煙中百尺樓人在樓中否四和梟金兎雙陸思纖手擬
倩東風浣此情情更濃于酒合兩詞觀之二公可謂有
子
蘇叔黨詞能改齋漫録云汪彦章作彦章在翰苑屢
致言者作此詞或問曰歸夢濃于酒何以在曉鵶啼
後公曰無奈這一隊畜生何按曉鵶草堂改作亂
鵶歸夢改作歸興今從吳虎臣能改齋漫録正之
毛幵為郡見一婦人陳牒立雨中作清平樂云醉紅宿
翠髻嚲烏雲墜管是夜來不睡那更今朝早起春風滿
搦腰支堦前小立多時恰恨一番春雨想應濕透鞋兒

宋人小説盛稱此詞
陳去非蜀人季常之孫也爲高宗所眷注詞品極佳語
意超絶識者謂可摩坡仙之壘有桂花詞云黄衫相倚
翠葆層層底八月江南風日美弄影山腰水尾楚人未
識孤妍離騷遺恨千年無住菴中新夢一枝唤起幽禪
無名氏眉峯碧云蹙破眉峯碧纖手還重執鎮日相看
未足時便忍使鴛鴦隻薄暮投村驛風雨愁通夕窻外
芭蕉窻裏人分明葉上心頭滴宋徽宗極賞此詞嘗手

書以問曹組不知何人作也

周文璞宋淳熙閒人詩詞奇怪人以方李賀有鍾山詩云往在秦淮問六朝江頭只有女吹簫昭陽太極無行路幾歲鵞黃上柳條又言花閒集只得絲雨濕流光五字微妙其題酒家壁詞云還了酒家錢便好安眠大槐宮裏着貂蟬行到江南知是夢雪壓魚船盤薄古梅邊也是前緣鵞黃雪白又醒然一事最奇君記取明日新年詞旨飄逸迥出塵表

汪彥章為張邦昌雪罪表云孔子從佛肸之召本為尊周紀信乘漢王之車蓋將誑楚其顛倒是非助奸佑逆不足言也乃其詞自佳嘗見畫舫有映簾而觀者僅露其額賦醉落魄云小舟簾隙佳人半露梅妝額綠雲低映花如刻却似秋宵一線銀蟾白髻兒梢朶香紅扐鈿蟬隱隱搖金碧春山秋水渾無迹不露墻頭些子真消息

劉攽之過以詩名江左放浪吳楚間辛稼軒守京口登

多景樓劉敝衣曳履而來辛命賦雪以難字為韻劉吟云功名有分平吳易貧賤無交訪戴難遂上武昌作唐多令云蘆葉滿汀洲寒沙帶淺流二十年重過南樓柳下繫船猶未穩能幾日又中秋黃鶴斷磯頭故人曾到否舊江都是新愁欲買桂花同載酒終不是少年遊劉此詞楚中歌者競唱之

李清照聲聲慢秋閨詞云尋尋覓覓冷冷清清悽悽慘慘戚戚乍暖還寒時候最難將息三杯兩醆淡酒怎敵

他晚來風急雁過也正傷心却是舊時相識滿地黄花堆積憔悴損如今有誰堪摘守着窻兒獨自怎生得黒梧桐更兼細雨到黄昏點點滴滴這次第怎一個愁字了得首句連下十四個疊字真似大珠小珠落玉盤也

六一居士踏莎行離別云候館梅殘溪橋柳細草薰風暖摇征轡離愁漸遠漸無窮迢迢不斷如春水寸寸柔腸盈盈粉淚樓高莫近危闌倚平蕪盡處是春山行人更在春山外王阮亭曰升菴以平蕪句擬石曼卿水盡

天不盡人在天盡頭未免河漢盖意近而工拙懸殊也李易安作重陽醉花陰詞函致趙明誠詞云薄霧濃雲愁永晝瑞腦噴金獸佳節又重陽寶枕紗廚半夜秋初透東籬把酒黄昏後有暗香盈袖莫道不銷魂簾捲西風人似黄花瘦明誠自愧勿如乃忘寢食三日夜得十五闋雜易安作以示陸德夫德夫玩之再三曰只有莫道不銷魂三句絶佳政易安作也李又有春晚如夢令云昨夜雨踈風驟濃睡不消残酒試問捲簾人却道海

棠依舊知否知否應是緑肥紅瘦極為人所膾炙明誠卒易安祭之云白日正中嘆龐翁之機捷堅城自墮憐杞婦之悲深文亦慘黷惜其再適張汝舟為世所薄易安既嫁汝舟與之反目嘗作札寄人曰猥以桑榆之暮景配此駔儈之下材見者絶倒

潘朗憶餘杭云長憶西湖湖水上盡日凭闌樓上望三三兩兩釣魚舟島嶼正清秋笛聲依約蘆花裏白鳥成行忽飛起别來閒想整綸竿思入水雲寒東坡甚愛此

詞書于玉堂屏風
寇萊公準夜度娘曲云煙波渺渺一千里白蘋香散東風起惆悵汀洲日暮時柔情不斷如春水升菴舉似大復認為唐音
范文正司馬温公韓魏公皆一時名德重望范御街行曰紛紛墜葉飄香砌夜寂静寒聲碎珍珠簾捲玉樓空天淡銀河垂地年年今夜月華如練長是人千里愁腸已斷無由醉酒未到先成淚殘燈明滅枕頭欹諳盡孤

眠滋味都來此事眉間心上無計相迴避韓點絳脣詞
日病起懨懨向庭前花樹添憔悴亂紅飄砌滴盡珍珠
淚惆悵前春誰向花前醉愁無際武陵凝睇人遠波空
翠温公西江月云寶髻鬆鬆綰就鉛華淡淡妝成紅雲
翠霧罩輕盈飛絮游絲無定相見爭如不見有情還似
無情笙歌散後酒微醒深院月明人靜人非太上未免
有情當不以此纇其白璧也
晉宰相和凝少年好為曲子契丹入夷門號為曲子相

公有河滿子詞曰正是破瓜年紀含情慣得人饒桃李精神鸚鵡舌可堪虛度良宵却愛藍羅裙子羡他長束纖腰亦香奩佳句也

金章宗喜文學善書畫宋徽宗以蘇合油煙為墨章購得之一兩價黄金一觔有題扇蝶戀花詞云幾股湘江龍骨瘦巧様翻騰疊作湘波皺金縷小鈿花草鬭翠條更結同心扣金殿珠簾閑永晝一握清風暫喜懷中透忽聽傳宣須急奏輕輕褪入香羅袖又有擘橙為軟金

杯者賦生查子詞云風流紫府郎痛飲烏紗岸柔軟九
回腸冷怯玻瓈盞纖纖白玉葱分破黄金彈借取洞庭
春飛上桃花面亦南唐李氏父子之流也
金主亮頗知書閲柳耆卿西湖作欣然有慕于三千桂
子十里荷花遂起投鞭渡江之志乃密隱畫工于奉使
中寫臨安山水復畫已像題立馬吴山第一峯之句嘗
中秋舉杯待月不至賦鵲橋仙云停杯不舉停歌不發
等候銀蟾出海不知何處片雲來做許大通天障礙虬

鬚撚斷星眸睜裂惟恨劒鋒不快一揮截斷紫雲腰仔
細看嫦娥體態出語崛彊真是咄咄逼人

党承旨懷英宋太尉進孫母夢吳筠托宿而生丰儀秀
整初與辛幼安同師蔡伯堅筮仕決以蓍辛得離決意
南歸党得坎遂留事金皇叔伏誅党作詔云天下一家
詎可窺乎神器公族三宥卒莫逭于常刑非忘本根骨
肉之情蓋為宗社安危之計亦由涼德有失睦親乃于
間歲之中連致逆謀之起恩以義掩至于重典之亟行

天高聽卑殆非此心之得已與言及此惋嘆何窮論者以為百年以來制誥第一党嘗作青玉案詠茶云紅莎綠蒻春風餅趁梅驛來雲嶺紫桂巖空瓊竇冷佳人却恨等閒分破縹緲雙鸞影一甌月露心魂醒更送清歌助清興病飲休辭今夜永與君洗盡滿襟煩暑别作高寒境與黄魯直口不能言心下快活雅俗自覺霄壤晏叔原見蒲傳正云先公平日小詞雖多未嘗作婦人語傳正曰綠楊芳草長亭路年少抛人容易去豈非婦

人語乎晏曰公謂年少為何語傳正曰豈不謂其所歡
乎晏曰因公之言遂曉樂天詩兩句云欲留年少待富
貴富貴不來年少去傳正笑而悟
漫叟詩話云古樂府詩云今世襧襶者觸熱向人家襧
襶集韻解之曰不曉事予素畏熱乃觸熱入人家其謂
不曉事宜矣嘗愛王逐客作夏詞雨中花不用浮瓜沈
李等事而天然有塵外涼思其詞曰百尺清泉聲陸續
映瀟湘碧梧翠竹面千步迴廊重重簾幙小枕欹寒玉

試展鮫綃看畫軸見一片瀟湘凝綠待玉漏穿花銀河垂地月上闌干曲此語非觸熱者之所知也悔菴曰穠纖乃畧衣

也

一盤消夜江南果喫果看書只清坐罪過梅花料理我一年心事一生牢落盡向今宵過此身本是山中箇纔出山來便帶錯手種青松應是大縛茅深處抱琴歸去又是明年那此辭詠沂叔客中守歲詞也沂叔久客江湖潁老懷歸遂賦此詞晚于溪上小築名水竹居其所為

詩有歸心如病葉一片落江城句去唐人思致不遠黄魯直少時喜造纖淫之句法秀訶曰應墮犁舌地獄魯直荅云空中語耳晚年戲效寳寧勇禪師詠古德靈雲遺事作漁家傲云三十年來無孔竅幾回得眼還迷照一見桃花參學了呈法要無絃琴上單于調摘葉尋枝虛半老拈花特地重年少今後水雲人欲曉非元妙靈雲合破桃花笑會得此意直是臨去秋波那一轉應許老僧共參也

臨川謝無逸嘗作咏蝶詩三百首其警句云飛隨柳絮有時見舞入梨花何處尋人盛稱之因呼為謝蝴蝶有卜算子詞云煙雨幕橫塘紺色涵清淺誰把并州快剪刀剪取吳江半隱几岸烏巾細葛含風軟不見柴桑避俗翁心共孤雲遠標致雋永全無薌澤可稱逸調按謝蝴蝶可配鄭鷓鴣

宋鄭域字中卿三山人使金回有燕谷剽聞二卷紀金事甚詳昭君怨詠梅一詞云道是春來花未道是雪來

香巽水外一枝斜野人家冷淡竹籬茅舍富貴玉堂瓊樹兩地不同栽一般開比興甚佳

金元百年間樂府推蔡伯堅與吳彥高號吳蔡體其和大江東去乃樂府中最得意者詞云離騷痛飲問人生佳處能消何物江左諸人成底事空想岩岩青壁五畝蒼煙一丘寒玉歲晚憂風雪西州涕淚至今悲感前傑我夢卜築蕭閒覺來岩桂十里幽香發塊磊胸中冰與炭一酌春風都滅勝日神交悠然得意離恨無毫髮古

令同到永和徒記年月

翰林學士聶冠卿嘗于李良定公席上賦多麗詞云想人生美景良辰堪惜向其間賞心樂事就中難是并得况東城鳳臺沁苑泛晴波淺照金碧露洗桐華煙霏絲栁緑陰搖曳蕩春一色畫堂迴玉簪瓊珮高會盡詞客清歡久重燃絳蠟別就瑤席有翩若驚鴻體態暮為行雨標格遅珠淚緩歌妖麗似聽流鶯亂花隔慢舞縈回嬌鬟低嚲腰肢纖細困無力忍分散彩雲歸後向何處

尋覓休辭醉明月好花莫謾輕擲蔡君謨時知泉州寄
良定公書云新傳多麗辭使病夫舉首增嘆又近者有
自京師言諸公春日多會于無伯園池因念昔遊輙形
篇詠云綠渠春水走潺湲畫閣峯巒映碧鮮酒令已行
金盞側樂聲初認翠裙圓清遊勝事傳都下多麗新詞
到海邊曾是尊前沉醉客天涯回首重依然茗溪漁隱
日冠卿詞有露洗桐華煙霏柳絲之句此正是仲春天
氣下句乃云綠陰搖曳蕩春一色其時未有綠陰亦病

語也

廬陵陳子宏云蔡先工於詞靖康中陷金辛幼安嘗以詩詞謁之蔡曰子之詩則未也他日當以詞名家故稼軒歸宋晚年詞筆尤高嘗作賀新郎云綠樹聽鶗鴂更那堪杜鵑聲住鷓鴣聲切啼到春歸無啼處苦恨芳菲都歇算未抵人間離別馬上琵琶關塞黑更長門翠輦辭金闕看燕燕送歸妾將軍身名烈向河梁回首萬里故人長絶易水蕭蕭西風冷滿座衣冠似雪正壯士悲

歌未徹啼鳥還知如此恨料不啼清淚空啼血誰伴我醉明月此詞盡集許多怨事全與李太白擬恨賦相似

又止酒沁園春云杯汝前來老子今朝點檢形骸甚長年把渴咽如焦釜于今喜溢氣似奔雷漫說劉伶古今達者醉後何妨死便埋如此嘆汝于知己真少恩哉更憑歌舞為媒算合作平居鴆毒猜況怨無大小生於所愛物無美惡過則為灾與汝成言勿留急去吾力猶能肆汝杯杯再拜道麾之則去招則須來此又如賓戲解

嘲等作乃是把做古文手段寓之于詞賦築偃湖云疊嶂西馳萬馬回旋衆山欲東正驚湍直下跳珠倒濺小橋橫截新月初弓老合投閒天教多事檢校長身十萬松吾廬小在龍蛇影外風雨聲中争先見面重重看爽氣朝來三四峯似謝家子弟衣冠磊落相如庭户車騎從容我覺其間雄深雅健如對文章太史公新堤路問偃湖何日煙水濛濛説松而及謝家相如太史公自非脱落故常者未易闖其堂奥近日作詞者惟説周美成

姜堯章而以東坡為詞詩家軒為詞論此説固當蓋曲者曲也固當以委曲為體然徒狃于風情婉孌則亦易厭回視稼軒所作自覺豪爽

湘山野録云平林漠漠煙如織寒山一帶傷心碧暝色入高樓有人樓上愁玉梯空佇立宿鳥歸飛急何處是歸程長亭更短亭右調菩薩蠻此詞不知何人寫在鼎州滄水驛樓復不知何人所作魏道輔泰見而愛之後至長沙得古風集於曾子宣内翰家乃知李白所撰

詹天游以艷詞得名見諸小説其送童甕天兵後歸杭齊天樂云相逢喚醒金華夢邊塵暗斑吟鬚倚檐評花認旗沽酒歷歷行歌奇跡吹香弄碧有坡柳風情逋梅月色畫鼓江船滿湖春水斷橋客當時何限怪侶甚花天月地人被雲隔卻載蒼煙招白鷺一醉修江又別今回記得再折柳穿魚賞梅催雪如此湖山忍教人更説此伯顏破杭州之後也觀其詞全無黍離之感桑梓之悲而止以遊樂言宋末之習上下如此其亡不亦宜乎

白苧詞傳者至少其正宫一闋世以為紫姑神所作也
方寫至追昔燕然畫角寶輪珊瑚是時丞相虛作銀城
换得或問出何書荅曰天上文字汝郡得知末句云東
君惱遣花神先到南國昨夜江梅漏泄春消息殊為騷
雅蜀人郝宗文以春初邀請既降自稱蓬萊仙人王英
書浪淘沙詞云塞上早春時暖猶微柳舒金線拂回提
料得江鄉應更好開盡梅溪晝漏漸遲遲愁損仙肌幾
回無語斂雙眉凭徧闌干十二曲日下樓西亦冲淡有

思致

錢唐朱淑真所從非偶詩多嗟怨名斷腸集嘗元夜賦生查子詞云去年元夜時花市燈如晝月上柳梢頭人約黃昏後今年元夜時月與燈依舊不見去年人淚濕春衫袖楊升菴詞品云詞則佳矣豈良人婦所宜耶

劉伯溫未遇時賦感懷水龍吟云雞鳴風雨蕭蕭側身天地無劉表啼鵑迸淚落花飄恨斷魂飛繞月暗雲霄星沉煙水角聲清裊閒登樓王粲鏡中白髮今朝又添

多少極目鄉關何處渺青山髻螺低小幾回好夢隨風歸去被渠遮了寶瑟絃僵玉筝指冷冥鴻天杪但侵階莎草滿庭緑樹不知昏曉激昂感慨擇木之志見矣

柯敬仲九思際遇元文宗為奎章閣鑒書博士出入内庭後失寵退居吳下虞伯玉賦風入松寄之云畫堂紅袖倚清酣華髮不勝簪幾回晚直金鑾殿東風軟花裏停驂書詔許傳宫燭輕羅初試朝衫御溝氷泮水拖藍飛燕語呢喃重重簾幕寒猶在憑誰寄銀字泥緘報道

先生歸也杏花春雨江南詞翰兼美一時傳誦
王予可南雲貌古軀偉發狂嗜酒詩詞每多奇氣曾有
句云唾尖絨舌淡紅甜即自戲曰欲下犁舌獄耶射虎
首句云風色偃貂裘即閣筆曰虎來矣李子遷贈南雲
詩云石鼎夜聯詩筆健布囊春醉酒錢粗真實録也嘗
賦長相思云風暖時雨晴時熏褶羅衣人未歸螓蛾愁
欲飛桃瓊霞瑣窻紗簾月樓空燕子家春風掃落花都
非尋常語

吳二娘長相思云深畫眉淺畫眉蟬鬢鬅鬙雲滿衣陽臺行雨迴巫山高巫山低暮雨蕭蕭郎不歸空房獨守時白樂天詩吳娘暮雨瀟瀟曲自別江南久不聞蓋指此詞也

耆卿却傍金籠教鸚鵡念粉郎言語花間之麗句也稼軒驀然回首那人却在燈火闌珊處周秦之佳境也少游怎得香香深處作個蜂兒抱亦近似柳七語矣山谷女邊着子門裏安心鄙俚不堪入誦如齊梁樂府霧露

擁芙蓉明燈照空局何等緼藉乃沿為如此語乎

孫夫人閨情南鄉子云曉日壓重簷斗帳春寒起未忺天氣困人梳洗懶眉尖淡畫春山不喜添閒把繡絲撏認得金針又倒拈陌上遊人歸也未厭厭滿院楊花不捲簾又詠雪云悠悠颺颺做盡輕模樣半夜蕭蕭窗外響多在梅邊竹上朱樓向曉簾開六花片片飛來無奈薰爐煙霧騰騰扶上金釵二詞堪與李清照頡頏

吳虎臣漫録云王逐客送鮑浩然游浙東作長短句云

水似眼波横山是眉峯聚欲問行人去那邊眉眼盈盈處才始送春歸又送君歸去若到江南趕上春千萬和春住韓子蒼在海陵送葛亞卿云今日一杯愁送春明日一杯愁送君君應萬里隨春去若到桃源問歸路詩詞意同

錢起湘靈鼓瑟詩末句曲終人不見江上數峯青秦少游嘗用以塡詞云千里瀟湘挼藍浦蘭僥昔日曾經月高風定露華清微波澄不動冷浸一天星獨倚桅檣情

悄悄遥聞妃瑟泠泠新聲含盡古今情曲終人不見江上數峯青

張子韶對策有桂子飄香之語趙明誠妻嘲之曰露花倒影柳三變桂子飄香張九成秦少游善樂府取隋煬帝寒鴉萬點流水繞孤村之句以為滿庭芳詞而首言山抹微雲天黏衰草尤為當時所傳子瞻戲之云山抹微雲秦學士露花倒影柳屯田露花倒影柳永破陣子語也

吳虎臣漫録云政和間一貴人未達時嘗游妓崔廿四之館因其行第作踏青游詞都下盛傳詞云識箇人人恰止三年歡會似賭賽六隻渾四向巫山重重去如魚水兩情美同倚畫樓十二倚了又還重倚兩日不來時時在人心裏擬問卜常占歸計拚三八清齋望永同鴛被到夢裏驀然被人驚覺夢也有頭無尾

王澡落梅詞云踈明瘦直不受東皇識留取伴春應肯萬紅裏怎著得夜色何處笛曉寒無那力若在壽陽宮

裏一點點有人惜蕭泰來梅詞云千霜萬雪受盡寒磨折賴得生來瘦硬儘不怕角吹徹清絶影也别知心惟有月元沒春風情性如何共海棠説皆佳作也二公命意措詞大畧相似王四明人有庬全集蕭臨江人有大山集

李南金自號三溪氷雪翁有贈妓賀新郎詞云流落今如許我亦三生杜牧為秋娘著句先自多愁多感慨更值江南春暮君看取落花飛絮也有吹來穿繡幌有因

風飄墮隨塵土人世事總無據佳人命薄君休訴若說
與英雄心事一生更苦且盡樽前今日意休記緑窗眉
嫵但春到兒家庭戶幽恨一簾煙月曉恐明朝雁亦無
尋處渾欲倩鶯留住淒涼感慨不禁青衫欲濕也

詞苑叢談卷三

欽定四庫全書

詞苑叢談卷四

翰林院檢討徐釚撰

品藻二

復齋漫録云晁無咎評本朝樂章云世言柳耆卿是曲調非也如八聲甘州云漸霜風悽慘闗河冷落殘照當樓此唐人語不減高處矣歐陽永叔浣溪沙云堤上遊人逐畫船拍堤春水四垂天緑楊樓外出秋千此等語

絶妙只一出字自是着意道不到處蘇東坡詞人謂多不諳音律然居士詞横放傑出自是曲中縛不住者黄魯直間作小詞固高妙然不是當家語自是著腔子唱好詩晏元獻不蹈襲人語而風調閒雅如舞低楊柳樓心月歌盡桃花扇底風知此人不住三家村也張子野與柳耆卿齊名而時以子野不及耆卿然子野韻高是耆卿所乏處近世以來作者皆不及秦少游如斜陽外寒鴉萬點流水遶孤村雖不識字人亦知是天生好言

語
子瞻與誰同坐明月清風我明月幾時有把酒問青天快語也大江東去浪淘盡千古風流人物壯語也杏花踈影裏吹笛到天明爽語也其詞在濃與淡之間耳

隙月窺人小又天涯一點青山小又一夜青山老俱妙在押字乍雨乍晴天易老却不在押字而妙在乍字

史邦卿題燕曰差池欲往試入舊巢相並還相雕梁藻井又軟語商量不定可謂極形容之妙

休文夢中不識路何以慰相思宋人反其指而用之曰重門不鎖相思夢隨意遶天涯各自佳

賀黄公曰唐李益詩云嫁得瞿塘賈朝朝悞妾期早知潮有信嫁與弄潮兒子野一叢花末句云不如桃杏猶解嫁東風此皆無理而妙

又曰蘇子瞻有銅喉鐵板之譏然浣溪沙春歸詞曰綵索身輕常起燕紅窻睡重不聞鶯如此風詞令十七八女郎歌之豈在曉風殘月之下

詞有不可無一不可有二者如劉改之天仙子別妾是也中云馬兒不住去如飛牽一𢡖坐一𢡖又去則是住則是煩惱自家煩惱你再若效颦寧非打油惡道乎然篇中雪迷邨店酒旗斜固非雅流不能作此語至無名氏青玉案云落日解鞍芳草岸花無人戴酒無人勸醉也無人管語淡而情濃事淺而言深真得詞家三昧非鄙俚朴陋者可到

南唐主浪淘沙曰夢裏不知身是客一晌貪歡至宣和

帝燕山亭則曰無據和夢也有時不做其情更慘矣嗚呼此猶麥秀之後有黍離耶

元遺山集金人詞為中州樂府頗多深裘大馬之風惟劉迎烏夜啼最佳詞云離恨遠縈楊柳夢魂長遶梨花青衫記得章臺月歸路玉鞭斜翠鏡啼痕印袖紅墻醉墨籠紗相逢不盡平生事春思入琵琶予觀謝無逸南柯子後半云金鴨香凝袖銅荷燭影紗鳳蟠宮錦小屏遮夜静寒生春筍理琵琶風調彷彿才人之見殆無分

於南北也

稗史稱韓幹畫馬人入其齋見幹身作馬形凝思之極理或然也作詩文亦必如此始工如史邦卿咏燕幾于形神俱似矣次則姜白石咏蟋蟀露濕銅鋪苔侵石井都是曾聽伊處哀音似訴正思婦無眠起尋機杼又云西窗又吟暗雨為誰頻斷續相和砧杵數語刻劃亦工蟋蟀無可言而言聽蟋蟀者正姚鉉所謂賦水不當僅言水而言水之前後左右也然尚不如張功甫滿庭芳

云月洗高梧露溥幽草寳釵樓外秋深玉花鉛翠螢火
墜墻陰靜聽寒聲斷續微韻轉淒咽悲沈爭求侶殷勤
勸織促破曉機心兒時曾記得呼燈灌穴斂步隨音任
滿身花影猶自追尋攜向華堂戲鬬亭臺小籠巧妝金
今休說從渠牀下涼夜聽孤吟不惟曼聲勝其高調兼
形容處心細如絲皆姜詞之所未發
長詞推秦柳周康為協律然康惟滿庭芳冬景一詞可
稱禁臠餘多應酬鋪叙非芳旨也周清真雖未高出大

致句淨有柳欹花嚲之致沁人肌骨視淮海不徒娣姒而已弇州謂其能入麗字不能入雅字誠確謂能作景語不能作情語則不盡然但平生景勝處為多耳要此數家正是王石廚中物若求王武子琉璃匕内豚味吾謂必當求之陸放翁史邦卿方千里洪叔璵諸家從來佳處不傳不但隱鱗之士名人猶抱此恨周清真人所共稱然如乳鴨池塘水暖風緊柳花迎面午妝粉指印窗眼曲理長眉翠淺聞知社日停針線探新燕寶

釵落枕夢魂迷簾影參差滿院草堂所收周詞不及此者多矣

廬陵譏范希文漁家傲為窮塞主自矜其戰勝歸來飛捷奏傾賀酒玉堦遙獻南山壽為真元帥之事按宋以小詞為樂府被之管絃往往傳于宫掖范詞如長煙落日孤城閉及緑樹碧簾相掩映無人知道外邊寒等句使聽者知邊庭之苦此深得采薇出車楊柳雨雪之意若歐詞止于䀹耳何所感耶

傷離念遠之詞無如查荎斜陽影裏寒煙明處雙槳去
悠悠令人不能為懷然尚不如孫光憲雨槳不知消息
遠汀時起鸂鶒尤為黯然洪叔璵醉中扶上木蘭舟醒
來忘却桃源路造語尤工却微着色矣兩君專以淡語
入情

詞繹云詞亦有初盛中晚不以代也牛嶠如凝張泌歐
陽炯韓偓鹿虔扆輩不離唐絶句如唐之初不脫隋調也
然皆小令耳至宋則極盛周張康柳蔚然大家至姜白

石史邦卿則如唐之中而明初比唐晚盖非不欲勝前人而中實枵然取給而已於神味處全未夢見

康伯可長相思詞云南高峯北高峯一片湖光煙靄中春來愁殺儂郎意濃妾意濃油壁車輕郎馬驄相逢九里松詞意婉約當與林和靖並佳

元大德初燕人梁曾貢父為杭州路總管政事文章皆有可觀嘗有西湖送春詞一闋調木蘭花慢云問花花不語為誰落為誰開算春色三分半隨流水半入塵埃

人生能幾歡笑但相逢樽酒莫相推千古幕天席地一春翠繞珠圍彩雲回首愔高臺煙樹渺吟懷拚一醉留春留春不住醉裏春歸西樓半簾斜日怪燕泥燕子却飛來一枕青樓好夢又教風雨驚回觀此詞孰云元人詩餘不如宋哉

資政殿學士章楶字質夫以功名顯詩詞尤見稱于世嘗作水龍吟咏楊花東坡與之帖云柳花詞妙絕使來者何以措詞曲洧紀聞云章質夫作水龍吟咏楊花其

用事命意清麗可喜東坡和之若豪放不入律呂徐而
觀之聲韻諧婉便覺質夫詞有織繡工夫晁叔用云東
坡如毛嬙西施淨洗卻面與天下婦人鬬巧質夫未免
膏澤東坡和詞云似花還似非花也無人惜從教墜拋
家傍路思量卻似無情有思縈損柔腸困酣嬌眼
欲開還閉夢隨風萬里尋郎去處又還被鶯呼起不恨
此花飛盡恨西園落紅難綴曉來雨過遺蹤何在一池
萍碎春色三分二分塵土一分流水細看來不是楊花
點點是離人淚張叔夏云後段愈出愈奇真壓倒今古
章詞云燕忙鶯懶芳殘正堤上柳花飄墜輕飛亂舞點
畫青林全無才思閑趁游絲靜臨深院日長門閉傍珠
簾散漫垂垂欲下依前被風吹起蘭帳玉人睡覺怪春
衣雪沾瓊綴繡牀漸滿香毬無數才圓卻碎時見蜂兒

仰粘輕粉魚吞池水望章臺
路杳金鞍游蕩有盈盈淚

趙閒閒名秉文金正大間人善書法有辭藻嘗見擘窠書自作和東坡赤壁詞雄壯震動有渴驥怒猊之勢元好問為之題跋而詞亦壯偉不羈視大江東去信在伯仲間可謂詞翰兩絶者詞曰清光一片問蒼蒼桂影其中何物一葉輕舟波萬頃四顧粘天無壁叩枻長歌姮娥欲下萬里揮冰雪京塵十丈可能容此人傑回首赤壁磯邊騎鯨人去幾度山花發澹澹長空千古夢祇有

歸鴻明滅我欲乘雲從公歸去散此麒麟髮三山安在

玉簫吹斷明月

沈天羽云東坡破帽多情卻戀頭翻龍山事特新山谷

風前橫笛斜吹雨醉裏簪花倒著冠尤用得幻

王弇州曰康與之人瘦也比梅花瘦幾分又天還知道

和天也瘦又簾捲西風人比黄花瘦又應是緑肥紅瘦

又人共博山煙瘦瘦字俱妙

李君實曰晁無咎評歐陽永叔浣溪沙云緑楊樓外出

秋千只一出字自是後人道不到處予按王摩詰詩秋千競出垂楊裏歐公詞意本此晁偶忘之耶

復齋漫録云謝無逸嘗于闗山杏花村館驛題江城子詞云杏花邨館酒旗風水溶溶野度舟横楊柳緑陰濃望斷江南山色遠人不見草連空夕陽樓下晚煙籠粉香融淡眉峯記得年時相見畫屏中只有闗山今夜月千里外素光同過者抄謄必索筆于館卒卒頗以為苦因以泥塗之其為人賞重可知

華亭宋尚木徵璧曰吾于宋詞得七人焉曰永叔其詞秀逸曰子瞻其詞放誕曰少游其詞清華曰子野其詞娟潔曰方回其詞新鮮曰小山其詞聰俊曰易安其詞妍婉他若黄魯直之蒼老而或傷于頽王介甫之劖削而或傷于拘晁無咎之規檢而或傷于樸辛稼軒之豪爽而或傷于霸陸務觀之蕭散而或傷于疎此皆所謂我輩之詞也苟舉當家之詞如柳屯田哀感頑艷而少寄托周清真蜿蜒流美而乏陡健康伯可排叙整齊而

乏深邃其外則謝無逸之能寫景僧仲殊之能言情程正伯之能壯采張安國之能用意万俟雅言之能協律劉改之之能使氣曾純甫之能書懷吳夢窗之能疊字姜白石之能琢句蔣竹山之能作態史邦卿之能刷色黃花菴之能選格亦其選也詞至南宋而繁亦至南宋而敝作者紛如難以槩述夫各因其姿之所近苟去前人之病而務用其所長必賴後人之力也夫

彭羨門孫遹曰詞家每以秦七黃九並稱其實黃不及

秦遠甚猶高之視史劉之視辛雖齊名一時而優劣自不可掩葉少蘊曰嘗見一西夏歸朝官云凡有井水處皆能歌柳詞

又曰稼軒詞胸有萬卷筆無點塵激昂排宕不可一世令人未有稼軒一字輒紛紛為異同之論宋玉罪人可勝三歎

又曰長調之難于小調者難于語氣貫串不冗不複徘徊宛轉自然成文今人作詞中小調獨多長調寥寥不槩見當由寄興所成非專詣耳唯龔中丞芊綿溫麗無

美不臻直奪宋人之席熊侍郎之清綺吳祭酒之高曠曹學士之恬雅皆卓然名家照耀一代長調之妙斯歎觀止矣

程村曰詞品云填詞于文為末而非自選詩樂府來不能入妙李易安詞清露晨流新桐初引乃全用世說語愚按詞至稼軒經子百家行間筆下驅斥如意近則婁東善用南北史江左風流惟有安石詞家妙境重見桃源矣

阮亭云花間字法最著意設色異紋細艶非後人纂組所及如淚沾紅袖黦猶結同心苣荳蔻花間趖晚日畫梁塵黦洞庭波浪颭晴天山谷所謂古蕃錦者其殆是耶

又云温李齊名然温實不及李李不作詞而温為花間鼻祖豈亦同能不如獨勝之意耶古人學書不勝去而學畫學畫不勝去而學塑其善于用長如此

又云或問花間之妙曰蹙金結繡而無痕跡問草堂之

妙曰采采流水蓬蓬遠春
又云載不動許多愁與載取暮愁歸去只載一船離恨
向西州正可互觀八槳别離船駕起一天煩惱不免徑
露矣東風無氣力五字妖甚如落花無可飛便不佳
又云鍾隱入汴後春花秋月諸詞與日夕此中只以眼
淚洗面一帖同是千古情種較之長城公煞是可憐
又云俞仲茅小詞云輪到相思沒處辭眉間露一絲覷
易安纔下眉頭却上心頭可謂此兒善盜然易安亦從

范希文都來此事眉間心上無計相迴避語脫胎李特工耳

又云牛衣古柳賣黃瓜非坡仙無此胸次近惟曹顧菴學士時復有之綠楊杜宇酒後偶然語亦是大羅天上人吾友蘄水楊菊廬比部因此詞于玉臺山作春曉亭子一時名士多為賦之亦佳話也

又云春事闌珊芳草歇一首字字驚心動魄祇為一聲河滿子下泉須弔孟才人恐無此魂銷也

又云堂上簸錢堂下走小人以衊歐陽有情爭似無情
忌者以誣司馬至謂盡孤眠滋味及落花流水別離多
范趙二鉅公作如許語又非但賡平梅花矣

又云宋南渡後梅溪白石竹屋夢窻諸子極妍盡態反
有秦李未到者雖神韻天然處或減要自令人有觀止
之嘆正如唐絕句至晚唐劉賓客杜京兆妙處反進青
蓮龍標一塵

又云程村詠物詞甚富畧舉一二如落花云五更風三

月雨慣作傷心別蟋蟀云偏與愁人作楚細思量甚事
恰闌卿白鸊鵜云露泠水晶屏煙煖藍田玉料不夜珠
邊長傍氷壺浴詠草云閨中陌上到處欲斷還匀金錢
花云金風泠留買一線斜陽怎看秋賤白鸚鵡云便花
田珠網攜來傍雕闌向梨花閒睡諸如此例不獨傳神
寫照殆欲追魂攝魄矣於此道中具有哪吒手段
又云雲間數公論詩持格律崇神韻然拘于方幅泥于
時代不免為識者所少其于詞亦不欲涉南宋一筆佳

處在此短處亦坐此合肥乃備極才情變化不測婁東驅使南北史瀾翻泉湧妥貼流麗正是公歌行本色要是獨絕不似流輩撏撦稼軒如宋初伶人謔館職也友人中陳其年工哀艷之辭彭金粟擅清華之體董文友善寫閨襜之致鄒程村獨標廣大之稱僕所云近愧真長矣

梨莊曰辛稼軒當弱宋未造負管樂之才不能盡展其用一腔忠憤無處發洩觀其與陳同父抵掌談論是何

等人物故其悲歌慷慨抑鬱無聊之氣一寄之于詞令乃欲與搔頭傅粉者比是豈知稼軒者王阮亭謂石勒云大丈夫磊磊落落終不學曹孟德司馬仲達狐媚稼軒詞當作如是觀予謂有稼軒之心胸始可為稼軒之詞令粗淺之輩一切鄉語猥談信筆塗抹自負吾稼軒也豈不令人齒冷

又曰徐巨源云古詩者風之遺樂府者雅之遺蘇李變而為黃初建安變而為選體流至齊梁排律及唐之近

體而古詩遂亡樂府變為吳趨越豔雜以足搊企喻子夜讀曲之屬以下逮于詞焉而樂府亦衰然子夜懊儂善言情者也唐人小令尚得其意則詩餘之作不謂之直接古樂府不可予謂巨源之論詞之源于樂府是矣獨所言子夜懊儂善言情者也唐人小令尚得其意是詞貴于言情矣予意所謂情者人之性情也上自三百篇以及漢魏三唐樂府詩歌無非發自性情故魯不可同于衛卿大夫之作不能同于閭巷歌謠即陶謝揚鑣

李杜分軌各隨其性情之所在古無無性情之詩詞亦無舍性情之外別有可為詩詞者若舍己之性情强而從人則今日餖飣之學所謂優孟衣冠何情之有唐人小令善于言情然亦不為懊儂子夜之情太白菩薩蠻為千古詞調之祖又何常不言情又何常以懊儂子夜為情乎予故言凡詞無非言情即輕艷悲壯各成其是總不離吾之性情所在耳

又曰宋人詞調確自樂府中來時代既異聲調遂殊然

源流未始不同亦各就其情之所近取法之耳周柳之纖麗子夜懊儂之遺也歐蘇純正非君馬黃出東門之類歟放而為稼軒後邨悲歌慷慨傍若無人則漢帝大風之歌魏武對酒之什也究其所以何常不言情亦各自道其情耳

王西樵曰耆卿殘蟬向晚聒得人心欲碎是寫閨中秋怨也梁棠邨春雲怨詞疎燈薄暮又一聲歸雁飛來平楚是寫閨中春怨也各自極其情致

宗梅岑元鼎曰詞以艷麗為工但艷麗中須近自然本色若流為淺薄一路則鄙俚不堪入調矣近日詞家極盛其卓然命世者真如百寶流蘇千絲鐵網世人不解謂其使事太多相率交詆此何足怪葢尋常菽粟者不知石蛄海月為何物耳

吳虎臣曾漫錄云邛州張公庠遊白鶴山有詩云初眠官柳未成陰馬上聊為擁鼻吟遠宦情懷消壯志好花時節負歸心別離長恨人南北會合休辭酒淺深欲把

春愁閒抖擻亂山高處一登臨秋官張才翁遂以此詩成雨中花詞云萬縷青青初眠官柳向人猶未成陰據雕鞍馬上擁鼻微吟遠宦情懷誰問空嗟壯志銷沉正是好花時節山城留滯忍負歸心別離長恨飄蓬無定誰念會合難憑相聚裏休辭金盞酒淺還深欲把春愁抖擻春愁轉更難禁亂山高處憑闌垂袖聊寄登臨

豫章先生少時嘗為茶詞寄滿庭芳云北苑龍團江南鷹爪萬里名動京關碾深羅細瓊蕊冷生煙一種風流

氣味如甘露不染塵煩纖纖捧玉甆弄影金縷鷓鴣斑
相如方病酒銀瓶蟹眼驚鷺濤翻為扶起尊前醉玉頹
山歛罷風生兩腋醒魂到明月輪邊歸來晚文君未寢
相對小窻前

日月無根天不老浮生總被消磨了陌上紅塵常擾擾
昏復曉一場大夢誰先覺雒水東流山四遶路傍幾個
新華表盡說在時官職好爭信道泠煙寒雨埋荒草王
輔道侍郎漁家傲詞歌之使人有遺世之意王在徽宗

朝嘗奏天神降其家遣中使驗之無有也坐誣以死世謂輔道乃曉人不應爾蓋輔道韶之子韶熙河用兵其濫殺者多故冤以致禍耳

釋可正平工詩之外長短句尤佳嘗見其有菩薩蠻詞云誰能畫取沙邊雨和煙淡掃蒹葭渚別岸却斜暉采蓮人未歸鴛鴦如解語對浴紅衣去去了更回頭教儂特地愁

晁以道云杜安世詞燒殘絳蠟淚成痕街鼓報黃昏或

譏其黄昏未到那得燒殘絳蠟或云王荆公父益都官
所作曾有人以此問之荅曰重簾邃屋簾幙擁密不到
夜已燃燭矣其全章云燒殘絳蠟淚成痕街鼓報黄昏
碧雲又阻來信廊上月侵門愁永夜拂香煙待誰温夢
闌憔悴擲果淒涼兩處銷魂
歐陽文忠公愛王君玉燕詞云煙逕掠花飛遠遠曉窻
驚夢語匆匆梅聖俞以為不若李堯夫燕詩云花前語
澁春猶冷江上高飛雨乍晴君玉全闋云江南燕輕颺

繡簾風二月池塘新社過六朝宮殿舊巢空頡頏恣西東王謝宅曾入綺堂中煙徑掠花飛遠遠曉窻驚夢語匆匆偏占杏園紅

吳虎臣漫錄云予紹興戊辰至信州鉛山見驛壁有題玉樓春云東風楊柳門前路畢竟雕鞍留不住柔情勝似嶺頭雲別淚多如花上雨青樓畫幕無重數聽得樓邊車馬去若將眉黛染情深直到丹青難畫處詞甚佳未知何人作也甲子九月余與虞山孫赤崖道過鉛山尋所謂題詞驛壁已在斷烟荒草中矣

赤崖賦一絶云古渡春風漾酒旗驛亭不見壁間詞可憐楊柳門前路依舊青山似黛眉余和云山村斜颭酒家旗古驛曾傳幼婦詞門外青山仍似舊只憐無處問娥眉

梅聖俞在歐陽公座有以林逋草詞金谷年年亂生芳草誰為主為美者聖俞因别為蘇幕遮一闋云露堤平煙墅杳亂碧凄凄雨後江天曉獨有庾郎年最少窣地春袍嫩色宜相照接長亭迷遠道堪怨王孫不記歸期早落盡梨花春又了滿地殘陽翠色和煙老歐公擊節賞之

韓魏公皇祐初鎮揚州夲事集載公親撰維揚好詞四章所謂二十四橋千步柳春風十里上珠簾者是也其後熙寧初公罷相出鎮安陽復作安陽好詞十章人多傳之令録其一云安陽好形勢魏西州曼衍山河環故國昇平歌吹沸南樓和氣鎮飛浮籠畫陌喬木幾春秋花外軒窻排遠岫竹閒門巷帶長流風物更清幽

南唐宰相馮延已有樂府一章名長命女云春日宴緑酒一杯歌一遍再拜陳三願一願郎君千歲二願妾身

長健三願如同梁上燕歲歲長相見其後有以其詞改為雨中花云我有五重深深願第一願且圖久遠二願恰如雕梁雙燕歲歲後長相見三願薄情相顧戀第四願永不分散五願奴留收團結果做個人宅院味馮公之詞典雅豐容雖置在古樂府可以無愧一遭俗子竄異不惟句意重複而鄙惡甚矣

蜀人李久善長短句有鶯擲垂楊一點黃金溜識者以為新余舊見王與善蝶戀花詞云粉面與花相間鬭星

睟一轉晴波溜盞出于此王元祐間人其全篇云去歲
花前曾記有坐醉嬉遊花下攜纖手粉面與花相間鬬
星睟一轉晴波溜一見新花還感舊淚眼逢春忍使看
花柳春恨厭和永晝寂寞黃昏後又燭影搖紅云煙
雨江城望中綠暗花枝少惜春長待醉東風却恨春歸
早縱有幽歡會奈如今風情漸老鳳樓何處畫欄愁倚
天涯芳草
寶文閣學士連南夫鵬舉罷守泉南李右丞邴漢老送

之以詞寄玉蝴蝶云壯歲分符方面蕙風香偃禾稼春融報政朝天歸去穩步鰲宮望堯蓂九重絳闕頒漢詔五色芝封湛恩濃錦衣玉佩重繼三公雍容臨岐祖帳綺羅環列冠蓋雲叢滿城桃李書將芳意謝東風柳煙輕萬條離恨花露重千點啼紅莫匆匆且陪珠履同醉金鐘一時妓女都歌之

禽名山和尚即山鵲也滇中有蟲名水秀才楊用修鷓鴣天云秋水澄清勝酒醅野煙籠樹似樓臺彈聲林鳥

山和尚寫字寒蟲水秀才乘興去興闌回夕陽影裏記徘徊王思修禊明年約無奈鳴騶得得催此詞用字新雋僧貫休上蜀王建詩一瓶一鉢垂垂老萬水千山得得來建呼為得得和尚

詞苑叢談卷四

欽定四庫全書

詞苑叢談卷五

翰林院檢討徐釚撰

品藻三

王阮亭和漱玉詞有郎似桐花妾似桐花鳳之句長安盛稱之遂號為王桐花幾令鄭鷓鴣不能專美其詞云

涼夜沈沈花漏凍欹枕無眠漸聽荒雞動此際閒愁郎不共月移窻罅春寒重憶共錦裯無半縫郎似桐花妾

似桐花鳳往事迢迢徒入夢銀箏斷絕連珠弄時太倉崔孝廉華出阮亭之門有黃葉聲多酒不辭之句人亦號為崔黃葉汪鈍翁云有王桐花為師不可無崔黃葉作弟子一時傳以為佳話

阮亭嘗戲謂彭十是豔情當家駿孫輒怫然不受一日彭賦風中柳離別詞云槐樹陰濃小院晚涼時節別離可奈腸如結歌喉輕轉聽唱陽關徹情脈脈幾回嗚咽細語叮嚀道且自消停這歇燈火高城更未絕殘妝重

整送向門前別拌今宵為伊啼血阮亭見之謂曰試以此舉似他人得不云吾從衆耶彭一笑謝之

董文友以寧善為情語常有詞云倘若負情悰來生左太冲人多傳之又賦憶蘿月一詞云已將身許敢比風中絮可奈檀郎疑又慮未肯信儂言語便將一縷心煙花閣斂衽告天若負小腮歡約來生醜似無鹽予謂此無鹽正堪與太冲作匹

阮光祿大鍼固是江令一輩人所著燕子箋春燈謎雜

劇梨園子弟爭唱之嘗作減字木蘭花云春光漸老流
鶯不管人煩惱細雨膩紗深巷清晨賣杏花眉峯雙蹙
畫中有個人如玉小立簾前待燕歸來始下簾其温麗
不減和凝予曽至皖江作雜感一絶句云亂落楊花攪
白綿皖江江水緑于煙南朝狎客無人見腸斷聲聲燕
子箋
黄京作逐妾詞悽惋不能多讀其自序曰不云遣而云
逐者以無故而去之與逐同也執手躊躇情淒此日臨

岐繾綣緣訂他生聊填白苧之詞以當青衫之濕詞云陽關低拍紅淚青衫滴愁思亂柔腸裂分攜空有恨啼笑應無策從今後飄零不作思家客憶昔題箋日鳳帶連環結回首處成拋擲多愁偏到我補過原虛説人去也不堪重話牀前月又云逗遛無計薄倖名難避攜手地應頻記腰隨黃菊瘦淚染臙脂膩多少恨深如海水濃如醴欲去還驚悸頃刻休看易須珍重花前意錯寫鴛鴦字恨煞氤氲吏堪嘆是歸鴻何處將心寄鄒程村

和云花檀方拍花淚頻頻滴紫釵賣烏絲裂玉環悲蜀道銅雀欺孫策東風逆二喬應作漳臺客三秋如一日九曲迴腸結空自把韶華擲本非司馬竊難對虞侯說凄涼夜舉杯自憾當頭月又云欹歔無計權且相迴避只一念應牢記柳眉休更蹙黄手應還臏堪悲是金尊難下平原醴憶昔多驚悖歡會非容易難忘却當初意原懟金谷主空學廬江吏伊去後淚痕又把紅綃寄阮亭謂其同牀各夢羊長史爾時自哭亡妾真堪絶倒調寄千秋歲

秦淮紀映淮詩人紀映鍾之妹有柳枝詞云棲鴉流水點秋光愛此蕭疎樹幾行不與行人綰離别賦成謝女雪飛香阮亭秦淮絶句棲鴉流水真蕭瑟不見題詩紀阿男謂映淮也

吳祭酒梅村撰秣陵春通天臺雜劇直奪湯臨川之座中有菩薩蠻一調云謝家池館桐花發畫屏曲屈翹紅袖欲剪鳳凰衫青蟲搖羽簪一枝雙荳蔻淺立東風瘦春思遠于山眉痕凡幾灣雕艷似温尉

泰娘名姬也詩有楓橋泰娘雙翠蛾又秋娘容與泰娘嬌之句王阮亭和張泌韻云雨後蟲絲罥碧紗朝來鵲語鬭簷牙日痕紅曙一欄花殘夢未遙猶眷戀篆煙初裊半天斜消魂應憶泰娘家徐東癡謂其情事如水誦之果然

王西樵司勳詠無題諸詩秀情麗致不減溫李所撰燃脂集朱鳥逸事大為彤管紀勝嘗賦閨情點絳脣一闋云金井風微響轆轤桐陰漏日曉妝初薄寒猶怯玉肌

膚簾幕絮縈雙紫燕盆池花襯小紅魚晝長躭閣繡工夫阮亭謂髫時每喜吟紫燕紅魚二語時時成誦今細讀之瑤翻碧灔宛似元美江南詞也

范文光續花間集皆畫船歌席題贈之作有贈金陵楊姬擣練子云曲兒高月兒斜春風場上說楊家自是調高難得和誤將人面比桃花又贈金陵劉姬桂殿秋云不在豔不須多尊前一擲與橫波梨花着雨春容冷應喚金陵小秦娥二詞程村載倚聲集情致眠人不減前

輩風流志之可當東京夢華録也

王司理去維揚日作江南好數調云江南好風日近秦

郵銀甲暫停朱閣午玉笙纔度碧雲秋扶醉且淹留江

南好春暮雨廉纖魚子天晴初出水鼠姑牡丹也風細不

鈎簾底事惱江淹江南好最好是孟湖何處情人名碧

玉誰家亭子號真珠聊為結相於江南好畫舫聽吳歌

萬樹垂楊青似黛一灣春水碧于羅懊惱是横波江南

好又過落花朝玉茗歌殘情歷歷金堂人散水迢迢魂去

不須招予曾于畫船白板上見之清歌宛轉似樂天憶西湖諸作
董文友一剪梅云慣得相攜花下游蘇大風流蘇小風流而今別況冷于秋燕去南樓人去南樓等閒平判十分愁儂在心頭卿在眉頭少年心事總悠悠一曲揚州一夢蘇州商丘宋牧仲謂其酷似李易安
蓬萊令沈留侯內人顧氏雪灘釣叟女兒也嘗詠墨繡錦纏道云數尺光綾色相莊嚴無有看濃抹淡妝渾黕

一絲如掃煙霞帚豎眼低眉只在纖纖剖擬攜向天孫從何措手問女紅更能知否歎金針莫度頑蒙仗慈悲洪力頂禮勤稽首標格如許何減謝家道蘊耶

程村少年過南曲中作蘇幕遮第二體詞云沈真真蘇小小舊日知名今日餘多少花史新編誰氏了為問青衣可有迦陵鳥閑門羨護門草碧瑣紅橋未許何郎到流水無聲長自遶幾朶芙蓉獨耐秋霜老按迦陵鳥西方傳言之鳥閑門羨唐妓史鳳以郄下等客護門草出

常山人過者則吒之用事譎誕亦詞中之長吉也

董文友感皇恩詠鏡云有福共嬋娟相依白首看盡雙蛾似垂柳此中何處有個人兒爭瘦笑效顰難效腸迴九春歷飛處有時昏黦拂拭紅綿勞玉手芙蓉映入疑是瀟湘清瀏怪東風起處吹難皺阮亭笑曰東風起處吹難皺亦復關卿何事

毛稚黃玉樓春閨晚云閒庭悄立愁時候秋色滿堦花似繡月明背著陡然驚不信我真如影瘦嘹嘹孤雁丁

丁漏又是三鼕街鼓後露珠珠淚一般多誰濕銀紗衫子袖又踏莎行書來云數點黃花一行衰柳淒其客況秋時候空閨寂寂念相聞書來墨淡知伊瘦心似懸旌人如中酒懨懨最怕黃昏後枕頭耳熱浪頻猜想伊不忍將人呪又臨江仙寫意云我醉古人千日酒醒來月掛牀邊仰頭大笑看青天胸中無限仄江海總平川鶴背山腰同一瘦且看若個詩仙抱琴撫弄意冷然不思明日事更探杖頭錢沈東江嘲曰昔子野稱張三影今

稚黃可謂毛三瘦矣

滹沱河之南栢棠村在焉中有司徒梁蒼巖公別墅公秋憶詩城東別業輞川圖手種垂楊一萬株大麓經秋霜榦冷綠煙猶似昔時無正謂此也嘗在燕邸作望江南數調云清明候細雨曉風和樹裏青帘春醖美水邊紅袖麗人多處處醉顏酡家山好春色滿平蕪花片參差裘馬客柳絲搖曳水雲圖遠浦立鵜鶘東郊外煖日水粼粼一路杏花尋幕燕幾行楊柳渡溪人沙細碾車

輪踏青去遥指緑陰村斜裊金鞭晴試馬髙燒紅燭夜開樽芳草滯王孫西村裏淼淼水拖藍一縷墟煙青似織數峯嵐色碧於簪可喚小江南情致如許讀之頓令人懐思趙郡風物

萊陽宋觀察荔裳登南京燕子磯望大江作賀新涼云

絶壁銜飛閣倚寒空嶒峵窈窕是誰琱琢六代興亡如逝水烟冷千尋鐵索夢不到烏衣簾箔結綺臨春歌舞散大江流尚繞青山郭悲自語簷邊鐸滔滔東下風濤

作俯層欄黿鼉出沒雪山歎薄況是清秋明月夜何處船吹角早驚起南飛烏鵲估客船從巴蜀下看帆檣半向青天落吾欲醉騎黃鶴慷慨激昂彷彿曹公烏鵲南飛之句儻呼銅將軍鐵綽板與髯仙共唱應使大江鼎沸

宋觀察如夢令云剛到鳳凰臺上無那驪駒三唱願作博山爐魂逐沉煙游颺羅幃羅幃高築愁城千丈曾學士云羅幃築愁城從來未有人道真是無聊情至語

一伎將落籍陽羨生于席上賦翠樓吟贈之云銀甲推纂珠條絡鼓清歌屈柘如縷人到離筵裏儘眉黛愁將碧聚縱橫玉筋似綠柳縈煙紅蘭著露歌雁柱一場春夢沒些情緒他日縱過侯門只光延坊畔櫻桃一樹奈銅輿催上更糝遍一街絲雨橫波重注看斜側帽簷銷魂無語紅蠟底新官舊主一般胡覷王司勳西樵見之朗吟一絶句云新人橋上着春衫舊主江頭側帽簷願得化為紅綬帶許教雙鳳一時銜陽羨生謂陳其年也

宋荔裳席上聽女郎度曲點絳脣詞云子夜清歌隔簾疑在青天外瓊簫玉管莫把鶯喉礙紗帽籠頭銜却殘妝戴嬌羞壞廣場無奈初學男兒拜周廣庵嘆其描神處似韓僕射夜讌圖

丁葯園浣溪沙云買斷春風榆莢錢拋殘紅日柳絲鞭王孫歸去劇堪憐鸚鵡窺翻雙陸局珊瑚劈亂十三絃晝長無事不教眠杜茶村謂其只言無聊光景所思自在言外此真得詞家三昧

嶺南之役變亂恍忽棠村公衮衣持節宣德威權大體成命而返所著使粤集都道珠江花鳥之勝故余寄公絶句有過嶺新詞喜乍攀海天歸棹泣烏蠻之句廣陵鄧孝威亦云一别珠江煙雨暗鷓鴣啼煞五羊城今録公歸舟所賦洞庭春色詞奇彩煥發益知公之能從容定變也詞云萬里河梁五羊歸櫂夾路春風看荔枝洲畔沉香浦外簾開樓閣帆動艨艟載得珠江花鳥去更千步香薰兩袖濃斜陽岸正袍侵草緑衣染鵑紅簾藏

羅浮舊繭早辨取舞蝶紗籠閒踏歌蠻樂穿花遊女尋芳何地拾翠誰從拋却南天煙月暖喜北望長安紫氣重驪歌裏聽蘭橈笳鼓驚起鼉宮公自注嶺南有千步香草又羅浮繭中出蝶千步香一名九里香花繁如雪

汪舍人蛟門醉春風詞云好事而今乍刻襪移深夜手提金縷小鞋兒怕怕怕犬吠花陰月沉樓角暗中驚詫軟玉相憑藉纖指將頭卸妾身捹得教郎憐罷罷罷又聽雞聲催人枕畔羞顏嬌姹較之南唐主遺小周后詞

尤覺旖旎
金粟顧梁汾舍人風神俊朗大似過江人物無錫嚴蓀友詩曈曈曉日鳳城開纔是仙郎下直回絳蠟未消封詔罷攜身清露落宮槐其標格如許畫側帽投壺圖長白成容若題賀新涼一闋于上云德也狂生耳偶然間緇塵京國烏衣門第有酒惟澆趙州土誰會成生此意不信道遂成知已青眼高歌俱未老向樽前拭盡英雄淚君不見月如水共君此夜須沉醉且由他蛾眉謠諑

古今同忌身世悠悠何足問冷笑置之而已尋思起從頭翻悔一日心期千刼在後身緣恐結他生裏然諾重君須記詞旨嵚崎磊落不啻坡老稼軒都下競相傳寫于是教坊歌曲間無不知有側帽詞者

側帽詞西郊馮氏園看海棠浣溪沙云誰道飄零不可憐舊遊時節好花天斷腸人去自今年一片暈紅疑着雨晚風吹掠鬢雲偏倩魂銷盡夕陽前蓋憶香嚴詞有感作也王儼齋以為柔情一縷能令九轉腸迴雖山抹

徽雲君不能道也

余舊有菊莊詞爲吳孝廉漢槎在寧古塔寄至朝鮮有東國會寧都護府記官仇元吉題余詞云中朝寄得菊莊詞讀罷煙霞照海湄北宋風流何處是一聲鐵笛起相思故阮亭先生有新傳春雪詠蠻徼繡弓衣之句益都相國馮公有記載三長矜虎觀風流一調動雞林之句皆一時實錄也同時有以成容若側帽詞顧梁汾彈指詞寄朝鮮者朝鮮人有誰料曉風殘月後而今重見

柳屯田句惜全首不傳

王西樵曰丁飛濤最善塡詞有扶荔集三卷為當世所傳誦如鎖窻寒東風詞入柳非煙弄花無影斷腸何處聲聲慢秋夜詞撇得我憑憔悴自已難識欹著枕把淚兒揾住怎得又柳初新詞最惜纖腰如楚恐難禁灞橋人去及早和他同倚怕消魂夕陽飛絮又瓜茉莉闌怨詞含糊過翻恨成悲細看去都是淚被風吹直向海天雲底也知到他那里又品令幽懷詞九十春光添做百

分憔悴不如掃却令番慢把相思再理又鳳銜杯舊恨詞將拭淚雙綃斷腸一紙交伊看怎推得無人見又臨江仙春睡詞柳慵花醉喚不起鷓鴣啼畫梁殘日依依輕他燕子故雙棲湘簾晴下賺得箇撲簾飛是愈出愈妍後人駕前人之上真可謂山閒明月鳳管簫聲淒楚廻環傷情欲絶矣

徐媛小淑適范副使允臨卜築天平山享園亭詩酒之樂嘗賦漁家傲云板扉小隱清溪曲夜月羅浮花覆屋

木籠戛戛摇生穀莊田熟桔槔懸向茅簷宿青山一片芙蓉簇林阜逸韻飄横竹遠浦輕帆低幾幅濃睡足笑看小婦雙鬟緑妝點農家饒有林下風致又有詞云露浥芙蓉茜翠澁枯棠瓣傍疎柳西風幾點又云曲曲湖梁一片秋光織句畫佳

朱竹垞云休寧汪晉賢（森）居桐鄉縣治東偏築裘杼樓積書萬卷其上招致周青士沈山子相與講習詩古文詞招昆周士治別業於鷗波亭北令弟季青僑居雉城

往來酬和四方名流企其風尚挐舟至者戶外屨滿有西谿小築憶秦娥詞云城隅嫩柳浮烟色谿橋一帶花遮宅花遮宅曉來風雨最難禁得半篙新漲沙痕碧籬根細糝蒼苔迹蒼苔迹春泥藜杖到來吳客頗有宋元遺響

遂安方渭仁象瑛曰毛會侯文尚遒逸力洗近世膚偽之習宜其不專以綺靡為尚也而顧好為小詞其所著映竹軒詩餘有冬夜集稱黃宅聽歌調清平樂云霜寒

如許燭皺紅偏吐預借春光來作主聽得春鶯雙語新
詞幽恨無涯聲聲鵑落梅花我欲徘徊起舞漫教淚濕
琵琶柔情曼調有不可概論者
余舊屬謝彬畫楓江漁父圖客有覽之因題云夢裏一
峯青依稀西洞庭平生愛林屋未得隱秋屏白鷺白髙
下梅花相杳冥君家在何處招手且虹亭葢余號虹亭
故云新城王阮亭先生云十載吳江狎釣絲筆牀茶具
似天隨朝來宣賜蓬池鱠却憶鱸鄉亭畔時施愚山云

秋雲漠漠水漫漫一色芙蓉十里寛不向長安飢索米
那知回首憶漁竿彭羡門云手結夫須上釣舟霜黄初
落潦初收憑誰剪取吳江水併作楓林一派愁嚴蓀友
云瑟瑟波中一櫂迴鳧雛相趁小鷺猜等閒莫道持竿
手消得珊瑚架筆來闞中李劬菴云休沐歸來把芰荷
絲綸聊復試清波得魚换酒憑酣卧不畏花磚日影過
虞山歸孝儀云家住吳江笠澤邊短蓑細雨緑楊烟從
今預擬閒來往看到溪山二十年益都馮相國云楓江

一棹五湖彎秋月蘆花亦等閒誰使金門饑索米更牽魂夢到吳山皆能極道江湖之樂長白成容若為余作漁父詞云收却綸竿落照紅秋風寧為翦芙蓉人淡淡水濛濛吹入蘆花短笛中同人以為可與張志和並傳浦濱葉蒼巖映榴因為余題一絕於後云身隨鷗鷺狎烟波十里南湖一棹過月下樵青攜斗酒飲酣吹笛擬漁歌以志和善擊鼓吹笛嘗擬漁歌也

嚴州毛會侯亦畫垂竿小照華亭高讓園層雲賦邁陂

塘云訝娥江緑揉千頃吴綃數尺誰譜烟條故踠斜汀
外牛拂燕梢桑櫓風欲度挂三扇低蓬冩影眠鷗鷺晩
來佳處正野漲平橋輕餐小笠漠漠一溪雨家長泖我
亦烟波舊侶投竿當日情緒酒徒盡覔封侯矣漫向歎
塵羇旅商去住趁春水桃花倚艓當沙溆逢君何許但
茶竈香籠釣筒詩卷相對鏡中語高槎客騫諼園令子
為余題楓江漁父小重山云十里青林半欲酡一奩秋
色静鏡新磨繫人情處此中多裁東絹點綴小烟波我

亦兩番過半竿菱葉渡記曾拖朝衫果肯換輕蓑重移艇相向發清歌兩詞俱極佳識者擬之晏元獻父子讓國著攺蟲齋詞槎客有羅裙集

陳其年婦人集云徐湘蘋才鋒遒麗生平著小詞絕佳蓋南宋以來閨房之秀一人而已其詞娣視淑真姒畜清照至道是愁心春帶來春又來何處及哀楊霜遍灞陵橋何處是前朝等語纏綿辛苦兼撮屯田淮海諸勝按湘蘋名燦海寧陳相國夫人也著拙政園詩餘初集今再錄其二首西江月云剪燭閒思往事看花尚記春

遊侯門東去小紅樓曾共翠娥杯酒聞說傾城尚在可如舊日風流勿勿彈指十三秋怎不教人白首木龍吟云合歡花下流連當時曾向君家道悲歡轉瞬花還如夢那能長好真箇而今臺空花盡亂烟荒草算一番風月一番花柳各自闘春風巧休嘆花神去杳有題花錦箋香稿紅英舒卷綠陰濃淡對人猶笑把酒微吟譬如舊侶夢中重到請從今秉燭看花切莫待花枝老

金沙王朗學博次回名彥泓女也學博以香奩艷體盛傳吳下朗亦生而夙悟詩歌書畫靡不精工尤長小詞爲古今絕調生平著譔極多兵火以來便成遺失嘗於扇頭見其浪淘沙閨情三首云幾日病淹煎昨夜遲眠強

移心緒鏡臺前雙鬟淡烟低髻滑也自生憐不貼翠花鈿嬾易衣鮮碧油衫子褪紅邊爲怯遊人如蟻擁故揀陰天踈雨滴青簽花壓重檐繡幃人倦思懨懨昨夜春寒眠不足莫捲湘簾羅袖護摻摻怕拂粧奩獸爐香倩侍兒添爲甚雙蛾長翠鎖自也憎嫌斜倚鏡臺前長歎無言菱花蝕彩箇人驚分付侍兒收拾去莫拭紅綿滿砌小榆錢難買春還若爲留住豔陽天人去更兼春去也煩惱無邊才致如許真所謂却扇一顧傾城無色矣

按朗適梁溪秦氏文彥回任楚中學博又有學編青衣閒刺鳳自把金針代補翎毛空一詞才思雕妍殊為巧妙

虞山吳永汝字小法母故某尚書姬也七歲善琴箏十歲工翰染樂府詩歌一見即能詮識人有霍王小女之目其母攜之毘陵十二而字鄒大程村後為雀角所阻見其訣別詞有云質如蒲柳敢耦姬姜年豈桑榆忍甘駔儈念一生其已矣將九死以何之其如夢令一闋云簾外一枝花影月到花梢陰冷夜坐穗燈消寂寂小窻寒

寢夢醒夢醒重把離愁細整又蝶戀花半闋云傷心只怕天公遠好運何時薄命應須轉西隣姊妹閒相勸抽箋步入桐陰院餘俱楚楚可誦鄒大有惜分飛四十四闋并製序以悼之惜分飛序中有云霍王小女母號淨持衛氏小兒父名鄭季清風細雨無不訝其針神綺月流雲咸共歛其墨妙直為抒寫無遺至云邯鄲才人終歸厮養左徒弟子空賦嬌娑金櫝東西不見臺邊之柳畫船南北徒聞渡口之桃則千古傷心不獨程村為然矣

海鹽陳若蘭名端麟著閨詞一百首中有云垂柳依依綠影生芰荷亭上設棊枰局中彈出縱橫勢笑問檀郎若

箇贏又云閨中喜作道家妝雲錦裁成綠羽裳學戴星冠簪日月侍兒齊綰髻雙雙又云一自檀郎赴玉京殘燈挑盡淚盈盈黄昏又值芭蕉雨不管人愁滴到明如此吟咏去花蘂夫人不遠（若蘭集有綠窗閒咏一帙）

康鄰（字湘雲）直隸邢臺人黄更生內子也所著有臨風閣集其菩薩蠻詞云倚徙聽踈鐘臨窗愁煞儂又玉樓春詞云妾顏自愧石邊花君心莫化花邊石其警句多如此王西樵（士祿）有贈更生詩云殿前筆札凌雲賦樓上

鶯花織錦妻蓋紀康之能文也詞載朱鳥逸史

李姬名香秣陵教坊女也母曰貞麗一作貞淑大有俠氣嘗一夜博輸千金立盡姬亦俠而慧能辨别士大夫賢否張太史溥夏吏部允彝尤亟稱之十三歲從吳人周如松受歌盡得其音節然不輕發也嘗一日故開府田仰以金三百鎰邀姬一見開府向皃事魏奄者又姬常以他事獲罪阮懷寧至是喟然歎曰田寧異阮公乎峻却之卒不往語小篇載其題鄧彰甫細書虞美人詞云相思

莫寫上楊花恐被風吹愁起滿天涯可謂妙絕陳其年曰姬與歸德侯方域善曾以身許方域設誓最苦誓詞令尚存湖海樓篋衍中詞固貞麗作也

無錫顧文婉自號避秦人詩詞極多恒與王仲英相倡和有浣溪沙云風雨妨春苦不寬開簾怕見嫩紅殘錦屏深護早春寒新嬾一身扶不起愁痕萬點鏡慵看空拈班管寫長嘆又云獨坐無聊對簡編閒題恨字滿花箋夕陽西去轉淒然掩淚低徊妝閣畔掀簾私語瘦梅前此時試問阿誰憐又云曉日凝妝上翠樓惱人春色

遍枝頭湘簾風細蕩銀鉤燕子未歸寒測測梅花初落恨悠悠重門深鎖一天愁句極凄婉詞見燃脂集中

湯晼生名叔英長洲人適休寧吳翺工詩善奕年僅三十六夭其春暮南鄉子云天氣最無憑乍雨還晴又做陰時候困人三月也清明暗買韶光柳釀金杯酒遚間吟寂寞春庭鬬草心院落黃昏簾幙悄深深獨坐譙門又起更晼生詞佳者極多惜散佚不傳王西樵補入朱鳥逸史

詞苑叢談卷五

欽定四庫全書

詞苑叢談卷六

翰林院檢討徐釚撰

紀事一

唐宣宗愛唱菩薩蠻令狐丞相托温飛卿撰進宣宗使宮嬪歌之詞云玉纖彈處真珠落流多暗濕鉛華薄春露浥朝花秋波浸晚霞風流心上物本為風流出看取薄情人羅衣無此痕又云南園滿地堆輕絮愁聞一霎

清明雨雨後却斜陽杏花零落香無言匀睡臉枕上屏山掩時節欲黄昏無憀獨倚門又云夜來皓月才當午重簾悄悄無人語深處麝煙長卧時留薄妝當年還自惜往事那堪憶花落月明殘錦衾知曉寒又云雨晴夜合玲瓏月萬枝香弱紅絲拂閒夢憶金堂滿庭萱草長繡簾垂麗穀眉黛遠山緑春水渡溪橋凭欄魂欲消又云竹風輕動庭除冷珠簾月上玲瓏影山枕隱穠妝緑檀金鳳凰兩蛾愁黛淺故國吳宫遠春恨正關情畫樓

殘點聲
韓君平翃以駕部郎知制誥有姬柳氏爲沙吒利所得
韓作章臺柳詞寄之云章臺柳章臺柳往日青青今在
否縱使長條似舊垂也應攀折他人手柳答詞云楊柳
枝芳菲節所恨年年贈離別一葉隨風忽報秋縱使君
來豈堪折載唐詩紀事
蜀主衍裹小巾其尖如錐宫妓多衣道服簪蓮花冠施
胭脂夾臉號醉糚衍作醉糚詞云者邊走那邊走只是

尋花柳那邊走者邊走莫厭金杯酒

李後主入國後每懷江南且念妃嬪散落鬱鬱不自聊賦虞美人詞曰春花秋月何事了往時知多少小樓昨夜又東風故國不堪回首月明中雕闌玉砌應猶在只是朱顏改問君都有幾多愁恰似一江春水向東流時後主在賜第七夕令故妓作樂聲聞於外太宗聞之大怒又傳有小樓昨夜又東風及一江春水向東流之句遂被禍按史記南唐徐鉉歸宋事太宗一日問曾見李

煜否銍對曰臣安敢私見之上遂令往銍望門下馬一老卒守門徐言願見太尉卒言有旨不得與人接銍曰奉旨來卒往報銍入立庭下久之卒取舊椅子相對銍遙謂卒曰但正衙一椅足矣須臾李王紗帽道服而出銍方拜遽下階引其手以上銍辭賓主李曰今日豈有此理銍引椅少偏乃敢坐李默不言忽長吁嘆曰當時悔殺了潘佑李平銍既去有旨召對銍不敢隱遂有秦王賜牽機藥之事牽機藥者服之前卻頭足相就如牽機狀也後賈魏公尹京

日忽有人來展剌謁曰前江南國主李煜相見則一清癯道士公曰太師已物故何得及此曰某少探釋氏今為獅子國王偶思鍾山而來懷中取一詩授公曰異國非所志煩勞殊清閒驚濤千萬里無復見鍾山讀之隨手灰滅

堯山堂外記樂曲有念家山後主親演其聲為念家山破識者知其不祥在圍城中作長短句未就而城破其詞曰櫻桃落盡春歸去蝶翻輕粉雙飛子規啼月小樓

西曲闌珠箔惆悵倦金泥門巷寂寥人散後望殘烟草低迷有人嘗見其殘藁點染晦昧心方危窘而不在書也

者舊續聞云蔡絛作西清詩話載江南李後主臨江仙云圍城中書其尾不全以余攷之殆不然余家藏李後主七佛戒經又雜書二本皆作梵葉中有臨江仙塗注數字未嘗不全其後則書太白詞數章是平日學書也本江南中書舍人王克正家物歸陳魏之孫世功君懋余陳氏壻也其詞云櫻桃落盡春歸去蝶翻輕粉雙飛子規啼月小樓西玉鈎羅幕惆悵暮烟垂別巷寂寥人散後望殘烟草低迷爐香閒裊鳳凰兒空持羅帶回首恨依依後有蘇子由題云凄凉怨慕真亡國之音也余按詞統又載此詞乃臨江仙後三句云何時重聽王總嘶撲簾飛絮依約夢回時為劉延仲補之未知孰是

南唐主歸宋後與金陵舊宮人書云此中日夕只以眼淚洗面又作長短句云簾外雨潺潺春意闌珊羅衾不暖五更寒夢裏不知身是客一餉貪歡獨自莫凭欄無限關山別時容易見時難流水落花何處也天上人間含思悽惋未幾下世後主歸國臨行有詞云三十年餘家國數千里地山河幾曾慣干戈一旦歸為臣妾沈腰潘鬢銷磨最是倉皇辭廟日教坊猶奏別離歌揮淚對宮娥東坡謂後主既為樊若水所賣舉國與人故當慟哭于九廟之前謝其民而後行何乃揮淚宮娥聽教坊離曲耶

李後主宮中未嘗點燭每至夜則懸大寶珠光照一室

如日中甞賦玉樓春宮詞曰晚妝初了明肌雪春殿嫦娥魚貫列笙簫吹斷水雲閒重按霓裳歌遍徹臨春誰更飄香屑醉拍闌干情未切歸時休照燭花紅待放馬蹄清夜月王阮亭南唐宮詞云花下投籤漏滴壺秦淮宮殿浸虛無從茲明月無顏色御閣新懸照夜珠極能道其遺事

潘佑與徐鉉湯悅張佖俱有文名而祐好直諫後主于宮中作紅羅亭四面栽紅梅作艷曲歌之佑應命作小

詞有樓上春寒山四面桃李不須誇爛熳已輸了春風一半時已失淮南故云

宣和五年金人來歸燕京及涿易檀順景薊六州之地都中盛唱小詞云喜則喜得入手愁則愁不長久怯則怯我兩箇廝守怕則怕人來破鬬未幾金人至汴京果有擄二帝之事

南唐書載後主繼室周后即昭惠后之妹也昭惠感疾后嘗在禁中先與後主私後主作菩薩蠻云花明月暗

飛輕霧今宵好向郎邊去剗襪步香階手提金縷鞋畫堂南畔見一晌偎人顫奴為出來難教郎恣意憐此詞遂傳播於外已而納后大讌羣臣韓熙載以下皆為詩諷焉後主不之譴

宋徽宗北去遇清明詩云茸母草名初生認禁烟無家對景倍凄然帝城春色誰為主遥指鄉關涕淚漣又戲作小詞云孟婆孟婆風名你做些方便吹箇船兒倒轉又徽宗北行謝克家作憶君王詞云依依宮柳拂宮牆宮殿

無人春晝長燕子歸來依舊忙憶君王月破黃昏人斷腸又郭浩援邊至隴口見紅白二鸚䳇在樹間問上皇安否浩曰崩矣鸚䳇悲鳴不已浩賦詩曰隴口山深草木荒行人到此斷肝腸耳中不忍聽鸚䳇猶在枝頭說上皇又洪皓祭徽宗文曰歎馬角之不生竟消雪窖攀龍髯而莫逮淚灑氷天忠憤欝勃使人出涕

周邦彥在李師師家聞道君至遂匿牀下道君自攜新橙一顆云是江南初進遂與師師謔語邦彥悉聞之檃

括成少年遊云并刀如水吳鹽勝雪纖指破新橙錦幄初溫獸香不斷相對坐調箏低聲問向誰行宿城上已三更馬滑霜濃不如休去直是少人行師師因歌此詞道君問誰作師師以直對道君大怒因加邦彥還謫押出國門越一二日道君復幸師師家不遇至更初師師歸愁眉淚眼憔悴可掬道君問故師師奏言邦彥得罪去國畧致一杯相別不知得官家來道君問曾有詞否李云有蘭陵王詞道君云唱一遍看李因奉酒歌云柳

陰直烟裏絲絲弄碧隋堤上曾見幾番拂水飄綿送行色登臨望故國誰識京華倦客長亭路年去歲來應折柔條過千尺閒尋舊蹤跡又酒趁哀絃燈影離席梨花榆火催寒食愁一箭風快一篙波暖回頭迢遞便數驛望人在天北悽惻恨堆積漸別浦縈迴津堠岑寂斜陽冉冉春無極記月榭攜手露橋聞笛沈思前事似夢裏淚暗滴歌竟道君大喜復召邦彥為大晟樂正

徽宗北轅後賦燕山亭杏花一闋哀情哽咽髣髴南唐

李主令人不忍多聽詞曰裁剪氷綃輕疊數重冷淡胭
脂注新樣靚粧艷溢香融羞殺蕋珠宮女易得凋零更
多少無情風雨愁苦閒院落淒涼幾番春暮憑寄離恨
重重這雙燕何曾會人言語天遥地遠萬水千山知他
故宫何處怎不思量除夢裏有時曾去無據和夢也有
時不做
漫齋雜錄云元豐己未廖明畧晁無咎同登科明畧所
遊田氏者麗姝也一日明畧邀無咎早過田氏遽起對

鏡理髮且盼且語草草妝掠以與客對无咎以明咎故有意而莫傳也因為下水船一闋云上客驪駒至鸚喚銀屏睡起困倚妝臺盈盈正解螺髻鳳釵墜繚繞金環玉指巫山一段雲委半窺鏡向我橫秋水斜領花交鏡裏淡掃鉛華匆匆自整羅綺斂眉翠雖有愔愔意空作江邊解佩

淳熙九年八月十八日駕詣德壽宮奉迎上皇觀潮百戲擺美各呈技藝上皇喜曰錢唐形勝天下所無上啟

奏曰江潮亦天下所獨宣諭侍臣各賦酹江月一曲至晚呈上以吳琚為第一其詞曰玉虹遥挂望青山隱隱恍如一抹忽覺天風吹海立好似春霆初發白馬凝空瓊鼇駕水日夜朝天闕飛龍舞鳳鬱葱環拱吳越此景天下應無東南形勝偉觀真奇絶好是吳兒飛彩幟蹙起一江秋雪黄屋天臨水犀雲擁看擊中流楫晚來波静海門飛上明月兩宮賞賜無限至月上始還

紹興間洪景盧在臨安試詞科三場畢與五友同過抱

劒街孫氏小樓夜月如晝正臨闌憑几兩燭結花燦然若連珠孫娼黠慧白坐中者曰今夕桂魄皎潔燭花呈祥五君較藝蘭省其高掇不疑請各賦一詞為他日佳話何自明即操筆作浣溪沙一闋云草草杯盤訪玉人燈花呈喜坐添春邀郎覓句要清新黛淺波嬌情脈脈雲輕柳弱意真真從今風月屬閒人衆傳觀歎賞獨恨其末句失意景盧續臨江仙曰綺席留歡歡正洽高樓佳氣重重釵頭小篆燭花紅直須將喜事來報主人公

桂月十分春正半廣寒宮殿匆匆姮娥相對曲欄東雲梯知不遠平步躡東風孫濡酌一觥相勸曰學士必高中此瑞殆為君設也已而洪景盧果奏名賜第餘皆不偶

范石湖座上客有談劉婕妤事者公與客約賦詞游次公先成公不復作衆亦斂手游詞云暖靄烘晴籞鎖垂楊龍池罩閣萬絲千縷池上曉光分宿霧日近羣芳易吐尋並蔕欄邊凝竚不信釵頭雙鳳去奈寶刀被妾先

留住天一笑萬花妬阿嬌好在金屋貯甚秋風易得踈
踈扇鸞塵汙一自昭陽宫閉後牆角土花無數况多病
情傷幽素百花臺上空雨露望紅雲杳杳知何處天尺
五去無路次公字子明禮部侍郎𢑱之子詩詞皆工
淳熙間御舟過斷橋見酒肆屏風上有風入松詞云一
春常費買花錢日日醉湖邊玉驄慣識西湖路驕嘶過
沽酒樓前紅杏香中歌舞綠楊影裏秋千暖風十里麗
人天花壓鬢雲偏畫船載得春歸去餘情付湖水湖煙

明日重扶殘醉來尋陌上花鈿光堯稱賞良久宣問何人所作乃太學生于國寶也重扶殘醉原詞作重攜殘酒上笑曰此句不免寒酸氣因為改之即日予釋褐

章丘李生至燕都嘗對月獨歌曰萬里倦行役秋來瘦幾分因看河北月忽憶海東雲夜靜聞鄰婦有倚樓而泣者明日訪之則宋宮人金德淑也詢李曰客非昨暮悲歌人乎李曰歌非己作有同舟人自杭來吟此句故記之耳金泣曰此亡宋昭儀黃惠清所寄汪水雲詩當

時吾輩數人皆有詩贈汪因舉其望江南詞曰春睡起積雪滿燕山萬里長城橫縞素六街燈火已闌珊人立玉樓間後遂委身於李云按宋琴士汪元量號水雲從謝后北遷嘗教宮人作詩汪水雲應是此人或謂瀛國公詩亦水雲所教也

湖山類藁載汪水雲淮河舟中夜聞宮人彈琴水龍吟詞云鼓鞞驚破霓裳海棠亭北多風雨歌闌酒罷玉啼金泣此行良苦駝背模糊馬頭匼匝朝朝暮暮自都門燕別龍艘錦纜空載得春歸去目斷東南半壁悵長淮已非吾土受降城下草如霜白淒涼酸楚粉陣紅圍夜深人盡誰賓誰主對漁燈一點羈愁一搦譜琴中語水雲南歸又有亡宋舊宮人章麗真贈之詞曰吳山秋越山秋吳越兩

山相對愁長江不盡流風颼颼雨颼颼萬里歸人空白頭南冠泣楚因袁正真詞曰南高峯北高峯雲淡濃湖山圖畫中采芙蓉賞芙蓉小小紅船西復東相思無路通

南渡初金人追隆祐太后御舟至江西造口不及而還辛稼軒過其地有感賦菩薩蠻詞曰鬱孤臺下清江水中間多少行人淚西北是長安可憐無數山青山遮不住畢竟東流去江晚正愁予山深聞鷓鴣鶴林玉露云鷓鴣之句謂恢復之事行不得也

天台妓嚴幼芳嘗七夕宴坐有謝士卿者豪士也固命

之賦詞以巳姓為韻酒方行而成鵲橋仙云碧梧初出
桂花才吐池上水花微謝穿針人在合歡樓正月露玉
盤高瀉蛛忙鵲嬾耕慵織倦空做古人佳話人間剛道
隔年期想天上方纔隔夜元卿為之心醉留其家半載
傾囊贈之而歸
王邁丁丑第四人及第劉後村賀啟云聲名早著不數
黃香之無雙科目小低猶壓杜牧之第五又贈之詞云
天壤王郎數人物方今第一談笑裏風霆驚坐雲烟生

筆落落元龍湖海氣琅琅董相天人策其重之如此

林賓王荔子雜志曰詩餘荔子之咏作者既少遂無檀長獨歌陽公浪淘沙一首稍存感慨悲凉耳詞云五嶺麥秋殘荔子初丹絳紗囊裏水晶丸可惜天教生處遠不近長安往事憶開元妃子偏憐一從䰟散馬嵬關只有紅塵無驛使滿眼驪山

東皐雜錄云王定國嶺外歸出歌者勸東坡酒坡作定風波序云王定國歌兒曰柔奴姓宇文氏眉目娟麗善

應對家世住京師定國南遷歸予問柔奴廣南風土應是不好柔對曰此心安處便是吾鄉因為綴一詞曰常羨人間琢玉郎天教分付點酥娘自作清歌傳皓齒風起雪飛炎海變清涼萬里歸來年愈少微笑笑時猶帶嶺梅香試問嶺南應不好卻道此心安處是吾鄉

賈似道作堂曰半閒每治事畢則入堂中打坐有倿人上唐多令詞大稱其意詞曰天上謫星班青牛夜度關幼出蓬萊新院宇花外竹竹邊山軒冕倘來閒人生閒

最難算真閒不到人間一半神仙占取留一半與公閒
西湖志云張淑芳樵家女宋理宗選宫嬪賈似道見其
美匿為妾似道敗芳遂削髮為尼結庵九溪栽花種竹
以老有更漏子詞曰墨痕香燈下淚點點愁人幽思桐
花落蓼花殘雁聲天氣寒雲棲月青溪塢忖到秋來更
苦風淅淅水盈盈淙淙激不平
至正丙子正月十八日元兵入杭宋謝全兩后以下皆
赴北有王昭儀名清惠者題滿江紅於驛壁云太液芙

蓉渾不是舊時顔色曾記得承恩雨露玉樓金闕名播蘭簪妃后裏暈潮蓮臉君王側忽一朝鼙鼓揭天來繁華歇龍虎散風雲滅千古恨憑誰説對山河北二淚沾襟血驛館夜驚塵土夢宫車曉碾關山月願嫦娥相顧肯從容隨圓缺文丞相讀至末句嘆曰惜哉夫人于此少商量矣為之代作二首云試問琵琶龍沙外怎生風色最苦是姚黄一朶移根僊闕王母歡闌瓊宴罷仙人淚滿金盤側聽行宫半夜雨霖鈴聲聲歇彩雲散香塵

滅銅駝恨那堪說想男兒慷慨嚼穿齦血回首昭陽離落日傷心銅雀迎新月算妾身不願似天家金甌缺其二云燕子樓中又捱過幾番秋色相思處青年如夢乘鸞仙闕肌玉暗消衣帶緩淚珠斜透花鈿側最無端蕉影上窗紗青燈歌曲池合高臺滅人間事何堪說向南陽阡上滿襟清血世態便如翻覆雨妾身原是分明月笑樂昌一段好風流菱花缺子按女史載王昭儀抵上都懇請為女道士號沖華然則昭儀女冠之請與丞相

黄冠之志後先合轍從容圖鈌語何必遽貶耶

淳熙九年八月十五日孝宗過德壽宫起居上皇因留賞月宴香遠堂堂東有萬歲橋大池十餘畝植千葉白蓮南岸列女樂月上蕭韶稍止上皇名小劉妃獨吹白玉笙霓裳中序侍宴官開府曾覿進百字令詞云素颷漾碧看天衢穩送一輪明月翠水瀛壺人不到比似世間秋别玉手瑶笙一時同色小按霓裳疊天津橋上有人偷記新闋當日誰幻銀橋阿瞞兒戲一笑成癡絶肯

信群仙高宴處移下水晶宮闕雲海塵清山河影滿桂
冷吹香雪何勞玉斧金甌千古無缺上皇大喜曰從來
月詞不曾用金甌事可謂新奇賜束帶紫番羅水晶盤
上亦賜寳醆更餘還宮是夜西興亦聞天樂事見錢唐
舊志余有南宋宮詞云官家北内敕吹彈錦織黃羅殭
尾攢怪底雲中傯樂響小劉妃奏玉笙寒葢當時人呼
德壽宮為北大内也
宋駙馬楊震有十姬名粉兒者尤勝一日招詹天游宴

出諸姬佐觴天游屬意粉兒口占浣溪沙詞云淡淡青山兩點春嬌羞一點口兒櫻一梭兒玉一緺雲白藕香中見西子玉梅花下遇昭君不曾真箇也消魂楊遂以粉兒贈之曰請天游真箇消䰟也

慈寧殿賞牡丹時椒房受册三殿極歡上洞達音律自製曲賜名舞楊花停觴命小臣賦詞俾貴人歌以侑觴左右皆呼萬歲詞云牡丹半坼初經雨雕欄翠幙朝陽嬌困倚東風差謝了羣芳洗烟凝露向清曉步瑶臺

月底霓裳輕笑淡拂宫黄淺擬飛燕新粧楊柳啼鴉晝
永正鞦韆庭館風絮池塘三十六宫簪艷粉濃香慈寧
玉慶清賞占東君誰比花王良夜萬燭熒煌影裏留住
年光此康伯可樂府所載壽皇使御前畫工寫曾海野
喜容帶牡丹一枝壽王命徐本中作贊云一枝國艷兩
鬢東風壽皇大喜
王昂作狀元始壻禮夕婦家立需催粧詞昂走筆賦好
事近云喜氣擁門闌光動綺羅香陌行到紫微花下悟

身非凡客不須朱粉汚天真嫵怕太紅白留取黛眉淺處畫章臺春色

張表臣過吳江賦菩薩蠻云垂虹亭下扁舟住松江煙雨長橋暮白紵聽吳歌佳人淚臉波勸傾金醆落莫作思家惡綠鴨與鱸魚如何可寄書有客覽之曰鴨可寄書耶張不答 垂紅亭在吳江長橋之上四明吳文英夢窗有十二郎詞云素天際水浪拍碎凍雲不凝記曉葉題霜秋燈吟雨曾繫長橋過艇又是賓鴻重來後猛賦得歸纔定嗟繡鴨能言香鱸堪釣尚廬人境幽興爭如共載月娥粧鏡念倦客依前貂裘茸帽重向松江照影酹酒蒼茫倚歌平遠亭上玉虹腰冷迎醉

面暮雪飛花幾
點黛愁山暝
文丞相北去時有題張許廟沁園春一調云為子死孝為臣死忠死亦何妨自光岳氣分士無全節君臣義缺誰負剛腸罵賊睢陽愛君許遠留得聲名萬古香後來者無二公之操百鍊之剛嗟哉人生翕欻云亡好烈烈轟轟做一塲使當時賣國甘心降敵受人唾罵安得流芳古廟幽沉遺容儼雅枯木寒鴉幾夕陽郵亭下有奸雄過此子細思量又過金陵詩云草舍離宮轉夕暉孤

雲飄泊欲何依山河風景元無異城郭人民半已非滿
地蘆花和我老舊家燕子傍誰飛從今别却江南日化
作啼鵑帶血歸
曾純甫及見汴都之盛者庚寅春奉使過汴作金人捧
露盤詞云記神京繁華地舊遊蹤正御溝春水溶溶平
康巷陌繡鞍金勒躍青驄解衣沽酒醉絃管柳綠花紅
到如今餘霜鬢嗟前事夢魂中但寒烟滿目飛蓬雕闌
玉砌空餘三十六離宫塞笳驚起暮天雁寂寞東風

賈人女裴玉娥善箏與黃損有婚姻約後為呂用之刼歸第賴胡僧神術尋復歸損損常賦箏詞云無所願願作樂中箏得近佳人纖手裏砑羅裙上放嬌聲便死也為榮

吳彥高為米元章之壻會寧府遇老姬善鼓瑟自言梨園舊籍彥高為賦春從天上來一闋云海角飄零嘆漢苑秦宮墜露飛螢夢裏天上金屋銀屏歌吹競舉青冥問當時遺譜有絕藝鼓瑟湘靈促哀彈似林鶯嚦嚦山

溜泠泠梨園太平樂府醉幾度春風鬢變星星舞徹中原塵飛滄海風雪萬里龍庭寫胡笳幽怨人憔悴不似丹青酒徵醒一軒涼月燈火青熒三山鄭中卿從張貴謨使北聞尚有歌之者

婺州劉昂臣就試行都其妻製彩花一枝贈之并侑以鷓鴣天詞云金屋無人夜翦繒寶釵翻過齒痕輕臨行執手殷勤送襯與蕭郎兩鬢青聽囑付好看承千金不抵一時情明年宴罷瓊林晚酒面微紅相映明

宋宣和中有王通判妾飛紅者貌美能寫染有詞云花低鶯踏紅英亂春心重頓成慵懶楊花夢斷楚雲平空惹起情無限傷心漸覺成牽絆奈愁緒寸心難管深誠無計寄天涯幾欲問梁間燕

堯山堂外記岳武穆送張紫陽北伐詩有號令風霆迅天聲動北陬歸來報明主恢復舊神州之句又有小重山詞云欲將心事付瑤琴知音少絃斷又誰聽蓋指主和議者多也

德祐乙亥太學生作念奴嬌云半堤花雨對芳辰消遣無奈情緒春色尚堪描畫在萬紫千紅塵土鵑促歸期鶯收佞舌燕作留人語遶闌紅藥韶華留此孤注真箇恨殺東風幾番過了不似今番苦樂事賞心磨滅盡忽見飛書傳羽湖水湖烟峯南峯北總是堪傷處新塘楊柳小腰猶自歌舞又祝英臺近云倚危闌斜日莫驀驀甚情緒稱柳嬌黃全不禁風雨春江萬里雲濤扁舟飛渡那更塞鴻無數歎離阻有恨落天涯誰念孤旅滿目

風塵冉冉如飛霧是何人惹愁來那人何處怎知道愁來不去湖海新聞云三四謂衆宮女行五謂朝士去六謂臺官默七指太學上書八九謂只陳宜中在東風謂賈似道飛書傳羽謂北軍至也新塘楊柳謂賈妾稱柳謂幼君嬌黄謂太后扁舟飛渡謂北軍至塞鴻指流民也人惹愁來謂賈出那人何處謂賈去

宋人尚詞天南地北一調載之詞品是綠林之豪亦知柔翰也又李全之子璮有水龍吟云腰刀帕首從軍戍

樓獨倚閒凝眺中原氣象狐居兎穴暮煙殘照投筆書懷枕戈待旦隴西年少嘆光陰掣電易生髀肉不如易腔改調世變滄海成田奈羣生幾番驚擾干戈爛熳無時休息憑誰驅掃眼底山河胸中事業一聲長嘯太平時相將近也穩穩百年燕趙語雖麤豪亦自伉爽全雖叛逆跋扈壇乃盡力于宋其意於此詞已微露矣

苕溪漁隱曰賈耘老舊有水閣在苕溪之上景物清曠東坡作守時屢過之題詩畫竹于壁間沈會宗又為賦

小詞云景物因人成勝槩滿目更無塵可礙等閒簾幙小闌干衣未解心先快明月清風如有待誰信門前車馬隘别是人間閒世界坐中無物不清凉山一帶水一派流水白雲長自在其後小閣屢易主今已摧毁久矣遺址正與予小閣相近同在一片景物悉如會宗之詞故予嘗有句云三間小閣賈耘老一首佳詞沈會宗無限當時好風月如今總屬續溪翁蓋謂此也

東皐雜録曰世傳温公有西江月一詞令復得錦堂春

云紅日遲遲虛廊轉影槐陰迤邐西斜彩筆工夫難狀
曉景煙霞蝶尚不知春去謾遶幽砌尋花桃李狂風過
後縱有殘紅飛向誰家始知青鬢無價歎飄蓬宦路荏苒
年華今日笙歌叢裏特地咨嗟席上青衫濕透撫弄舊
琵琶怎不教人易老多少離愁散在天涯
趙鼎字元鎮宋中興名相小詞婉媚不減花間蘭畹慘
結秋陰一首世皆傳誦之矣點絳脣一首云香冷金猊
夢回鴛帳餘香嫩更無人問一枕江南恨消瘦休文頓

覺春衫褪清明近杏花吹盡薄暮寒成陣
張子野減字木蘭花云垂螺近額走上紅茵初趁拍只恐驚飛擬倩遊絲惹住伊文鴛繡履去似風流塵不起舞徹梁州頭上宮花顫未休又晏小山詞云垂螺拂黛青樓女又云雙螺未學同心綰已占歌名月白風清長倚昭華笛裏聲又云紅窻碧玉新名舊猶綰雙螺一寸秋波千斛明珠覺未多按垂螺雙螺蓋宋時角妓未破瓜時髮飾之名令秦中妓及搬演旦色猶有此製

西湖志云宋淳熙六年春車駕迎上皇太后遊聚景園並乘步輦坐瑤津西軒酒三行都管劉景供進新製泛蘭舟曲各賜銀絹上親捧玉酒船上壽酒斟船中人物皆動太上喜至錦壁賞花牡丹千餘叢各有牙牌金字別採千朶插水晶玻璃天青汝窑金瓶中置沉香卓列白玉碾花商尊高三尺徑一尺三寸獨插照殿紅十五枝隨駕官各賜兩面翠葉滴金牡丹沉香柄金絲御書扇知閤張掄進壺中天一闋云洞天深處賞嬌紅輕玉

高張雲幕國艷天香相競秀瓊花風光如昨露洗妖妍風傳馥郁雲雨巫山約春色濃於酒五雲臺榭樓閣聖代道治功成一塵不動四境無鳴柝屢有豐年天助順基業增隆山岳兩世明君千秋萬歲永享昇平樂東皇呈端更無一片花落賈循州雖負乘處非其據然好集文士於館第時推廖瑩中為最其詩文不傳雖西湖游覽志載數篇皆諛佞語耳不為工也偶見抄本有箇儂一詞頗富艷其詞云恨箇儂無奈嬌眼春心偷擲著

苕花落先印下一雙春跡花不知名香才聞氣似月下
箜篌蔣山傾國半解羅襟蕙蘭徵度鎮宿粉栖香雙蝶
語態眠情感多情輕憐細閱休問望宋牆高窺韓路隔
尋尋覓覓又暮雨凝碧花逕橫煙紅霏映月儘一刻千
金堪值卸袜薰籠藏燈衣桁任裏臂金斜搔頭玉滑更
恨檀郎惡憐深惜儘顫裊周旋傾側軟玉香鉤怪無端
鳳珠微脫多少怕聽曉鐘瓊釵暗擘

宋開禧中韓侂胄欲立蓋世功名以自固乃定議伐金

金元帥赫舍哩子仁領兵駐濠梁時小劉之昂作樂章一闋大書於濠之倅廳壁間名上平南其詞曰蠆蜂搖螳螂振舊盟寒恃洞庭彭蠡狂瀾天兵小試百蹄一飲楚江乾捷書飛上九重天春滿長安舜山川周禮樂唐日月漢衣冠洗五州妖氣關山已平全蜀風行何用一泥丸有人傳喜日邊都護先還

張安國在建康留守席上賦云長淮望斷關塞莽然平征塵暗朔風勁悄邊聲黯消凝追想當年事殆天數非

人力洙泗上絃歌地亦羶氛隔水旃鄉落日牛羊下區
脫縱橫看名王宵獵騎火一川明笳鼓悲鳴遣人驚念
腰間箭匣中劒空埃蠹竟何成容易失心徒壯歲將零
渺神京干羽方懷遠靜烽燧且休兵冠蓋使紛馳騖若
為情聞道中原遺老長南望翠葆霓旌遣行人到此忠
憤氣填膺有淚如傾歌闋魏公為罷席而入右調六州歌頭凡三

換頭

陳石泉自北行有北人陳參政者餞之作木蘭花慢云

北人未老依舊著南冠正雪暗滹沱雲迷芒碭夢落邯
鄲朝念鄉心日行萬里幸此身生入玉門關多少秦烟
隴霧西湖淨洗征衫燕山望不見吳山回首不堪難慨
故宮離黍故家喬木那忍重看釣天紫微何處問瑶池八
駿幾時還誰在天津橋上杜鵑聲裏闌干
復齋漫録云張叔夜過錢塘西湖慶樂園賦高陽臺詞
自序云慶樂園韓平原之南園也戊寅歲過之有碑石
在荆棘中惟存古桂百餘故末句有猶令視昔之感其

詞曰古木迷鴉虚堂起燕歡游轉眼驚心南圃東窻酸風掃盡芳塵鬢影飛入平原草最可憐渾是秋陰夜沉沉不信歸魂不到花深吹簫踏葉幽尋去任船依斷石袖裏寒雲老桂懸香珊瑚擊碎無聲故園已是愁如許撫殘碑又却傷今更闗情秋水人家斜照西林子嘗讀此詞不覺為之再三增嘆夫花石之盛莫盛於唐之李贊皇讀平泉莊記則見之矣宋之艮嶽至南渡愈盛而臨安園囿如此者不可屈指數也今誰在耶予為童子

時見所謂慶樂園其峯磴石洞猶有存者至正德間盡為有力者移去矣

能改齋漫録云近有士人常于錢塘江漲橋為狹邪之游作樂府名玉瓏璁云城南路橋南路玉鈎簾捲香横霧新相識舊相識淺顰低拍嫩紅輕碧惜惜惜劉郎去阮郎住為雲為雨朝還暮心相憶空相憶露荷心性柳花踪跡得得得其後朝廷復收河南士人者陷而不返其友作詩寄之且附以龍涎香詩云江漲橋邊花發時

故人曾共著征衣請君莫唱橋南曲花已飄零人不歸
士人在河南得詩酧之云認得吳家心字香玉窻春夢
紫羅囊餘香未歇人何許洗破征衣更斷腸
仁宗留意儒雅深斥浮艷虛華之文初進士柳三變好
為淫治謳歌之曲傳播四方嘗有鶴冲天詞云黃金牓
偶失龍頭望明代暫遺賢如何向未遂風雲便爭不恣
狂蕩何須論得喪才子詞人自是白衣卿相烟花巷陌
依約丹青屏障幸有意中人堪尋訪且恁偎紅翠風流

事平生暢青春都一餉忍把浮名換了淺斟低唱柳後
改名永景祐元年方及第
帝城五夜宴遊歇殘燈外看殘月都來猶在醉鄉中聽
更漏初徹行樂已成閒話說如春夢覺時節大家重約
排春行間甚花先發李駙馬所撰正月十九滴滴金詞
也京師上元初放燈止三夕時錢氏納土進錢買兩夜
故云五夜
賀方回眷一姝別久姝寄詩云獨倚危闌淚滿襟小園

春色嬾追尋深恩縱似丁香結難展芭蕉一寸心賀用所寄詩成石州引云薄雨初寒斜照弄晴春意空闊長亭柳色才黄遠客一枝先折煙横水際映帶幾點歸鴉東風消盡龍沙雪還記出門来恰而今時節將發畫樓芳酒紅淚清歌頓成輕别已是經年杳杳音塵都絶欲知方寸共有幾許清愁芭蕉不展丁香結枉望斷天涯兩厭厭風月能改齋漫録石州引作柳色黄

豫章黄山谷也守當塗解印後一日郡中置酒郭功甫在坐

豫章為木蘭花令以示之云凌歊臺上青青麥姑熟堂前餘翰墨暫分一印管江南稍為諸公分皂白江山依舊雲空碧昨日主人今日客誰分賓主强惺惺問取磯頭新婦石

蜀人閆侍郎蒼舒使北過汴京賦水龍吟云少年聞說京華上元景色烘晴晝朱輪畫轂雕鞍玉勒九衢争驟春滿鰲山夜沉陸海一天星斗正紅毬過了鳴鞘聲斷迴鸞馭鈞天奏誰料此生親到十五年都城如舊而今

但有傷心煙霧縈愁楊柳寶籞宮前絳霄樓下不堪回首皇圖早復端門燈火照人還又蘆浦筆記

宣德樓前雪未融賀人正見綵山紅九衢照影紛紛月萬井吹香細細風複道遠暗相通平陽主第五王宮鳳簫聲裏春寒淺不到珠簾第二重右調鷓鴣天上元詞備述宣政之盛非想像者所能道詞多不盡載今錄一首當與夢華錄並傳也

耆舊續聞云陸辰州子逸左丞農司之孫太傅公之元

孫也晚以疾廢卜築于秀野越之佳山水也公放傲其閒不復有榮念對客則終日清談不倦尤好語及前輩事余嘗登門出近作贈別長短句以示公其末句云莫待柳吹綿時杜鵑公愛誦久之是後從遊頗密公嘗謂余曰曾看東坡賀新郎詞否余對以世所共歌者公云東坡此詞人皆知其為佳但後攧用榴花事人少知其意某嘗于晁以道家見東坡真蹟晁氏云東坡嘗作西江月一闋寓意于梅所謂高情已逐曉雲空是也惟榴花

獨存故其詞多及之觀浮花浪蘂都盡伴君幽獨可見其意矣南歌子詞云紫陌尋春去紅塵拂面來無人不道看花回惟見石榴新蘂一枝開氷簟堆雲髻金樽灧玉醅綠陰青子莫相催留取紅中千點照池臺意有所屬也或云贈王晉卿侍兒未知其然否又云曩見陸辰州語余以賀新郎詞用榴花事乃妾名也退而書其語今十年矣亦未嘗深考近觀顧景蕃續注因悟東坡詞中用白團扇瑤臺曲皆侍妾故事按晉中書令王珉好執

白團扇婢作白團扇歌以贈珉又唐逸史許棲㬥卒復

寤作詩云曉入瑤臺露氣清坐中惟見許飛瓊塵心未盡

俗緣重十里下山空月明復寢驚起改第二句云昨日

夢到瑤池飛瓊令改之云不欲世間知我也按漢武帝

内傳所載董雙成飛瓊皆西王母侍兒東坡用此事乃

知陸辰州得榴花之事極鄙俚誠為妄誕

澹菴老人胡銓玉音問答云隆興元年五月三日晚侍

上於後殿之内閤時方欲易金人書槀蒙賜金鳳牋就

所御玉管筆并龍腦墨鳳咮硯又賜以花藤席命某視
草畢喚内侍厨司滿頭花辦酒上御玉荷杯某用金鴨
杯初醆上令潘妃唱賀新郎令蘭香執上所飲玉荷杯
上注酒顧某曰賀新郎者朕自賀得卿也酌以玉荷杯
者示朕飲食與卿同器也某再拜謝賀新郎有所謂相
見了又重午句上曰不數日矣又有所謂荆江舊俗今
如故句上曰卿流落海島二十餘年得不為屈原之葬
魚腹者賴天地祖宗留卿以輔朕也某流涕上亦黯然

俄而遷坐進八寶羹洗醆再酌上令潘妃執玉荷杯唱萬年歡此詞乃仁宗親製上飲訖親唱一曲名喜遷鶯以酌酒且謂某曰朕昨苦嗽聲音稍澁朕每在宮不妄作此只是侍太上宴間被上旨令唱今夕與卿相會朕意甚歡故作此樂卿意勿嫌某答曰方今太上退閒陛下御宇政當勉志恢復然此樂亦當時有上曰卿真忠臣也漢之汲黯唐之房魏亦不過是上又問某在海南時所為詩詞時漏已四下猶侍上凭闌四望頃之天竺

鐘聲池畔柳中鴉噪矣　新城王阮亭有讀宋胡忠簡公經筵問答絶句云玉荷杯内酌流霞宫漏無聲江月斜親聽君王歌一曲南屏鐘動柳啼鴉又云御香都染侍臣衣回首神霄是禁闈却憶宣和當日事玉真軒裏見安妃

詞苑叢談卷六

總校官舉人臣章維桓

校對官編修臣許兆椿

謄錄監生臣保英

清·徐釚撰

詞苑叢談

（二）

中國書店

詞苑叢談

卷七至卷十二

一

詳校官助教臣李巖

詞苑叢談卷七

翰林院檢討徐釚撰

紀事二

蘇子瞻守杭時毛澤民為法曹公以衆人遇之而澤民與妓瓊芳者善秩滿辭去作惜分飛詞以贈妓云淚濕闌干花着露愁到眉峰碧聚此恨平分取更無言語空相覷細雨殘雲無意緒寂寞朝朝暮暮今夜山深處斷

魂分付潮回去子瞻一日宴客聞妓歌此詞問誰所作妓以澤民對子瞻歎曰郡僚有詞人而不及知某之罪也折簡追回款洽數月

宋子京過繁臺街逢內家車子有褰簾者曰小宋也子京歸遂作鷓鴣天一詞曰畫轂彫鞍狹路逢一聲腸斷繡簾中身無彩鳳雙飛翼心有靈犀一點通金作屋玉為籠車如流水馬游龍劉郎已恨蓬山遠更隔蓬山幾萬重此詞傳唱都下達于禁中仁宗知之問內人第幾

車子何人呼小宋有内人自陳頃侍御宴見宣翰林學士左右内臣曰小宋也時在車子中偶見之呼一聲爾上召子京從容語及子京惶懼無地上笑曰蓬山不遠因以内人賜之

一樹春風萬萬枝嫩于金色軟于絲永豐坊裏東南角盡日無人屬阿誰此名柳枝詞相傳白傅為小蠻作也宣宗朝樂工唱之上取永豐柳兩枝植禁中白感上意又為詩云定知此後天文裏柳宿光中添兩星

陸放翁之蜀宿一驛中見題壁云玉階蟋蟀鬧清夜金井梧桐辭故枝一枕凄涼眠不得呼燈起作感秋詩詢之則驛卒女也遂納為妾方半載餘夫人逐之妾賦一詞云只知眉上愁不識愁來路窗外有芭蕉陣陣黄昏雨曉起理殘粧整頓教愁去不合畫春山依舊留愁住

蘇子瞻倅杭日府僚髙會湖中羣妓畢集有秀蘭者後至府僚怒其來遲云必有私事秀蘭含淚力辨子瞻亦為之解終不釋然也適榴花盛開秀蘭以一枝藉手獻

座中府僚愈怒責其不恭秀蘭進退無據子瞻乃作一曲名賀新涼云乳燕飛華屋悄無人槐陰轉午晚涼新浴手弄生綃白團扇扇手一時似玉漸困倚孤眠清熟簾外誰家推繡户枉教人夢斷瑶臺曲又却是風敲竹石榴半吐紅巾蹙待浮花浪蕊都盡伴君幽獨穠艷一枝細看取芳心千重似束又恐被秋風驚緑若待得君來向此花前對酒不忍觸共粉淚雨簌簌令秀蘭歌以侑觴聲容絶妙府僚大悦劇飲而罷

謝希孟陸象山門人也少豪俊與妓陸氏狎象山責之希孟但敬謝而已他日復為妓造鴛鴦樓象山又以為言希孟謝曰非特建樓且為作記象山喜其文不覺曰樓記云何即占首句云自遜抗機雲之死而天地英靈之氣不鍾于男子而鍾于婦人象山默然知其侮也一日希孟在妓所恍然有悟忽起歸興不告而行妓追送江滸悲戀而啼希孟毅然取領巾書一詞與之云雙槳浪花平夾岸青山鎖你自歸家我自歸說着如何過我

斷不思量你莫思量我將你從前與我心付與他人呵

孫巨源洙元豐間為翰苑與李端愿太尉往來尤數會一日鎖院宣召者至其家則出數十輩蹤跡得之于李氏時李新納妾能琵琶孫飲不肯去而迫于宣命入院幾二鼓矣草三制罷作菩薩蠻詞寄恨遲明遣示李詞云樓頭尚有三通鼓何須抵死催人去上馬苦匆匆琵琶曲未終回頭凝望處那更廉纖雨謾道玉為堂玉堂今夜長南游紀聞云李邦直在坐頗以卒章非佳語巨源是夕得疾于玉堂後亦同卒

夏子喬竦慶歷閒所謂一不肖者然文章有名于世景德中水殿按舞時竦翰林内直上遣中使取新詞竦援毫立成喜遷鶯令以進曰霞散綺月垂鉤簾捲未央樓夜涼銀漢截天流宮闕鎖清秋瑤臺樹金莖露鳳髓香盤煙霧三千珠翠擁宸遊水殿按涼州上覽之大嘉稱奬

太守閭丘公顯致仕居姑蘇坡公飲其家出後房佐酒有懿卿者善吹笛公賦水龍吟贈之曰楚山修竹如雲

異材秀出于林表龍鬚半剪鳳膺微漲玉肌匀繞木落淮南雨晴雲夢月明風裊自中郎不見桓伊去後知辜負秋多少聞道嶺南太守後堂深緑珠嬌小綺窻學弄梁州初遍霓裳未了嚼徵含宫泛商流羽一聲雲杪為使君洗盡蠻風瘴雨作霜天曉

宋有陳襲善者遊錢塘與營妓周子文狎挾之遍歷湖山後襲善去為河朔掾宿奉高驛夢子文搴幃嚬蹙挽之不可冉冉悲啼而没久之得故人書云子文死矣按

其日則宿奉高驛時也既歸遊鷲嶺作漁家傲以寄情云鷲嶺峰前欄獨倚愁眉促損愁腸碎紅粉佳人傷别袂情何已登山臨水年年是常記同來今獨至孤舟晚颺湖光裏衰草斜陽無限意誰與寄西湖水是相思淚

皇祐中吕夷簡致仕仁宗因問卿去誰可代者夷簡乃薦陳堯佐上遂召還大拜吕生日陳攜酒過之作踏莎行詞曰二社良辰千家庭院翩翩又覩雙飛燕鳳凰巢穩許為鄰瀟湘煙暝來何晚亂入紅樓低飛緑岸畫梁

輕拂歌塵轉為誰歸去為誰來主人恩重珠簾捲呂笑
曰只恐捲簾人已老陳曰但得公老于廊廟莫愁調鼎
事無功二老相推何等藴藉

朝雲者姓王氏錢塘名妓也蘇子瞻宦錢塘絶愛幸之
納為侍妾朝雲初不識字既事子瞻遂學書麤有楷法
又學佛亦通大義子瞻貶惠州家妓多散去獨朝雲依
依嶺外子瞻甚憐之贈之詩云不似楊枝别樂天恰如
通德伴伶元阿奴絡秀不同老天女維摩總解禪經卷

藥爐新活計舞衫歌扇舊因緣丹成逐我三山去不作
陽臺雲雨仙未幾朝雲病且死誦金剛經四句偈而絕
葬惠州棲禪寺松下子瞻作詠梅西江月以悼之云玉
骨那愁瘴霧冰肌自有僊風海仙時過探芳叢倒挂緑
毛么鳳素面翻嫌粉涴洗粧不褪脣紅高情已逐曉雲
空不與梨花同夢

柳永為屯田員外郎會太史奏老人星見時秋霽宴禁
中仁宗命左右詞臣為樂章內侍屬柳應制柳方冀進

用作醉蓬萊詞呈上云漸亭皐葉下隴首雲飛素秋初霽華闕中天鎖葱葱佳氣嫩菊黄深拒霜紅淺近寶階香砌玉宇無塵金莖有露碧天如水正值昇平萬幾多暇夜色澄鮮漏聲迢遞南極星中有老人呈瑞此際宸遊鳳輦何處度管絃聲脆太液波翻披香簾捲月明風細上見首有漸字色若不懌讀至宸遊鳳輦何處乃與御製真宗挽詞暗合上慘然又讀至太液波翻曰何不言波澄投之于地自此不復擢用菊莊曰柳七此遇與

孟襄陽卿自棄朕無異始嘆才人遭際不偶不如摩詰
以鬱輪袍為王門伶人通公主關節也
曾覩號海野詞多感慨上苑初夏侍宴池上雙飛新燕
掠水而至得旨賦阮郎歸曰柳陰亭館占風光呢喃清
晝長碧波新漲小池塘雙雙蹴水忙萍散漫絮飄揚輕
盈體態狂為憐流去落花香銜將歸畫梁時帝登御舟
繞堤閒遊知閣臣張掄進柳梢青云柳色初濃月寒似
水纖雨如塵一陣東風縠紋微皺碧沼鱗鱗仙娥花月

精神奏鳳管鸞絃鬬新萬歲聲中九霞杯内長醉芳春
靚和云桃靨紅勻梨腮粉薄鴛徑無塵鳳閣凌虚龍池
澄碧芳意鱗鱗清時酒聖花神看内苑風光又新一部
仙韶九重鸞仗天上長春各有宣賜是日三殿並醉葢
乾道三年也
劉祁歸潛志云党懷英辛棄疾少同舍屬金國初亂辛
率數千騎南渡顯於宋党在北擢第入翰林二公皆有
榮寵後辛退閒有鷓鴣天詞云壯歲旌旗擁萬夫錦韉

突騎渡江初燕兵夜捉銀胡彔漢箭朝飛金僕姑思往事嘆今吾春風不染白髭鬚都將萬事平戎策換得東園種樹書葢紀其少年事也

范至能帥蜀陸務觀在幕府主賓酬唱人爭傳誦之常春日遊摩訶池作水龍吟詞云摩訶池上追遊路紅綠參差春晚韶光妍媚海棠如醉桃花欲暖挑菜初閒禁煙將近一城絲管看金鞭爭道香車飛蓋爭先占新亭館惆悵年華暗換黯銷魂雨收雲散鏡奩掩月釵梁拆

鳳秦箏斜雁身在天涯亂山孤壘危樓飛觀歎春來只有楊花和恨向東風滿務觀又在王忠州席上賦玉蝴蝶詞云倦客平生行處墜鞭京洛解佩瀟湘此夕何年初賦宋玉高唐繡簾開香塵乍起蓮步穩銀燭分行暗端相燕羞鶯妬蝶遶蜂忙難忘芳樽頻勸峭寒新退玉漏猶長幾許幽情只愁歌罷月侵廊欲歸時司空笑問微近處丞相嗔狂斷人腸假饒相送上馬何妨笑嗁不敢描畫俱盡

吳江三高祠前作釣雪亭蓋漁人之窟宅也盧申之賦賀新郎一詞云挽住風前柳問鴟夷當日扁舟近曾來否月落潮生無限事零亂茶煙未久謾留得蓴鱸依舊可是功名從來誤撫荒祠誰繼風流後今古恨一搔首江涵雁影梅花瘦四無塵雪飛風起夜窻如畫萬里乾坤清絕處付與漁翁釣叟又恰是題詩時候猛拍闌干呼鷗鷺道他年我亦垂綸手飛過我共樽酒蘆浦筆記

劉潛夫在維揚陳師文參議家見舞姬妙絕賦清平樂

詞云宮腰束素只怕能輕舉好築避風臺護取莫遣驚魂飛去一團香味温柔笑顰俱有風流貪與蕭郎眉語不知舞錯伊州

張褘侍郎有愛姬早逝猶子曙代為浣紗溪一詞置几上曰枕障薫爐冷繡幃二年終日苦相思杏花明月爾應知天上人間何處去舊歡新夢覺來時黃昏微雨畫簾垂褘見之哀慟曰此必阿灰作也阿灰曙小字北夢瑣言

晏元獻屬意一侍兒每張子野來即令歌子野詞侑觴

王夫人不容出之子野戲作碧牡丹曲云步障揺紅綺曉月墮沉煙砌緩板香檀唱徹伊州新製怨入眉頭斂黛峯横翠芭蕉寒雨聲碎鏡華翳閒照孤鸞戲思量去時容易鈿合瑶釵至今冷落輕棄望極藍橋但暮雲千里幾重山幾重水晏讀之憮然曰人生行樂耳何自苦如此即支錢贖取侍兒夫人亦不復誰何也道山清話

陸放翁侍酒頹放一夕夢故人語曰我為蓮花博士鏡湖新置官也陸遂賦鵲橋仙感舊詞云華燈縱博雕鞍

馳射誰記當年豪舉酒徒一半取封侯獨去作江邊漁父輕舟八尺低篷三扇占斷蘋洲煙雨鏡湖元自屬閒人又何必官家賜與陸官臨安時有小樓一夜聽春雨深巷明朝賣杏花之句傳入禁中極為思陵稱賞何丞相㮚政和間狀元初入館閣飲于宗戚一貴人家侍兒惠柔者頗麗黠慕何丰標密解手帕為贈且約牡丹開時再集何歸賦虞美人一闋隱其小名貽之云分香帕子揉藍膩欲去殷勤惠重來約在牡丹時只恐花

枝相妬故開遲别來看盡閒桃李日日闌干倚催花無
計問東風夢作一雙蝴蝶遶芳叢
朱晦庵為倉使時某郡太守遭据摭幾為按治憂惶百
端未幾晦庵易節他路有寄居官署者因召守飲出寵
姬歌大聖樂云千朶奇峯半軒微雨曉來初過漸燕子
引教雛飛菡萏暗薰芳草池面凉多淺斟瓊卮浮緑蟻
展湘簟雙紋生細波輕紈舉動團圓素月仙桂婆娑臨
風對月恣樂便好把千金邀艷娥幸太平無事擊壤鼓

腹攜手高歌富貴安居功名天賦爭奈皆由時命呵休
眉鎖問朱顔去了還更來麽太守聽朱顔去了句不覺
起舞
宋遣陶穀使江南李獻以書抵韓熙載曰五柳公驕甚
其善待之穀至果如李言熙載謂所親曰陶非端介者
其守可隳當使諸君一笑因使歌姬秦蒻蘭衣弊衣為
驛卒女穀見之而喜遂與私作長短句贈之明日主宴
客穀凜然不敢犯主持觥立命蒻蘭出歌所贈之曲以

侑觴穀大嘶而罷詞名風光好云好因縁惡因縁祇得
郵亭一夜眠別神仙琵琶撥盡相思調知音少再把鸞
膠續斷絃是何年

崇熙四年重九山谷在宜州登郡城樓聽邊人相語今
歲當鏖戰取封侯山谷因作南鄉子詞云諸將說封侯
短笛長吹獨倚樓萬事盡隨風雨去休休戲馬臺南金
絡頭催酒莫遲留酒味今秋似去秋花向老人頭上笑
羞羞白髮簪花不解愁倚闌髙歌若不能堪者是月三

十日果不起
孫夫人寄外風中柳詞云銷減芳容端的為郎煩惱鬢
慵梳宫粧草草别離情緒待歸來都告怕傷郎又還休
道利鎖名韁幾阻當年歡笑更那堪鱗鴻信杳蟾枝高
折願從今須早莫辜負鏡中人老
有名妓侍燕開府一士人訪之相候良久遂賦玉樓春
一詞投諸開府詞曰東風捻就腰兒細繫得粉帬兒不
起看來只慣掌中行怎教在燭花影裏酒紅應是鉛華

褪暗蹙損眉峯雙翠夜深著輛小鞋兒靠那个屏風立
地開府見此詞喜其纖麗呼士人以妓與之
蘇子瞻常自謂一生坎壈而神宗讀其瓊樓玉宇高處
不勝寒之句曰蘇軾終是愛君此等遭際足令千古艷
羨豈止金蓮歸院為一時奇遇耶詞寄水調歌頭云明
月幾時有把酒問青天不知天上宫闕今夕是何年我
欲乘風歸去惟恐瓊樓玉宇高處不勝寒起舞弄清影
何似在人間轉朱閣低綺戶照無眠不應有恨何事長

向別時圓人有悲歡離合月有陰晴圓缺此事古難全
但願人長久千里共嬋娟
陸放翁娶唐氏女伉儷相得弗獲于姑陸出之未忍絶為別館往焉姑知而掩之遂絶後改適同郡宗室趙士程春日出遊相遇于禹跡寺南之沈園唐語其夫為致酒肴陸悵然賦釵頭鳳一詞云紅酥手黄藤酒滿城春色宮墻柳東風惡歡情薄一懷愁緒幾年離索錯錯錯春如舊人空瘦淚痕紅浥鮫綃透桃花落閒池閣山盟

雖在錦書難托莫莫莫唐見而和之未幾怏怏卒放翁復過沈園賦詩云落日城頭畫角哀沈園非復舊池臺傷心橋下春波綠曾見驚鴻照影來耆舊續聞

范仲允為相州録事久不歸其妻寄伊川令一闋云西風昨夜穿簾幕閨院添蕭索最是梧桐零落迤邐秋光過却人情音信難托教奴獨自守空房淚珠與燈花共落伊字誤作尹字仲允答詞嘲之有料想伊家不要人之句妻復答云閒將小書作尹字情人不解其中意共

伊間別幾多時身邊少個人兒

辛稼軒過長沙道中壁上見婦人題字若有恨者因用其意成減字木蘭花云盈盈淚眼往日青樓天樣遠秋月春花輸與尋常姊妹家水村山驛日暮行雲無氣力錦字偷裁立盡西風雁不來

天台營妓嚴蕊有才名唐與正為守嘗命賦紅白桃花蕊作憶仙姿一闋云道是梨花不是道是杏花不是白白與紅紅別是東風情味曾記曾記人在武陵微醉與

正賞之雙縑後朱晦庵以節使行部至台欲摭與正之

罪捕其嘗與蕋濫蕋雖備極箠楚而一語不及唐獄吏

好言誘之蕋曰身為賤妓縱與太守濫亦不至死罪然

是非真偽豈可妄言以汚士大夫也繫獄兩月聲價愈

騰至徹阜陵之聽未幾朱公改除而岳霖為憲憐其無

辜猝命作詞蕋口占卜算子云不是愛風塵似被前緣

悮花落花開自有時總賴東風主去也終須去住也如

何住若得山花插滿頭莫問奴歸去即日判令從良

東坡春夜行蘄水中過酒家飲醉乘月至一溪橋上卸鞍曲肱少休及覺已曉亂山葱蘢疑非人世因自賦西江月云照野瀰瀰淺浪横空暖暖微霄障泥未解玉驄驕我醉欲眠芳草可惜一溪明月莫教踏碎瓊瑶卸鞍欹枕緑楊橋杜宇數聲春曉蘄水楊蔚廬比部因此詞于玉臺山作春曉亭子一時名士多為賦之亦佳話也

張泌士南唐為内史舍人初與隣女浣衣相善作江神子詞云浣花溪上見卿卿眼波明黛眉輕高綰緑雲低

簇小蜻蜓好是問他來得麽和笑道莫多情後經年不復相見張夜夢之寄絕句云别夢依依到謝家小廊回合曲闌斜多情只有春庭月猶為離人照落花

周美成在姑蘇與營妓岳楚雲相戀後從京師過吳則岳已從人矣飲于太守蔡巒席上見其妹因賦點絳脣寄之云遼鶴西歸故人多少傷心事短書不寄魚浪空千里憑仗桃根說與相思意愁何際舊時衣袂猶有東風淚楚雲得詞感泣累日夷堅支志

蔡京既南遷中路有旨取所寵姬慕容邢武者三人以金人指名來索也京作詩云爲愛桃花三樹紅年年歲歲惹春風如今去逐他人手誰復尊前念老翁行至渾州賦西江月云八十一年住世四千里外無家如今流落向天涯夢到瑶池闕下玉殿五回命相彤庭幾度宣麻止因貪戀此榮華便有如今事也遂窮餓以死門人醵錢葬之老奸到頭狼狽至此可快亦可憐按蔡死時年止八十此必惡之者托名爲之也又見宣和遺事亦有此詞首句是八十衰年初謝三千里外無家或是京作亦未可

定
也

少游嘗于夢中作好事近詞曰山路雨添花花動一山春色行到小溪深處有黃鸝千百飛雲當面化龍蛇夭矯掛晴碧醉卧古藤陰下杳不知南北其後南遷北歸逗留于藤州光華亭下時方醉起以玉杯汲泉欲飲咲視而化

趙真真善唱諸宮詞楊立齋見其謳張五牛新編作鷓鴣天以詠之云烟柳風花錦作園霜芽霜葉玉為船誰

知皓齒纖腰會只在輕衫短帽邊啼玉靨咽冰絃五斗身去更無傳詞人老筆佳人口再喚春風到眼前

唐乾寧三年李茂貞犯京師昭宗欲幸太原韓建請幸華州昭宗勉從之鬱鬱不樂登城西眺製菩薩蠻詞云登樓遥望秦宫殿茫茫只見雙飛燕渭水一條流千山與萬丘遠煙籠碧樹陌上行人去何處是英雄迎儂歸故宫見中朝故事

古杭雜記云太學鄭文秀州人其妻孫氏寄憶秦娥詞

云花深深一鉤羅襪行花陰行花陰閒將柳帶試結同
心日邊消息空沈沈畫眉樓上愁登臨愁登臨海棠開
後望到如今一時傳播酒樓妓館皆歌之
山谷過瀘帥有官妓盼盼帥甞寵之山谷戲以浣溪紗
贈之云脚上鞋兒四寸羅唇邊朱麝一櫻多見人無語
但回波料得有心憐宋玉祗因無奈楚襄何今生有分
向伊麼 盼盼即筵前唱惜春容詞侑酒詞云年少看花雙鬢綠走馬章臺絃管逐而今老更惜花深終日看花看不足坐中美女顏如玉為我同歌金縷曲歸時壓得帽簷欹頭上春風紅簌簌

劉弇喪愛妾趙德麟爲賦清平樂一闋云春風依舊着意隋隄柳搓得鵝兒黃欲就天氣清明時候去年紫陌青門今宵雨魄雲魂斷送一生憔悴能消幾箇黄昏此語真不堪多誦

稼軒有姬曰錢錢年老遣去賦臨江仙贈之云一自酒情詩興懶舞裙歌扇闌珊好天涼夜月團團杜陵真好事留得一錢看歲晚人欺程不識怎教阿堵流連楊花榆莢雪漫天從今花影下只看緑苔圓

韋莊寓蜀有美姬善詞翰王建托以教内人强奪去莊作謁金門云空相憶無計得傳消息天上嫦娥人不識寄書何處覔新睡覺來無力不忍把伊書跡滿院落花春寂寂斷腸芳草碧姬聞之不食死尤悔庵曰予惜其未有和篇因擬為之云休相憶紅葉不傳消息燕鎖雕梁路未識舊巢難再覔風捲楊花無力浪打萍花無跡永巷夜臺同寂寂土花和血碧古今詞話又載韋荷葉杯詞云絶代佳人難得傾國花下見無期一雙愁黛遠山眉不忍更思惟閒掩翠屏金鳳殘夢羅幕畫堂空碧天無路信難通惆悵舊房櫳詞意悽惋亦為姬作也

元祐間王齋叟任俠有聲娶舒氏女亦工篇章後無故

離絶女歸舒家一日行池上作點絳脣云獨自臨流興
來時把闌干凭舊愁新恨耗却來時興鷺散魚潛烟歛
風初定波心靜照人如鏡少個年時影
一曲新詞酒一杯去年天氣舊亭臺夕陽西下幾時囘
無可奈何花落去似曾相識燕歸來小園香徑獨徘徊
晏元獻殊浣溪沙春恨詞也初元獻赴杭州道過維揚
憇大明寺瞑目徐行使吏誦壁間詩戒其勿言姓名終
篇者無幾又別誦一詩云水調隋宮曲當年亦九成哀

音已忘國蘼沼尚留名儀鳳終陳迹鳴蛙只蘼聲淒涼
不可問落日背蕪城徐問之乃江都尉王琪所作召至
同飲又同遊池上春晚已有落花晏云每得句或彌年
未嘗強對且如無可奈何花落去至今未能也王應聲
曰何不云似曾相識燕歸來晏大喜由此辟置館職
秦少游贈汴城李師師生查子詞云遠山眉黛長細柳
腰肢裊糚罷立春風一笑千金少歸去鳳城時說與青
樓道看遍潁川花不似師師好

賈秋壑既安置循州有無名氏題似道壁云去年秋今年秋湖上人家樂復憂西湖依舊流吳循州賈循州十五年間一轉頭人生放下休吳謂履齋也初吳履齋循州安置賈除劉宗申知循州陰使害之後賈亦循州安置經漳州木棉庵為鄭虎臣鎚死時賈客趙介如守漳致祭辭云嗚呼履齋死蜀死于宗申先生死閩死于虎臣祇十八字而哀激之悃無往不復之意悉寓其中可與是詞並垂秋壑敗師亡國後湯西樓亦有詩云檀板

敲殘月上花過墻荆棘刺簷牙指麾已失鐵如意賜予寧存玉辟邪破屋春歸無主燕空池雨産在官蛙木綿庵外尤愁絶月黑夜深聞鬼車予客武林尋所謂半閒堂者廢址竟無人復問矣故予西湖竹枝詞云行人自向岳墳去蟋蟀秋風一半閒蓋謂秋壑也似道當國行公田關子法民間苦之錢塘葉太白李上書力詆似道怒黥流嶺南及赦還而似道有漳州之謫遇諸塗太白贈之詞云君來路吾歸路來來去去何時住公田關子竟何如國事當時誰與悞雷州户崖州户人生會有相逢處客中頗恨之燕羊卿贈一篇長短句宋亡葉仕元至中書右丞見西湖志餘

中吳紀聞云劉朔齋宣城得代以詞別吳履齋末句云綠野堂邊劉郎去後誰伴老裴度履齋見之垂淚送金百兩當日憐才如此

政和癸巳大晟樂成蔡元長以姚次膺薦于帝詔乘驛赴闕次膺至都下會禁中嘉蓮生異苞合跗夐出天造次膺效樂府體屬詞以進名並蔕芙蓉其詞云太液波澄向鏡中照影芙蓉同蔕千柄綠荷深並臉爭媚天心眷臨聖日殿宇分明敞嘉瑞弄香嗅蕊願君王壽與南

山齋比池邊屢回翠輦擁羣仙醉賞憑闌凝思蕚綠攬飛瓊共波上遊戲西風又看露下更結雙雙新蓮子鬬裝競美問鴛鴦向誰留意上覽之稱善除大晟樂府協律郎

河南丘崈字宗卿有文定公詞一卷賦點絳脣云戊子之春同官皆拘文不暇游集春暮皆興牢落之嘆予亦頗嘆之因作此詞蓋三月九日也是日楊花甚盛詞云

花落花開等閒不管流年度舊游何處淺立空凝竚驚

拍闌干恐見春將暮憑風絮為人飛去散作愁無數
綿州文本心登第後遊西湖一同年戲之曰西蜀有此
景否本心即席賦賀新凉曲云一勺西湖水渡江來百
年酣醉回首洛陽花世界煙渺黍離之地更不復新亭
墮淚簇樂紅粧搖畫舫問中流擊楫何人是千古恨幾
時洗余生自負澄清志更有誰磻溪未遇傅巖未起國
事如今誰倚仗衣帶一江而已便都道江神堪恃借問
孤山林處士但掉頭笑指梅花蕋天下事可知矣

陸敦禮有侍兒名美奴善綴小詞出侑觴嘗自歌其如夢令云日暮馬嘶人去船逐清波東注後夜最高樓還肯思量人否無緒無緒生怕黄昏疎雨

楊誠齋帥某處有教授狎一官妓誠齋怒黥妓之面將遣之教授酌酒與妓別賦眼兒媚云鬢邊一點似飛鴉莫把翠鈿遮三年兩載千撋百就今日天涯奈楊花又逐東風去隨分落誰家若還忘得除非睡起不照菱花

誠齋得詞方知教授是文士即舉妓送之或曰帥為孟

之經教授為陳詵非誠齋也
歐陽永叔任河南推官親一妓時錢文僖為西京留守
梅聖俞尹師魯同在幕下一日宴於後園客集而歐與
妓俱不至移時方來錢責妓云末至何也妓云中暑往
涼堂睡覺失金釵猶未見錢曰若得歐推官一詞當為
償汝歐即席云柳外輕雷池上雨雨聲滴碎荷聲小樓
西角斷虹明闌干倚遍只待月華生燕子飛來棲畫棟
玉鉤垂下簾旌涼波不動簟紋平水精雙枕傍有墮釵

橫坐皆擊節命妓滿斟送歐而令公庫償敘

易彥祥潭州人寧宗朝狀元以優校為前廊其妻亦善

詞有一剪梅云染淚緘書寄彥祥貪就前廊忘却回廊

功名成遂不還鄉石做心腸鐵做心腸紅日三竿未理

糚虛度韶光瘦損容光相思何日得成雙羞對鴛鴦懶

對鴛鴦

金人犯闕武陽令蔣興祖死之其女被擄至雄州驛題

減字木蘭花于壁云朝雲橫度轆轆車聲如水去白草

黃沙月照孤村三兩家飛鴻過也百結愁腸無晝夜漸近燕山回首鄉關歸路難蔣乃靖康間浙西人又景炎丁丑有過軍挾一婦人經長興和平酒庫書沁園春于壁云我生不辰逢此百罹況乎亂離奈惡因緣到不夫不主被擒捉去爲妾爲妻父母公姑弟兄姊妹流落不知東與西心中事把家書寫下分付伊誰越人北向燕支回首望雁峯天一涯奈翠鬟雲軟笠兒怎帶柳腰春細馬性難騎缺月踈桐淡煙衰草對此如何不淚垂君

知否我生于何處死亦魂歸梅磵詩話

劉過字改之廬陵人能詩詞酒酣耳熱出語豪縱嘉泰癸酉寓中都時辛稼軒帥越聞其名遣介招之適以事不及行因倣辛體作沁園春一詞緘往下筆便逼真其詞曰斗酒彘肩風雨渡江豈不快哉被香山居士約林和靖與東坡老駕勒吾回坡謂西湖正如西子濃抹淡粧臨照臺二人者俱掉頭不顧只管傳杯白云天竺去來看金碧崢嶸圖畫開更縱横一澗東西水遶兩山南

北高下雲堆逋曰不然暗香踈影何似孤山先探梅須晴去訪稼軒未晚正此徘徊辛得之大喜竟邀之去館燕彌月賙贈千緡改之竟蕩于酒不問也嘗以此詞語岳侍郎倦翁掀髯有得色岳曰詞句固佳但恨無刀圭藥療君白日見鬼症耳舉座大噱郭霄鳳江湖紀聞云劉過字改之吉州太和人也性踈豪好施辛稼軒客之稼軒帥淮時改之以母病告歸囊槖蕭然是夕稼軒與改之微服縱登倡樓適一都吏命樂飲酒不知為稼軒也命左右逐之二公大笑而歸即以為有機密文書喚某都吏其夜不至稼軒欲籍其產而流之言者數十皆不能解遂以五千緡為改之母壽請言于稼軒稼軒曰未也令倍之都吏如

數增作萬緡稼軒為買舟于岸舉萬緡于舟中戒曰可即行無如常日輕用也改之作念奴嬌為别稼軒云知音者少算乾坤許大着身何處直待功成方肯退何日可尋歸路多景樓前垂虹亭下一枕眠秋雨虛名相悞十年枉費辛苦不是奏賦明光上書北闕無驚人之語我自匆忙天不肯贏得衣裾塵土白璧堆前黄金買笑付與君為主蓴鱸江上浩然明日歸去改之又號龍洲太和邑稱也

陸放翁在蜀日曾有所盼嘗賦詩云碧玉當年未破瓜學成歌舞入侯家如今憔悴蓬窻底飛上青天妬落花出蜀後每懷舊遊多見之題咏有云金鞭珠彈憶佳遊萬里橋西罨畫樓夢倩晚風吹不斷書憑歸雁寄無由

鏡中顏髮今如此席上賓朋好在否箇有吳箋三百箇
擬將細字寫春愁又云裘馬清狂錦水濱最繁華地作
閒人金壺投箭銷長日翠裏傳杯領好春幽鳥語隨歌
處拍落花鋪作舞時茵悠然自適君知否身與浮名孰
是親仍以前詩隱括作風入松云十年裘馬錦江濱酒
隱紅塵黃金選勝鶯花海倚疎狂驅使青春吹笛魚龍
盡出題詩風月俱新自憐華髮滿紗巾猶是官身鳳樓
曾記當年語問浮名何日相親欲寫吳箋說與這回真

箇閒人

蔡州瓜陂鋪有用篦刀刻青泥為浣溪沙詞云剪碎香羅浥淚痕鷓鴣聲斷不堪聞馬嘶人去近黄昏整整斜斜楊柳陌疎疎密密杏花村一番風月更消魂不知何人作也

泠齋夜話云東坡守錢塘無一日不在西湖嘗攜妓謁大通禪師師愠形于色東坡作長短句令妓歌之曰師唱誰家曲宗風嗣阿誰借君拍板與門搥我也逢場作

戲不須疑溪女方偷眼山僧莫皺眉却嫌彌勒下生遲不見阿婆三五少年時時有僧仲殊在蘇州聞而和之曰解舞清平樂如今說合誰紅爐片雪上鉗鎚打就金毛獅子也堪疑木女明開眼泥人暗皺眉蟠桃已是看花遲不向東風一笑待何時

岳州徐君寶妻被掠來杭居韓蘄王府主者數欲犯之因告曰俟妾祭先夫然後為君婦主者喜諾乃焚香再拜題詞一闋于壁上投池中死其詞云漢上繁華江南

人物尚遺宣政風流緑窻朱戸十里爛銀鈎一旦兵刀齊舉旌旗擁百萬貔貅長驅入歌樓舞榭風捲落花愁清平三百載典章人物掃地都休幸此身未北猶客南州破鏡徐郎何在空惆悵相見無由從今後斷魂千里夜夜岳陽樓

郎英曰豐城道中有詩婦余淑柔題浪淘沙詞云雨溜風鈴滴滴丁丁釀成一枕别離情可惜當年陶學士孤負郵亭邊雁帶秋聲音信難憑花鬚偷數卜歸程料得

到家秋正晚菊滿寒城

吳夢窓云余往來清華池館六年賦咏屢以感昔傷今益不堪懷乃賦絳都春云春來鴈渚弄艷冶又入垂楊如許困舞瘦腰啼濕宮黄池塘雨碧沿蒼蘚雲根路尚追想凌波微步小樓重上憑誰為唱舊時金縷凝竚烟蘿翠竹欠羅袖為倚天寒日暮强醉梅邊招得花奴來樽俎東風須惹春雲住更莫把飛瓊吹去便教攜取熏籠夜温繡戸按夢窓名文英字君特四明人從吳毅夫

遊有夢窗甲乙丙丁稿四卷沈伯時云夢窗深得清真之妙但用事下語太晦處人不易知今所云清華池館未知在何處覽其詞猶有東京夢華遺意也

蜀娼類能文蓋薛濤遺風也有客自蜀挾一妓歸蓄之別室率數日一往偶以病少疎妓頗疑之客作詞自解妓用韻以答之云說盟說誓說情說意動便春愁滿紙多應念得脫空經是那箇先生教的不茶不飯不言不語一味供他憔悴相思已是不曾閒又那得工夫呪你

苕溪漁隱曰吳興郡圃今有六客亭即公擇子瞻元素子野令舉孝叔時公擇守吳興也蘇東坡云予昔與子野作六客詞其卒云盡道賢人聚吳分試問也應旁有老人星凡十五年再過吳興而五人者皆已亡矣時張仲謀與曹子方劉景文蘇伯固張秉道為坐客仲謀請作後六客詞調寄定風波云月滿苕溪照夜堂五星一老鬬光芒十五年間真夢裏何事長庚對月獨淒涼綠鬢蒼顏同一醉還是六人吟笑水雲鄉賓主談鋒誰得

似看取曹劉今對兩蘇張

侍兒小名録云錢思東謫漢東日撰玉樓春詞曰城上風光鶯語亂城下煙波春拍岸緑楊芳草幾時休淚眼愁腸先已斷情懷一變成衰晚鸞鏡朱顔驚暗換往年多病厭芳樽今日芳樽惟恐淺每酒闌歌之則泣下後閣有白髮姬乃鄧王歌鬟驚鴻也遽言先生將薨豫戒挽鐸中歌木蘭花引紼為送今相公亦將亡矣果薨于隨鄧王舊曲亦常有帝鄉煙雨鎖春愁故國山川空

淚眼之句

柳耆卿與孫相何為布衣交孫知杭門禁甚嚴耆卿欲見之不得作望海潮詞往詣名妓楚楚曰欲見孫相恨無門路若因府會願朱脣歌之若問誰為此詞但說柳七中秋夜會楚宛轉歌之孫即席迎耆卿預坐詞曰東南形勝三吳都會錢唐自古繁華烟柳畫橋風簾翠幕參差十萬人家雲樹遶堤沙怒濤卷霜雪天塹無涯市列珠璣戶盈羅綺繞豪奢重湖疊巘清佳有三秋桂子

十里荷花羌笛弄晴菱歌泛夜嬉嬉釣叟蓮娃千騎擁
高牙乘醉聽簫鼓吟賞煙霞異日圖將好景歸去鳳池
誇
少游在黄州飲于海棠橋橋南北多海棠有老書屋海
棠叢開少游醉卧于此明日題醉鄉春一詞于柱云唤
起一聲人悄衾冷夢寒霜曉瘴雨過海棠開春色又添
多少社甕釀成微笑半破瘿瓢共舀 夭 覺顛倒急投牀
醉鄉廣大人間小 冷齋夜話

歐陽公守維揚日于城西北大明寺側建平山堂頗極遊觀之勝劉原夫出守揚州公作朝中措餞之云平山欄檻倚晴空山色有無中手種堂前楊柳别來幾度春風文章太守揮毫萬字一飯千鍾行樂直須年少樽前看取衰翁

元豐間蔡挺自西掖出鎮平陽經數載意欲歸作喜遷鶯一闋云霜天秋曉正紫塞故壘黄雲衰草漢馬嘶風邊鴻叫月隴上銕衣寒早劍歌騎曲悲壯盡道君恩須

報塞垣樂盡橐鞬錦領山西年少談笑刁斗靜烽火一把時報平安耗聖主憂邊威懷遐遠驕敵尚寬天討歲華向晚愁思誰念玉關人老太平也且歡娛莫惜金尊頻倒時有中使至平陽挺使倡優歌之遂達于宮掖上因語呂丞相曰蔡挺欲歸遂以西掖召還

陳直方之妾本錢唐妓人也乞新詞于蘇子瞻子瞻因直方新喪正室而錢唐人好唱陌上花緩緩曲乃引其事以戲之其詞則江神子也詞云玉人家在鳳凰山水

雲間掩門闗門外行人立馬看弓彎十里春風誰指似
斜日映繡簾斑多情好事與君還憫新鰥拭餘潛明月
空江香霧著雲鬟陌上花開看盡也聞舊曲破朱顔
政和間京師妓之姥曾嫁伶官常入内教歌舞傳禁中
擷芳詞以教其妓人皆愛其聲又愛其詞類唐人所作
也詞云風揺蕩雨濛茸翠條柔弱花頭重春衫窄香肌
濕記得年時共伊曾摘都如夢何曾共可憐孤似釵頭
鳳闗山隔晚雲碧燕兒來也又無消息古今詞話

東坡既召還復除翰林承旨數月以弟嫌請郡復以舊職知潁州正月堂前梅花大開月色鮮霽王夫人曰春月色勝如秋月色秋月色令人悽慘春月色令人和悅何如召趙德麟輩來飲此梅花下東坡大喜曰吾不知子能詩耶此真詩家語耳遂召趙飲用是語作減字木蘭花詞云春庭月午搖落春醪光欲舞步轉迴廊半落梅花婉娩香輕風薄霧都是少年行樂處不似秋光只共離人照斷腸侯鯖録

吴氏湖州秀才家女以失行繫司理獄郡僚聞其美往觀之風格傾坐因命賦詞時值雪中遂吟長相思一闋云烟霏霏雪霏霏雪向梅花枝上堆春從何處回醉眼開睡眼開踈影橫斜安在哉憑教塞管催郡僚大喜為言之太守王梅溪即與釋放

晏仲殊一日造郡方接坐間見庭下有婦人投牒立雨中郡守命詠之仲殊口就踏莎行云濃潤侵衣暗香飄砌雨中花色添憔悴枇杷樹下立多時不言不語厭厭

地眉上新愁手中文字因何不倩鱗鴻寄想伊只訴薄情人官中誰管閒公事

韓蘄王生長兵間未嘗知書晚歲忽若有悟能作字及小詞一日至香林園蘇仲虎尚書方宴客王徑造之賓主歡甚盡醉而歸明日王餉以羊羔且手書二詞遺之臨江仙云冬日青山瀟洒靜春來山暖花濃少年衰老與山同世間名利客富貴與窮通榮華不是長生藥清閒不是死門風勸君識取主人公單方只一味盡在不

言中南鄉子云人有幾多般富貴榮華揔是閒自古英
雄都是夢為官寶玉妻兒宿業纏年事已衰殘鬢髮蒼
蒼骨髓乾不道山林多好處貪歡只恐癡迷悞了賢
宣和間上元張燈許士女縱觀各賜酒一盃一女竊所
飲金杯衛士見之押至御前女誦鷓鴣天詞云月滿蓬
壺燦爛燈與郎攜手至端門貪觀鶴陣笙簫舉不覺鴛
鴦失卻羣天漸曉感皇恩傳宣賜酒飲杯巡歸家惟恐
公姑責竊取金杯作照憑道君大喜遂以杯賜之令衛

士送歸

周美成晚歸錢唐夢中得瑞鶴仙詞一闋云悄郊原帶郭行路永客去車塵漠漠斜陽映山落斂餘紅猶戀孤城欄角凌波步弱過短亭何用素約有流鶯勸我重解繡鞍緩引春酌不記春時早暮上馬誰扶醒眠朱閣驚飈動幕猶殘醉遶紅藥嘆西園已是花深無地東風何事又惡任流光過却歸來洞天自樂未幾方臘亂自桐廬入杭時美成方宴客倉皇出奔趨于西湖墳庵適際

殘冬落日在山忽逢故人之妾奔逃而來乃與小飲于道傍旗亭聞鶯聲于木杪少焉分背抵菴有餘醺因卧小閣上恍如詞中所云逾月入城故居皆蹂踐矣後得請提舉洞霄宮終老焉玉照新志云美成夢中得此詞遂擕家提舉南京鴻慶宮未幾以疾卒

右史張文潛初官許州喜營妓劉淑奴張作少年遊令云含羞倚醉不成歌纖手掩香羅偎花映燭偷傳深意酒思入橫波看朱成碧心還亂翻脈脈斂雙蛾相見時

稀隔别多又春盡奈愁何其後去任又為秋蕋香寓意
云簾幙疎疎風透一線香飄金獸朱闌倚遍黄昏後廊
上月華如畫别離滋味濃如酒着人瘦此情不及墻東
柳春色年年依舊元祐諸公皆有樂府唯張僅見此二
詞
郭霄鳳字雲翼元人撰江湖紀聞云宋理宗時李好義
為某郡總管作詞名望江南云思往事白盡少年頭曾
帥三軍平蜀難沿邊四郡一齊收逆黨反封侯元宵夜

燈火鬧啾啾廳上一員閒總管門前幾箇紙燈毬簫鼓
勝皇州
北方士人傳沙漠小詞三闋頗能狀其景詞云瘦藤老
樹昏鴉遠山流水人家古道西風瘦馬斜陽西下斷腸
人去天涯平沙細草班班曲溪流水潺潺塞上清秋早
寒一聲新雁黃雲紅葉青山西風塞上胡笳月明馬上
琵琶那底昭君恨李陵臺下澹烟衰草黃沙
盛如梓庶齋老學叢談云武昌瀕江有呂公磯上有黃

鶴樓一日有題漢宫春于其上云橫吹聲沈倚危樓紅日江轉天斜黄塵邊火澒洞何處吾家胎禽怨夜半乘風元露丹霞先生笑飛空一劍東風猶自天涯情知道山中好早翠罥含隱瑤草新芽青溪故人信斷夢飈車乾坤星火歸來兮煮石煎砂迴首處幅巾蒲帳雲邊獨笑桃花不知為何人作或言洞賓語也後三年己未大元渡江

西秦張炎叔夏玉田詞云沈梅嬌杭妓也忽于京都見

之把酒相勞苦猶能歌周清真意難忘臺城路二曲因屬余記此事詞成以素羅帨書之調寄國香詞云鶯柳烟隄記未吟青子曾比紅兒嫺嬌弄香微透鬟翠雙垂不道留仙不住便無夢吹到南枝相看兩流落掩面凝羞怕說當時淒涼歌楚調嫋餘音不放一朵雲飛丁香枝上幾度款語深期拜了花梢淡月最難忘弄影蹇衣無端動人處過了黄昏猶道休歸

劉幾在神宗時與范蜀公重定大樂洛陽花品曰狀元

紅為一時之冠樂工花日新能為新聲汴妓郜懿以色著秘監致仕劉伯壽尤精音律熙寧中幾攜花日新就郜懿歡飲塡詞以贈之云三春向暮萬卉成陰有嘉艷方折嬌姿嫩質冠羣品共賞傾城傾國上苑晴晝暄千素萬紅猶奇特綺筵開會詠歌才子壓倒元白別有芳幽苞小步帳華絲綺軒油壁與紫鴛鴦素蛺蝶自淸旦往往連夕巧鶯喧脆管嬌燕語雕梁留客武陵人念夢役意濃堪遣情溺郜懿第六即蔡奴之母也李定之父

與郜六遊生定而郜六死定不之知也及王荆公為宰相擢用李定言官交攻以為母死不持服為此蔡奴亦以色著云花草粹篇

鐵圍山叢談云宣和初燕樂初成八音告備因作徵招角招有曲名黄河清慢者詞云晴景初升風細細雲收天淡如洗望外鳳凰城闕葱葱佳氣朝罷香烟滿袖侍臣報天顔有喜夜來連得封章奏大河徹底清泚君王壽與天齊馨香動上穹頻降祥瑞大晟奏功六樂初調

宫徵合殿薰風乍轉萬花覆千官盡醉内家傳詔重開宴未央宫裏音調極韶美晁次膺作此詞時天下無問遐邇大小雖偉男髫女皆爭唱之又有一曲曰深院鎖春風悄無人桃李自笑亦歌之遂入大晟府

王仲甫字明之為翰林權直内宿有宫娥新得幸仲甫應制賦清平樂云黄金殿裏燭影雙龍戲勸得官家真箇醉進酒猶呼萬歲錦茵舞徹涼州君恩與整搔頭一夜御前宣喚六宫多少人愁翼日宣仁太后聞之語宰

臣曰豈有館閣儒臣應制作狎詞耶既而彈章罷去耆舊續聞

東皐雜録云林希子中知潤州東坡自錢唐赴召有官妓鄭容高瑩求脫籍東坡為一詞書牒尾云鄭莊好客容我尊前時墮幘落筆風生籍籍聲名滿帝京高山白早瑩骨冰肌那解老從此南徐良夜清風月滿湖林判云鄭容落籍高瑩從良葢取句端八字云茗溪漁隱曰聚蘭集載此詞為東坡贈潤守許仲涂作未知孰是

續骫骳說云政和中袁裪為教坊判官撰文字一日為蔡京撰傳言玉女詞云淺淡梳粧愛學女真梳掠艷容可畫那精神怎貌鮫綃映玉鈿帶雙穿纓絡歌音清麗舞腰柔弱宴罷瑤池御風跨皓鶴鳳凰臺上有蕭郎共約一面笑開向月斜褰朱箔東園無限好花羞落上見之改女真二字為漢宮而人莫解蓋當時已與女真盟于海上矣而中外未知帝思其語故竄易之也

苕溪漁隱云有稱中興野人和東坡詞題吳江橋上車

駕巡師江表過而覩之詔物色其人不復見矣詞云炎精中否歎人才委靡都無英物戎馬長驅三犯闕誰作長城堅壁萬里奔騰兩宮幽隔此恨何時雪草廬三顧豈無高卧賢傑天心眷我中興吾皇神武踵曾孫周發海嶽封疆俱效順邊塞會須烽滅翠羽南巡叩閽無路徒有衝冠髮孤忠耿耿劍芒冷浸秋月

鄭繼超遇田參軍贈妓曰妙香數年告別歌北邙月一闋送酒辭云勸君酒莫辭花落拋舊枝只有北邙山下

月清光到死也相隨翼日同至北邙下化狐而去
三朝野史云馬光祖尹京日有士踰牆偷入室女事覺
到官光祖出踰牆摟處子詩面試士人秉筆云花柳平
生債風流一段愁閑牆乘興下處子有心摟謝砌應潛
越韓香許暗偷有情還愛慾無語强嬌羞不負秦樓約
安知漢獄囚玉顔麗如此何用讀書求光祖大賞判一
詞于牒云多情多愛還了平生花柳債好箇檀郎室女
為妻也不妨傑才高作聊贈青蚨三百索燭影搖紅記

取媒人是馬公遂以室女配之馬號裕齋營妓馬瓊瓊歸朱廷之廷之因闢二閣東閣正室居之瓊瓊居西閣廷之之任南昌瓊以梅雪扇題辭寄之云雪梅妬色雪把梅花相抑勒梅性温柔雪壓梅花怎起頭芳心欲訴全仗東君來作主傳與東君早與梅花作主人廷之詳詞意知西閣為東閣摧挫遂休官歸家置酒謂二閣曰昨見西閣所寄雪梅詞使人不遑寢食東閣乃曰君今仕矣試為判斷此事據西閣所云梅花孰

是也廷之遂作浣溪沙一闋以示二閣云梅正開時雪正狂兩般幽韻孰優長且宜持酒細端詳梅比雪花輸一出雪如梅蓝少些香花公非是不思量自後二閣歡會如初

成都官妓趙才卿性慧黠能詞值帥府作會送都鈐師令才卿作詞應命立賦燕歸梁云細柳營中有亞夫華宴簇名姝雅歌長許佐投壺無一日不歡娛漢王拓境思名將捧飛詔欲登途從前密約盡成虛空贏得淚如

珠帥大賞其才盡以飲器遺之

杭妓樂苑與施酒監善施嘗贈以詞云相逢情更深恨不相逢早識盡千千萬萬人終不似伊家好別爾登長道轉覺添煩惱樓外朱樓獨倚闌滿目圍芳草宛答云相思似海深舊事如天遠淚滴千千萬萬行使我愁腸斷要見無由見見了終難拚若是前生未有緣重結來生願

文信國被執北行次信安館人供帳甚盛信國達旦不

寱題詞于壁調寄南樓令詞曰雨過水明霞潮回岸帶沙葉聲寒飛透窓紗懊恨西風吹世換又吹我落天涯寂寞古豪華烏衣又日斜說興亡燕入誰家只有南來無數雁和明月宿蘆花或云此鄧光薦詞也日下舊聞

元東嶽廟有石壇繞壇皆杏花道士董宇定王用亨先後居之張留孫弟子三十八人之二也虞道園城東觀杏花詩明日城東看杏花丁寧兒子早將車路從丹鳳樓前過酒向金魚館裏賒緑水滿溝生杜若暖雲將雨

少塵沙絶勝羊傳襄陽道歸騎西風雜鼓笳當時同遊者歐陽元功陳衆仲揭曼碩諸公葛邏緑詩最憶奎章虞閣老白頭騎馬看花來是也又嘗賦風入松詞題之羅帕有爲報先生歸也杏花春雨江南之句柯敬仲購得之詞載第三卷品藻中一云虞賦此詞以寄敬仲者裝潢作軸張仲舉爲賦摸魚子詞寄其事云記蘭亭舊時風景西樓燈火如畫嚴城月色依然好無復綺羅遊冶歡意謝向客裏相逢還有思陶寫金章翠斝把錦字新聲紅牙小拍分付倦

司馬繁華夢喚起燕嬌鶯姹肯教孤負元夜楚芳玉潤
吳蘭媚一曲夕陽西下沈醉罷君試問人生誰是無情
者先生歸也但留意江南杏花春雨和淚在羅帕自注
楚芳吳蘭二妓名玉堂嘉話

詹正至元間監醮長春宮見羽士丈室古鏡狀似秋葉
背有金刻宣和御寶四字有感因賦霓裳序中第一詞
一規古蟾魄瞥過宣和幾春色知那箇柳鬆花怯曾
搓玉團香塗雲抹月龍章鳳刻是如何兒女消得便孤了

翠鸞何限人更在天北磨滅古今離别幸相從薊門仙
客蕭然林下秋葉對雲淡星踈眉青影白佳人已傾國
謾羸得癡銅舊畫興亡事道人知否見了也華髮 元詩餘

詞苑叢談卷七

欽定四庫全書

詞苑叢談卷八

翰林院檢討徐釚撰

紀事三

遼蕭后有十香詞其構禍之由也雖事出寃誣然以帝后之尊為奸婢作書且詞多近褻自貽伊戚夫復何言獨喜其回心院詞則怨而不怒深得詞家含蓄之意斯時柳七之調尚未行于北國故蕭詞大有唐人遺意也

詞云掃深殿閉久金鋪暗遊絲絡網塵作堆積歲青苔
厚堦面掃深殿待君宴拂象牀憑夢借高唐敲壞半邊
知妾臥恰當天處少輝光拂象牀待君王換香枕一半
無雲錦為是秋來展轉多更有雙雙淚痕滲換香枕待
君寢鋪翠被羞殺鴛鴦對猶憶當時叫合歡而今獨覆
相思塊鋪翠被待君睡裝繡帳金鈎未敢上解却四角
夜光珠不教照見愁模樣裝繡帳待君眠叠錦茵重重
空自陳只願身當白玉體不願伊當薄倖人叠錦茵待

君臨展瑤席花笑三韓碧笑妾新鋪玉一牀從來婦歡不終夕展瑤席待君息剔銀燈須知一樣明偏是君來生彩暈對妾故作青熒熒剔銀燈待君行蓺薰爐能將孤悶蘇若道妾身多穢賤自沾御香香徹膚蓺薰爐待君娛張鳴箏恰恰語嬌鶯一從彈作房中曲常和窓前風雨聲張鳴箏待君聽

按蕭后小字觀音工書能歌詩善彈箏琵琶天祐帝敕為懿德皇后帝遊畋無度蕭后諷詩切諫帝疎之作回心院詞寓望幸之意也宮女單登故叛人重元家婢亦善箏及琵琶與伶官趙惟一爭能怨后不知已遂與耶律伊卜謀害后更令他人作十香詞誣云宋國達拉哈作乞后

書之遂誣后與惟一通以十香詞為証因被害達拉哈皇后也

海陵大舉南侵御前都統驃騎衛大將軍韓伊齊將射雕軍二萬三千圍子細軍一萬先下兩淮臨發賜所製喜遷鶯以為寵曰旌麾初舉正駃騠力健嘶風江渚射虎將軍落鵰都尉繡帽錦袍翹楚怒磔戟髯爭奮捲地一聲鼙鼓笑談頃指長江齊驟六師飛渡此去無自墮金印如斗獨把功名取斷鎖機謀垂鞭方略人事本無今古試展卧龍韜韞果見成功旦莫問江左想雲霓望

切元黃迎路

金許道真性嗜酒每乘舟出村落間留飲或十數日不歸及沂流而上老稚奔走爭為之挽舟數十里不絕嘗賦眼兒媚詞曰濁醪篘得玉為漿風韻帶橙香持杯笑道鵝黃似酒酒似鵝黃世緣老矣不思量沈醉又何妨臨風對月山歌野調儘我疎狂

金密國公璹字子瑜興陵諸孫也于書無所不讀而尤長于史學與元好問諸名士善明窗棐几展玩圖籍商

略品第窮極高妙典衣置酒或終日不聽客去有承平王家故態金自明昌以還鎬厲二王得罪疎遠宗室疇亦棄而不用故放于詩文其樂府云夢到鳳凰臺上山圍故國周遭又云咫尺又還秋也不成長似雲間識者聞而悲之又有西江月詞云一百八般佛事二十四考中書山林朝市等區區着甚來由自苦過寺談些般若逢花倒箇葫蘆小時伶俐老來愚萬事安于所遇又臨江仙詞云倦客更遭塵事冗故尋閒地婆娑一尊芳酒

一聲歌盧郎心未老潘令鬢先皤醉向繁臺臺上問滿川細柳新荷薰風樓閣夕陽多倚欄凝思久漁笛起烟波

泰和已丑元好問裕之赴并州道逢捕雁者捕得二雁一死一脫網去其脫網者空中盤旋哀鳴良久亦投地死好問遂以金贖得二雁瘞汾水傍壘石為識號曰雁丘因賦摸魚兒詞曰問世間情是何物直教生死相許天南地北雙飛客老翅幾回寒暑歡樂趣離別苦就中

更有癡兒女君應有語渺萬里層雲千山暮雪隻影向誰去横汾路寂寞當年簫鼓荒煙依舊平楚招魂楚些嗟何及山鬼暗啼風雨天也妬未信與鶯兒燕子俱黄土千秋萬古為留待騷人狂歌痛飲來訪雁丘處蒲溪楊正卿和云恨千年雁飛汾水秋風依舊蘭渚網羅驚破雙棲夢孤影亂翻波素還睟與算古往今來只有相思苦朝朝暮暮想塞北風沙江南煙月爭忍自來去埋恨處依舊并州舊路一丘寂寞寒雨世間多少風流事

天也有心相妬休說與還却怕有情多被無情誤一盃會舉待細讀悲歌滿傾清淚為爾酹黃土欒城李仁卿和云雁雙雙正分汾水回頭生死殊路天長地久相思債何似眼前俱去摧勁羽倘萬一幽冥却有重逢處詩翁感遇把江北江南風嘹月唳并付一丘土仍為汝小草幽蘭麗句聲聲字字酸楚拍江秋影今何在草木欲迷隄樹霜魂苦算猶勝王嬙青塚真孃墓憑誰說與對烏道長空龍艘古渡馬耳淚如雨

元光初李欽叔與元裕之在孟津辛敬之愿自女几來為留數日其行也欽叔為設餞備極豐腆敬之故歎曰平生飽食有數每見吾二弟必得美食明日道路中又當與老饑相抗去矣會有一日辛老子僵卧柳泉韓城之間以天地為棺槨日月為含襚狐狸亦可螻蟻亦可二人為之惻然當共游河山亭敬之賦臨江僊留别二人云誰識虎頭峯下客少年有意功名清朝無路到公卿蕭蕭華屋白髮老諸生邂逅對牀逢二妙揮毫落

紙堪驚他年連袂上蓬瀛春風蓮燭莫忘此時情
宋六小字同壽元遺山有贈觱栗工張觜兒詞即其父
也宋與其夫合樂妙入神品蓋善謳其夫能傳其父之
藝滕玉霄賦念奴嬌贈之云柳顰花困把人間恩愛樽
前傾盡何處飛來雙比翼直是同聲相應寒玉嘶風香
雲捲雪一陣驪珠引元郎去後有誰着意題品誰料濁
羽清商繁絃急管猶自餘風韻莫是紫鸞天上曲兩兩
玉童相並白髮梨園青山老傳試與留連聽可人何處

滿庭霜月清冷

元宣徽院使博囉有杏園每年春諸女設鞦韆于園中適樞密同簽特穆爾巴哈子拜珠過園外窺一女絶色歸白之父遣媒求婚博囉邀令賦鞦韆拜珠以國字寫菩薩蠻詞云紅繩畫板柔荑指東風燕子雙雙起誇俊與爭高更將裙繫牢牙牀和困睡一任金釵墜推枕起來遲紗窻月上時博囉遂以前女許為婦

鄭義孃宣政閻楊思厚妻薩巴太尉自盱眙掠得之不

辱而死魂常出遊思厚奉使燕山訪其瘞處與之相見有好事近詞云往事與誰論無語暗彈清血何處最堪腸斷是黃昏時節倚樓凝望又徘徊誰解此情切何計可同歸雁趁江南春色

大名民家有男女以私情不遂赴水死後三日二尸相攜而出于水濱是歲此陂荷花無不並蒂者李仁卿賦摸魚兒以記其事云為多情和天也老不應情遽如許請君試聽雙蕖怨方見此情真處誰點注香瀲灩銀塘

對抹燕脂露藕絲幾縷絆玉骨春心金沙曉淚漠漠瑞紅吐連理樹一樣驪山懷古古今朝暮雲雨六郎夫婦三生夢斷幽恨從前阻須會取共鴛鴦翡翠照影長相聚風不住悵寂寞芳魂輕烟北渚涼月又南浦（李仁卿名治欒城人金進士）

歌兒珠簾秀朱氏姿容殊麗雜劇當時獨步胡紫山宣慰極鍾愛之嘗擬沈醉東風小曲以贈云錦織江邊翠竹絨穿海上明珠月淡時風清處都隔斷落紅塵土一

片閒情任卷舒挂盡朝雲暮雨馮海粟亦有鷓鴣天云十二闌干映遠眸醉香空斷楚天秋蝦鬚影薄微微見龜背紋輕細細浮香霧斂翠雲收海霞為帶月為鈎夜來捲盡西山雨不着人間半點愁皆咏珠簾以寓意也由是聲價益騰

正大四年有狂僧李菩薩者就都人楊廣道家宿一日大寒楊與之酒李晨出舉酒盌聞其啜酒聲入曰淨明亭前花開矣已而牡丹開兩花來觀者車馬闐咽酒尊

為之一空元遺山賦滿庭芳詞記之云天上殷韓解羈官府爛遊舞榭歌樓開花釀酒來著帝王州嘗見牡丹開後獨占斷穀雨風流僊家好霜天槁葉濃艷破春柔狂僧誰借手一盃喚起綠怨紅愁天香國豔梅菊背人羞盡揭紗籠護日容光動玉斝瓊舟都人士女年年十月常記遇仙樓

京師城外萬柳堂亦一宴遊處也野雲廉公一日于中置酒招疎齋盧公松雪趙公同飲時歌兒劉氏名解語

花者左手執荷右手執盃歌小聖樂云緑葉陰濃徧水亭池閣偏趍涼多海榴初綻朶朶蹙紅羅乳燕雛鶯弄語對高柳鳴蟬相和驟雨過似瓊珠亂撒打遍新荷人生百年有幾念良辰美景休放虚過富貴前定何用苦張羅命友邀賓宴賞飲芳醑淺斟低歌且酩酊從敎二輪來往如梭右調元遺山製既而行酒趙公喜即席賦詩曰萬柳堂前數畝池平鋪雲錦蓋漣漪主人自有滄洲趣遊女仍歌白雪詞手把荷花來勸酒步隨芳草去尋詩誰

知咫尺京城外便有無窮萬里思

元妓劉燕哥善歌舞齊參議還山東劉賦太常引以餞

云故人别我出陽關無計鎖雕鞍今古别離難倩誰畫

娥眉遠山一樽别酒一聲杜宇寂寞又春殘明日小樓

間第一夜相思淚彈

元盛時揚州有趙氏者富而好客其家有明月樓人作

春題多未當其意一日趙子昂過揚主人知之迎至樓

上盛筵相款酒半出紙筆求作春題子昂援筆書云春

風閣苑三千客明月揚州第一樓主人得之甚喜盡徹席間銀罌以贈貫雲石亦有詞咏樓調寄水龍吟云晚來北海風沈滿樓明月留人住橋花香外玉笙初響修眉如妬十二闌干等閒隔斷人間風雨望畫橋檐影紫芝塵暖入喚起登臨趣回首西山南浦問雲物為誰掀舞關河如此不堪騎鶴儘堪來去月落潮平小衾夢轉已非吾土且從容對酒龍香涴繭寫平山賦

姚雲東晚慕神僊喜與黃冠遊嘗為陸道士寫墨竹系

以一詞云王子仙成吹簫處一雙青鳳飛來借問如今世界何地是蓬臺更有葛坡投杖龍躍起鼓浪轟雷何如我咏猗猗菉竹淇水之湄蒼雪生吾珍簟碧香又落霞杯喚道人相對醉後玉山頽百年笑口開得幾千回湯正仲字叔雅楊補之甥寫梅法補之楷法遒整學褚河南而加蒼老嘗書補之所作梅詞柳梢青十首詞亦工麗今録其二詞云雪艷烟痕又要春色來到芳尊憶得年時月移清影人立黄昏一番幽思誰論但永夜空

迷夢魂遶遍江南繚牆深院水郭山村又云玉骨冰肌為誰偏好特地相宜一段風流廣平休賦和靖無詩綺窗睡起春遲困無力菱花笑窺嚼蘂吹香眉心貼處鬢畔簪時

李竹懶曰梅道人倣荆浩寫魚舫十五中段樹石一叢前後山嶼遠近出没四五叠予兩見臨本至今壬申三月始見真者氣象煥如也梅老題云予最喜關仝山水清勁可愛觀其筆法出自荆浩後見浩畫唐人漁父圖

有如此製作遂儆為一軸為人求去今復見之不意物之有遇時也一日准仲持此卷來命識之時昔之畫今之題殆十餘年矣流光易謝悲夫至正十二年七月十日梅道人書於武塘慈雲之僧舍又畫上方題漁家傲詞瀟洒超逸逼真元真子口吻亦道人所製書作藏針筆法古雅有餘其一云碧波千頃晚風生舟舶湖邊一葉橫心事穩草衣輕只釣鱸魚不釣名其二云収却絲綸歇却船江頭明月正團圓酒瓶側岸花懸枕着簑衣

和月眠其三云輕風細浪漾漁船碧水斜陽欲暮天看白鳥下長川點破瀟湘萬里烟其四云閒情聊爾寄絲綸處處江湖著我身波似練鬢如銀欲釣如山截海鱗其五云極目乾坤夕照斜碧波微影弄晴霞舟有伴興無涯那个汀洲不是家其六云近日何人是我隣滿川鳧鴨最相親雲浩浩水鱗鱗青草烟深不見人其七云舴艋為家無姓名胡盧世事過平生香稻飯軟蓴羹棹月穿雲任性情其八云雪色鬢鬚一老翁能將短棹撥

長空人愛靜浪無風宜在五湖烟雨中其九云緑楊初睡暖風微萬里晴波浸落暉鼓枻去唱歌回驚起沙鷗撲漉飛其十云年來情況屬漁船人在船中酒在前山歷歷水涓涓一曲清歌山月邊其十一云風攪長江浪拍空扁舟蕩漾夕陽紅歸別浦繫長松出自風恬浪息中其十二云一箇輕舟力幾多江湖穩處載漁簑撐皓月下長坡半夜風生不奈何其十三云殘霞一縷四山明雲起雲收陰復晴風脚動浪頭生聽取虛篷夜雨聲

其十四云鈎擲萍波緑自開錦鱗對對逐鈎來消歲月寄芳懷却似嚴光坐釣臺其十五云桃花水暖五湖春一箇輕舟寄此身時醉酒或垂綸江北江南適意人

元時有傳按察者嘗作鴨頭緑一詞悼宋云靜中看記昔日淮山隱隱宛若虎踞龍蟠下樊襄指揮湘漢鞭雲騎圍繞三千勢不成三時當混一過唐之數不為難陳橋驛孤兒寡婦久假當還挂征帆龍舟催發紫宸初轉朝班禁庭空土花暈辟輦路悄呵喝聲乾縱餘得西湖

風景花梛亦凋殘去國三千遊仙一夢依然天淡夕陽
間昨宵也一輪明月還照臨安
劉改之過賀新郎詞云去年秋余試牒四明賦贈老娼
至今天下與禁中皆歌之江西人來以為鄧南秀詞非
也詞云老去相如倦向文君說似而今怎生消遣衣袂
京塵曾染處空有香紅尚軟料彼此魂銷腸斷一枕新
凉眠客舍聽梧桐疎雨秋風顫燈暈冷記初見樓低不
放珠簾捲晚粧殘翠蛾狼籍淚痕流臉人道愁來須殢

酒無奈愁深酒淺但托意焦琴紈扇莫鼓琵琶江上曲
怕荻花楓葉俱凄怨雲萬疊寸心遠
宋文丞相過唐忠臣張廵許遠雙廟留題沁園春一闋
詞吉壯烈千載後昭然與日月爭光明劉文成伯溫過
安慶亦作沁園春詞哀余忠宣公闕正與文山之詞相
匹詞云士生天地間人孰不死死節為難羡英偉奇才
世居淮甸少年登第拜命金鑾面折奸貪指揮風雨人
道先生鐵肺肝平生事扶危濟困拯溺摧頑清明要繼

文山使廉懦聞風胆亦寒想孤城血戰人皆效死闔門
抗節誰不辛酸寶劍埋光星芒失色露濕旌旗也不乾
如公者黄金難鑄白璧誰完
劉秉忠字子晦自號藏春散人嘗有三奠子詞曰念行
藏有命煙水無涯嗟去雁羨歸鴉半生身累影一事鬢
成華東山客西蜀道且還家壺中日月洞裏烟霞春不
老景長佳功名眉上鎖富貴眼前花三杯酒一覺睡一
甌茶

張怡雲大都名妓也姚牧庵閻靜軒每于其家小飲嘗佐貴人行酒姚偶言暮秋時三字閻命怡雲續而歌之張應聲作小婦孩兒且歌且笑曰暮秋時菊殘猶有傲霜枝西風了却黄花事貴人曰且止遂不成章姚又有寄征衣詞云欲寄君衣君不還不寄君衣君又寒寄與不寄間妾身千萬難人多傳之

張宏範圍襄陽賦鷓鴣天詞曰鐵甲珊瑚渡漢江南蠻猶自不歸降東西勢列千層厚南北軍屯百萬長弓扣

月劒磨霜征鞍遥指下襄陽鬼門今日功勞了好去臨江醉一場

古今詞話云蜀中有一寡婦姿色絶美父母憐其年少欲議再嫁歸家有喜宴伶唱一詞婦聞之流涕于神前欲割一耳以明志其母速止之遂不易其節詞云昔年曾伴花前醉今年空洒花前淚花有再禜時人無重見期故人情意重不忍禜新寵日月有盈虧妾心無改移

浪淘沙

名姬張玉蓮喜延士夫復揮金不惜後入樂籍班彥功與之狎班司儒秩滿北上張作小詞贈之有朝夕思君淚點成班之句又云側耳聽門前過馬和淚看簾外飛花尤膾炙人口

王駙馬詵字晉卿尚英宗女魏國大長公主嘗賦憶故人詞云燭影揺紅向夜闌乍酒醒心情懶尊前誰為唱陽關離恨天涯遠無奈雲沈雨散凭闌干東風淚眼海棠開後燕子來時黄昏庭院能改齋漫録云都尉憶故

人作徽宗喜其詞意猶以不豐容宛轉為憾遂令大成
府别撰腔周美成增益其詞而以首句為名謂之燭影
搖紅云按原詞甚佳美成增益反不及也
世俗以二月十五為花朝節杭城園丁競以名花荷擔
呌鬻音中律呂喬夢符有賣花聲詞云侵曉園丁呌道
嫩紅嬌紫巧工夫攢枝飣蘂行歌佇立灑洗粧新水捲
香風看街簾起深深巷陌有箇重門開未忽驚他尋春
夢美穿窗透閣便憑伊喚取惜花人在誰根底按夢符

又有天淨沙詞云鶯鶯燕燕春春花花柳柳真真事事風風韻韻嬌嬌嫩嫩停停當當人人此等句亦從李易安尋尋覔覔得來

張伯遠九月九日見桃花作小令云前度劉郎老矣去年崔護來遲紅雨飛西風起望白衣可憐憔悴去蜂愁蝶未知冷落在天台洞裏

僧洪覺範久客南昌獨行無侶意緒蕭然偶登秋屏閣望西山浩然有歸志作浪淘沙云城裏久偷閒塵涴雲

衫此身已是再眠蠶隅岸有山歸去好萬壑千巖霜曉更凭闌滅盡晴嵐微雲生處是茆庵試問此生誰作伴彌勒同龕

鄭雲娘寄張生西江月詞云一片冰輪皎潔十分桂魄婆娑不施方便是如何莫是姮娥妬我雖則清光可愛奈緣好事多磨仗誰傳與片雲呵遮取霎時則個 鄭又有寄張𢪛上鞋兒曲云朦朧月影黯淡花陰獨立等多時只怕冤家乖約又恐他側畔人知千回作念萬般思想心下暗猜疑驀地得來廝見風前語顫聲低輕移蓮步暗卸羅衣攜手過廊西正是更闌人靜向粉郎故意矜持

片時雲雨幾多歡愛依舊兩分離報道情郎且住待奴兜上鞋兒

王晉卿得罪外謫後房善歌者名囀春鶯為密縣馬氏所得晉卿還朝賦一聯云佳人已屬沙吒利義士曾無古押衙有客為足成之云回首音塵兩沈絶春鶯休囀沁園花晉卿淒然賦蝶戀花詞云鐘送黄昏雞報曉昏曉相催世事何時了萬恨千愁人自老春來依舊生芳草忙處人多閒處少閒處光陰幾個人知道獨上高樓雲杳杳天涯一點青山小

嘉定間平江妓送太守詞曰春色原無主荷東君着意看承等閒分付多少無情風雨恨又郍更蝶欺蜂妬算燕雀眼前無數縱使簾櫳能愛護到如今已是成遲暮芳草碧遮歸路看看做到難言處怕去仙郎輕颭旌旗易歌襦袴月滿西樓絃索靜雲蔽崑城閬府便恁地一帆輕舉獨倚闌干愁拍碎慘玉容淚眼如經雨去與住兩難訴或云是蒲江盧申之作

眉山程正伯號虛舟與錦江某妓眷戀甚篤別時作酷

相思詞云月挂霜林寒欲墜正門外催人起奈離別如今真個是欲住也留無計欲去也來無計馬上離情衣上淚冬月俱憔悴問江路梅花開也未春到也須頻寄人到也須頻寄

吳彥高在燕山赴張總持侍御家集張出侍兒佐酒中有一人意狀摧抑叩其故乃宣和殿小宮婢也因賦人月圓詞記之聞者揮淚其詞曰南朝千古傷心事猶唱後庭花舊時王謝堂前燕子飛向誰家恍然一夢仙肌

勝雪雲髻堆鴉江州司馬青衫淚濕同是天涯時宇文叔通亦賦念奴嬌先成及見此作茫然自失是後人有求作樂府者叔通即批云吳郎近以樂府名天下可往求之見中州樂府

陳妙常拒張于湖詞云清靜堂前不捲簾景悠然閒花野草漫連天莫胡言獨坐洞房誰是伴一爐烟閒來窓下理琴絃小神仙詞見初蓉集陳後偶潘必正

元薩都拉西湖竹枝詞云湖上美人彈玉箏小鶯飛度

綠窗楞沈郎雖病多情在倦倚屏山不厭聽一時妓女多歌之

宿州營妓張玉姐字温卿技冠一時見者皆屬意波子山為獄掾最所鍾愛罷官途次南京念之不忌為剔銀燈詞云江上秋高霜早雲靜月華如掃候雁初飛啼蛩正苦又是黄花衰草等閒臨照潘郎鬢星星易老郵堪更酒醒孤棹望千里長安西笑臂上粧痕胸前淚粉暗惹離愁多少此情誰表除非是重相見了其後明道中

張子野先黄子思孝先相繼為掾尤賞之偶陳師之求古以光禄丞來掌榷酤温卿遂託其家僅二年而亡才十九歲子思以詩弔之云人生第一莫多情眼看仙花結不成為報兩京才子道好將詩句哭温卿子思有愛姬宜哥死州中遺言葬堤下冀他日過此得一見以慰孤魂子思從之作詩納棺中其斷章云恩同花上露留得不多時二人皆葬于宿州柳岸之東子野嘉祐中過而題詩云好物難留古亦嗟人生無物不塵沙何時宰

樹連雙塚結作人間並蒂花

豫章寓荆州除吏部郎再辭得請守當塗才到官七日而罷又數日乃去其詩云歐借腰肢柳一渦大梅權作小梅歌舞餘細點梨花雨奈此當塗風月何豫章又有木蘭花令叙云庭堅假守當塗故人庾元鎮窮巷讀書不出入州縣因作此以勸庾酒云庾郎三九常安樂便有萬錢無處着徐熙小鴨水邊花明月清風都占却朱顏老盡心如昨萬事休休休莫莫尊前見在不饒人歐

舞君歌梅更酌自注云歐梅當塗二妓也
去年今日從駕遊西苑彩仗壓金波看水戲魚龍曼衍
寶津南殿宴席近天顔金杯酒君王勸頭上宮花顫六
軍錦繡萬騎穿楊箭日夕翠華歸擁鈞天笙歌一片如
今關外千里未歸人前山雨西樓晚望斷思君眼此陳
濟翁蓦山溪詞也舍人張孝祥知潭州因宴客伎歌此
至金杯酒君王勸頭上宮花顫其首自為之揺顫者數
四坐客匿笑不止而孝祥不覺也

紹興庚午台之黄巖妓有姓謝者與楊芳情好甚篤為嫗所制相約投之江好事者為望海潮以吊之云彩筒角黍蘭橈畫舫佳節競吊沅湘古意未收新愁又起斷魂流水茫茫堪笑又堪傷有臨皐仙子連璧檀郎暗約同歸遠烟深處弄滄浪倚樓魂已飛揚共偷揮玉筯痛飲霞觴烟水無情揉花碎玉空餘怨柳凄涼楊謝舊遺芳算世間縱有不恁非常但看芙蕖並蔕他日一雙雙

中吳紀聞云吳應字感之以文章知名天聖二年省試

第一又中天聖九年書判拔萃科仕至殿中丞居小市橋有侍姬曰紅梅因以名其閣嘗作折紅梅詞曰喜輕澌初泮微和漸入芳郊時節春消息夜來陡覺紅梅數枝爭發玉溪仙館不是箇尋常標格化工別無一種風情似匀點胭脂染成香雪重吟細閱比繁杏夭桃品流真別只愁共彩雲易散冷落謝池風月憑誰向說三弄處龍吟休咽大家留取倚闌干聞有花堪折勸君須折其詞傳播人口春日羣宴必使優人歌之楊元素本事曲誤以為蔣

堂侍郎有小鬟號紅梅某殿丞作此詞贈之

西湖志餘云聶大年嘗賦卜算子云楊柳小蠻腰慣逐東風舞學得琵琶出教坊不是商人婦忙整玉搔頭春笋纖纖露老却江南杜牧之懶為秋娘賦又云粉淚濕鮫綃只恐郎情薄夢到巫山第幾峯酒醒燈花落數日尚春寒未把羅衣着眉黛含顰為阿誰但悔從前錯二詞蓋自況也

吳虎臣漫録云别酒送君君一醉清潤潘郎更是何時

壻記得釵頭新利市莫將分付東鄰子回首長安佳麗地三十年前我是風流帥為向青樓尋舊事花枝缺處餘名字右蝶戀花詞東坡在黄時送潘邠老赴省試作也今集不載

又云徽宗天才甚高詩文之外尤工長短句嘗為探春令云簾旌微動峭寒天氣龍池冰泮杏花笑吐香紅淺又還春將半清歌妙舞從頭按等芳時開宴況去年對着東風曾許不負鶯花願宣和乙巳冬幸亳州途次御

製臨江仙云過水穿山前去也吟詩約句千餘淮波寒
重雨疎疎烟籠灘上鷺人買就船魚古寺幽房住夜深
宿在僧居夢魂驚起轉嗟吁愁牽心上慮和淚寫回書
洪覺範嘗為長短句贈一女真云十指嫩抽新笋纖纖
玉染紅柔人前欲展强嬌羞微露雲衣霓袖最好洞天
春曉黄庭卷罷清幽凡心無計奈閒愁試撚梨花頻嗅
范周字無外純古之子工于詩詞不求聞達安貧樂道
未嘗屈節于人盛季文作守時頗嫚士嘗于元宵作寳

鼎現詞投之極蒙嘉奬因遺酒五百壺其詞播于天下每遇燈夕諸郡皆歌之詞云夕陽西下暮靄紅隘香風羅綺乘麗景華燈爭放濃焰燒空連錦砌覩皓月浸嚴城如畫花影寒籠絳蘂漸掩映芙蕖萬頃迤邐齊開秋水太守無限行歌意擁麾幢光動珠翠傾萬井歌臺舞榭瞻望朱輪駢鼓吹控寶馬耀貔貅千騎銀燭交光數里似亂簇寒星萬點擁入蓬壺影裏宴歌多才環豔粉瑤簪珠履恐看看丹詔催奉宸遊燕侍便趁早占通宵

醉緩引笙歌妓任畫角吹老寒梅月滿西樓十二中吳紀聞

蜀路泥溪驛天聖中有女郎盧氏者隨父往漢州作縣令歸題于驛舍之壁其序畧云登山臨水不廢謳吟易羽移商聊紓羈思因成鳳棲梧一曲書之驛壁詞云蜀道青天煙靄翳帝里繁華迢遞何時至回望錦川揮粉淚鳳釵斜鞸烏雲膩鈿帶雙垂金縷細玉珮珠璫露滴寒如水從此鸞牋添遠意畫眉學得遥山翠

徐幹臣伸三衢人政和初以知音律為太常典樂出知

常州嘗自製轉調二郎神詞云悶來彈鵲又攪碎一簾花影謾試着春衫還思纖手薰徹金虬燼冷動是愁端如何向更怪得新來多病嗟舊日沈腰而今潘鬢乍堪臨鏡重省别時淚滴羅襟猶凝料為我懨懨日高慵起長託春酲未醒雁足不來馬蹄難駐門掩一亭芳景空佇立盡日闌干倚遍晝長人靜既成會開封尹李孝壽來牧吳門李以嚴治京兆人號閻羅道出郡下幹臣合樂大燕勞之諭羣娼令謳此詞必待其問乃止娼如戒

歌至三四李果詢之幹臣蹙額曰某頃有一侍婢色藝冠絕前歲以亡室不容逐去今聞在蘇州一兵官處屢遣信欲復來而主人靳之感慨賦此詞中所叙多其書中語今適有天幸公擁旄于彼不審能為我地否李云此甚不難可無慮也既至無錫賫贄者請受謁次第李云郡官當至楓橋距城十里而迎翼日艤舟其所官吏上下望風股栗李一閱刺忽大怒云都監在法不許出城迺亦至此使郡中萬一有火盜之虞豈不殆哉斥都

監下堦荷校送獄又數日取其供牘判奏字其子震懼求援宛轉哀鳴致懇李笑云且還徐典樂之妾來理會即日承命然後舍之

周美成為江寧府溧水令主簿之室有色而慧美成每欵洽于尊席之閒世所傳風流子蓋所寓意焉詞云新綠小池塘風簾動碎影舞斜陽金屋去來舊時巢燕土花繚繞前度莓藩繡閣鳳幃深幾許聽得理絲簧欲說又休慮乖芳信未歌先噎愁轉清商暗想新粧了開朱

戶應自待月西廂最苦夢魂今宵不到伊行問甚時說與佳音密耗擬將秦鏡偷換韓香天便教人霎時廝見何妨新綠待月皆簿廳亭軒之名也

成都妓尹温儀本良家女後以零替失身妓籍蔡相帥成都酷愛之尹告蔡乞除樂籍蔡戲曰若樽前成一小闋便可除免尹曰乞腔調蔡答以西江月尹又乞嚴韻蔡曰汝排十九用九字即便應聲曰韓愈文章蓋世謝安才貌風流良辰開宴在西樓敢勸一杯芳酒記得南

宮高遇弟兄都占鼇頭一門金殿御香浮名在甲科第九蓋蔡取第九人弟元度十一人也花草粹編

豫章先生弟黄元明宰盧陵縣赴郡會座上巾帶偶脫太守諭妓令綴之既畢俾元明撰詞云銀燭畫堂如畫見林宗巾墊羞蓬首斜插花枝線賒羅袖須臾兩帶還依舊倒帶休令後也不須更漉淵明酒寶篋深藏濃香薰透為經十指如葱手盞七娘子也

李邴字漢老任城人崇寧間進士為資政殿學士漢老

少日作漢宮春詞云瀟灑紅梅向竹梢疎處橫兩三枝東風也不愛惜雪壓霜欺無情燕子怕春寒輕失花期惟是有南來塞雁年年長見開時清淺小溪如練問玉堂何似茅舍疎籬傷心故人去後冷落新詩微雲淡月對孤芳分付他誰空自倚清香未減風流不在人知一時膾炙人口政和間丁憂歸山東服終造朝舉國無與談者方悵悵無計時王黼為首相忽遣人招至東閣開宴出其家姬十數人酒半唱是詞侑觴大醉而歸數日

遂有館閣之命

劉一止字行簡宣和進士賦喜遷鶯詞云曉光催角聽宿鳥未驚鄰雞先覺迤邐烟村馬嘶人起殘月尚穿林薄淚痕帶霜微凝酒力衝寒尚弱歎倦客悄不禁重染風塵京洛追念人别後心事萬重難覓孤鴻託翠幌嬌深曲屏香暖争念歲寒飄泊怨月恨花須不是不曾經着這情味望一成消減新來還惡陳質齋云行簡是詞盛傳京師號劉曉行

阮閎建炎初知袁州致仕寓居宜春有贈宜春官妓趙佛奴洞仙歌云趙家姊妹合在昭陽殿因甚人間有飛燕見伊底盡道獨步江南便江北也何曾慣見惜伊情性好不解嗔人長帶桃花笑時臉向尊前酒底見了須歸似恁地能得幾回細看待不眨眼兒覷着伊將眨眼工夫看伊幾遍（阮著詩話總龜）

趙彥端字德莊宋宗室之秀賦西湖謁金門詞云休相憶明夜遠如今日樓外綠烟村冪冪花飛如許急柳外

晚來船集波底夕陽紅濕送盡去雲成獨立酒醒愁又入阜陵問誰詞答云彦端所作上云我家裡人也會作此語喜甚

葛長庚自號白玉蟾閩人也一云瓊州人居武夷山中嘉定間詔徵赴闕館太乙宮封紫清明道真人嘗至武昌賦酹江月懷古詞云漢江北瀉下長淮洗盡胸中今古樓櫓橫波征雁遠誰見魚龍夜舞鸚鵡洲雲鳳凰山月付與沙頭鷺功名何處年年惟見春絮非不豪似周

瑜壯如黃祖亦逐秋風度野草閒花無限數渺在西山
南浦黃鶴樓人赤烏年事江漢亭前路浮萍無據水天
幾度朝暮
侯鯖録云延安夫人係蘇丞相子容之妹也有寄季玉
妹更漏子詞云小闌干深院宇依舊當時别處朱戶鎖
玉樓空一簾霜日紅弄珠江何處是望斷碧雲無際凝
淚眼出重城隅溪羌笛聲
長安妓聶勝瓊歸李之問其寄李鷓鴣天詞云玉慘花

愁出鳳城蓮花樓下柳青青尊前一唱陽關曲别箇人
人第五程尋好夢夢難成有誰知我此時情枕前淚共
堦前雨隔箇窻兒滴到明
尺堅志載蓬萊仙人玉英浪淘沙詞云塞上早春時暖
律猶微柳舒金線水囘隄料得江鄉應更好開盡梅蹊
晝漏漸遲遲愁損香肌幾囘無語斂雙眉凭遍闌干十
二曲日下樓西
小瓊英楊鐵崖伎也倪元鎮作柳梢青詞贈之云樓上

玉笙吹徹白露冷飛瓊珮玦黛淺含顰香殘栖夢子規啼月揚州往事荒涼有多少愁縈思結燕語空津鷗盟寒渚畫欄飄雪

能改齋漫録云宣和間有女子幼卿題賣花聲詞于陜府驛壁云極目楚天空雲雨無蹤謾留遺恨鎖眉峯自是荷花開較晚孤負東風客館歎飄蓬聚散匆匆揚鞭那忍驟花驄望斷斜陽人不見滿袖啼紅

趙孟頫子昂宋太祖子秦王德芳之後也四世祖伯圭

賜第湖州遂為湖州人宋末為真州司户參軍至元中以程鉅夫薦授兵部郎中累官翰林學士承旨在李叔固丞相席間贈歌者貴貴浣溪沙詞云滿捧金卮低唱詞樽前再拜索新詩老夫慚愧鬢成絲羅袖染將修竹翠粉香須上小梅枝相逢不是少年時公以承平王孫而遭世變故其詞不無麥秀狡童之感

姚雲文聖瑞宋咸淳進士也入元為儒學提舉嘗過艮岳賦摸魚兒詞云渺人間蓬瀛何許一朝飛入梁苑輞

川梯洞層崖出猶帶鬼愁龍怨窮遊宴談笑裏金風吹折桃花扇翠花天遠悵沙汨螢粘錦屏烟合草露泣蒼鮮東華夢好在牙墻瑚輦畫圖歷歷曾見落紅萬點孤臣淚斜日牛羊春晚摩雙眼看塵世鰲宮又報鯨波淺吟鞭拍斷便乞與媧皇化成精衛填不盡遺憾

淨慈尼宋舊宮人也羅志仁賦虞美人贈之云君王曾惜如花面往事多恩怨霓裳和淚換伽裟又送鑾輿北去聽琵琶當年未削青螺髻知是歸期未天花文室萬

緣空結綺臨春何處淚痕中
崑山顧阿瑛德輝同陳浩然遊觀音山宴張氏樓徐姬楚蘭佐酒以琵琶度曲鄭雲臺心醉顧賦蝶戀花詞云春江暖漲桃花水畫舫珠簾載酒東風裏四面青山青似洗白雲不斷山中起過眼韶華渾有幾玉人纖手笑把琵琶理枉殺雲臺標外史斷腸只合江州死
名媛集載朱希真名秋娘適徐必用徐久客不歸朱賦菩薩蠻詞云濕雲不渡溪橋冷嫩寒初透東風景橋下

水聲長一枝和雪香人憐花似舊花比人應瘦莫凭小闌干夜深花正寒花庵詞客云希真名敦儒此則别是一人也

陳鳳儀成都樂伎也有一絡索詞送人云蜀江春色濃如霧擁雙旌歸去海棠也似别君難一點點啼紅雨此去馬蹄何處向沙堤新路禁林賜宴賞花時還憶著西樓否

王仲言云左譽字與言策名之後籍甚宦途錢塘幕府樂籍有名姝張芸女名穠色藝妙天下譽頗顧之如盈

盈秋水淡淡春山與一段離愁堪畫處横風斜雨挹衰柳及帷雲剪水滴粉搓酥皆為穠作當時都人有曉風殘月柳三變滴粉搓酥左與言之對後穠委身立勳大將家易姓章疏封大國紹興中因覔官行闕暇日訪西湖兩山間忽逢車輿甚盛中覩一麗人褰簾顧譽而顰曰如今若把菱花照猶恐相逢是夢中視之乃穠也君怳然悟入即拂衣東渡一意空門其眼兒媚詞云樓上黄昏杏花寒斜月小闌干一雙燕子兩行征雁畫角聲

殘綺窗人在東風裏灑淚對春閒也應似舊盈盈秋水淡淡春山

無名氏女郎玉蝴蝶詞云為甚夜來添病强臨寶鏡憔悴嬌慵一任釵横鬢亂永日薰風惱脂消榴紅徑裏羞玉減蝶粉叢中思悠悠垂簾獨坐倚遍熏籠朦朧玉人不見羅裁囊寄錦寫牋封約在春歸夏來依舊各西東粉牆花影來疑是羅帳雨夢斷成空最難忘屏邊瞥見野外相逢武林卓珂月云此詞當時甚為馬東籬張小

山諸君所服或曰洞天女作詳見元之夢遊詞序中詞共有有八闋周勒山林下詞選録其半

瞿士衡一日飲楊廉夫以鞋盃行酒廉夫命宗吉永之宗吉席上作沁園春以呈廉夫大喜即命侍妓歌以侑觴因袖其稿以去詞云一掬嬌春弓様新裁蓮步未移笑書生量窄愛渠儘小主人情重酌我休遲醞釀朝雲斟量暮雨能使麴生風味奇何須去向花前留蹟月地偷期風流到手偏宜便豪吸雄吞不用辭任凌波南浦

惟誇羅襪賞花上苑祇勸金巵羅帕高擎銀瓶低注絶
勝翠裙深掩時華筵散奈此心先醉此恨誰知
松江俞俊弱冠從顧淵白遊負氣傲物當伯顏太師柄
國日嘗賦清平樂長短句云君恩如草秋至還枯槁落
落殘星猶弄曉豪傑消磨盡了放開湖海襟懷休教鷗
鷺驚猜我是江南倦客等閒容易安排手藁留葉起之
處後與葉交惡竟訢于官欲搆其罪寅緣賄賂獲免
永樂間瞿宗吉以詩禍下獄已而謫戍保安時興河失

守邊境蕭然朝廷方降佛曲于塞下選子弟唱之遇元宵宗吉淒然作望江南五首云元宵景野燒照山明風陣摩天將夜半斗杓揷地過初更燈火憶杭城元宵景巷陌少人行舍北孤兒偎冷坑墻東嫠婦哭寒檠士女憶杭城元宵景刁斗擊殘更數點夕烽明遠戍幾聲寒角響空營歌舞憶杭城元宵景獨坐自傷情破竈三杯黄米酒寒窓一盞濁油燈宴坐憶杭城元宵景淡月伴踈星戍卒抱關敲木柝歌童穿市唱金經簫鼓憶杭城

永樂中秋上方開宴賞月月為雲掩召解縉賦詩遂口占風落梅一闋其詞曰姮娥面今夜圓下雲簾不着臣見拚今宵倚闌不去眠看誰過廣寒宮殿上覽之歡甚又賦長篇上益喜同縉飲過夜半月復明朗上大笑曰子才真可謂奪天手段也

成化問仁和教諭聶大年以詩書名世人來乞書多以東坡行香子馬晉滿庭芳應之二詞一言不必深求學問一言仕宦亦勞皆不如隱逸之樂也後聶召至京修

史而死貧不能斂似若預為已言者然二詞亦果痛快今録之行香子云清夜無塵月色如銀酒斟時須滿十分浮名浮利休勞苦神歎隙中駒石中火夢中身雖抱文章開口誰親且陶陶樂盡天真不如歸去做箇閒人對一張琴一壺酒一溪雲滿庭芳云雪漬踈髥霜侵衰鬢去年猶勝今年一回老矣堪嘆又堪憐思昔青春美景除非是月下花前誰知金章紫綬多少事憂煎侵晨騎馬出風初暴横雨又淒然想山翁野叟正爾高眠更

有紅塵赤日也不到松下林邊如何好吳松江上閒了釣魚船馬晉字孟昭明初吳下人也

朱竹古無所本起于明初宋仲溫有一卷不知何人筆高季迪題水龍吟云淇園丹鳳飛來幾時留得參差翼簫聲吹斷彩雲忽墮碧雲猶隔想是湘靈淚彈多處血浪都積看蕭疎瘦影隔簾欲動應是落花狼籍莫道清高也俗再相逢子猷還惜此君未老歲寒猶有少年顏色誰把珊瑚和烟換去琅玕千尺細看來不是天工卻

是郙春風筆此卷舊為王太史家物徐惟和收得之珍若重寶自題其後云根如頳虬鬚葉如丹鳳尾有時截作釣魚竿珊瑚亂拂桃花水有時擲杖化為龍白日青天赤鱗起能將紅霧變蒼烟產在朱明幾洞天須臾絳節生彤管只向松間滴露妍

高郵王磐作野菜譜并綴以詞雅俗相雜山家之公案也嘉禾周履靖作茹草編亦效西樓而起編中詠燕子不來香云新蒲正短舊壘猶空繡箔珠簾面面風粘天

芳草碧玉茸茸趁呢喃聲杳曉摘芳叢昭陽殿裏妬綠嬿紅無奈香消一盼中

夏侯橋沈潤卿掘地得宋高祖賜岳侯手勅石刻文徵明待詔題滿江紅詞云拂拭殘碑勅飛字依稀堪讀慨當初倚飛何重後來何酷豈是功成身合死可憐事去言難贖最無端堪恨又堪悲風波獄豈不念封疆蹙豈不念徽欽辱念徽欽既返此身何屬千載休談南渡錯當時自怕中原復笑區區一檜亦何能逢其欲激昂感

慨自具論古隻眼後宋改謚岳忠武文云李將軍口不
出辭聞者流涕藺相如身雖已死凜然猶生又云孔明
志興漢室子儀光復唐都不嫌今古同辭將與河山並
久唯岳侯為能不愧此謚予嘗至鄂王墳上賦一詩云
帆挂西冷隱畫橈岳王墳上草蕭蕭頻年羌遂吹孤月
盡日垂楊鎖六橋石馬夜嘶荒殿雨水犀春漲浙江潮
登臨休問前朝事只有南枝恨未消
吳江張倩倩適同邑沈自徵自徵負才任俠所著霸亭

秋鞭歌妓簪花髻詞三齣名漁陽三弄與徐文長並傳
倩倩有憶秦娥云風雨咽鷓鴣啼破清明節清明節杏
花零落悶懷千疊情悰依舊和誰說眉山鬬鎖空愁絕
空愁絕雨聲和淚問誰淒切塡詞集艷云倩倩艷色清
才年才三十四歿遺香僅存一二

詞苑叢談卷八

詞苑叢談卷九

翰林院檢討徐釚撰

紀事四

龔定山尚書與横波夫人月夜汎舟西湖作醜奴兒令四闋自序云五月十四夜湖風酣暢月明如洗繁星盡斂天水一碧偕内人繫艇子於寓樓下剝芡煮茨小飲達曙人聲既絶樓臺燈火周視悄然惟四山蒼翠時時

滴入杯底千百年西湖今夕始獨為吾有徘徊顧戀不謂人世也酒語情恬因口占四調以紀其事予瞻云何地無月但少閒人如吾兩人予則謂何地無閒人無事尋事如吾兩人者未易多得爾詞云一湖風漾當樓月涼滿人間我與青山冷澹相看不等閒藕花社榜疎狂約綠酒朱顏放進嬋娟今夜紗窗可忍關又云木蘭撥蕩波光碎人似乘潮何處吹簫輕逐流螢度畫橋白鷗睡熟金鈴悄好是蕭條多謝雙篙折簡明宵不用招又

云情癡每語銀蟾約見了銷魂爾溫存領受嫦娥一笑
恩戲拈梅子橫波打越樣心疼和月須吞肴得濃香不
閉門又云清輝依約雲鬟綠水作菱花蘇小夭斜不見
留人駐晚車湖山符牒誰能管讓與天涯如此豪華除
却芳樽一味賒
葉天寥虞部半不軒留事云儇儇十三四時即羇迹秦
淮將有錦江玉壘之行遠望故鄉淒心掩泣真所云侯
門一入深如海也余甚傷焉今年十七又作巫山神女

向楚王臺下去矣酒闌聞之悵然感懷口占浣溪沙二詞云一片歸心望也休西陵千里水東流杜鵑芳草楚天秋老去未消風月恨閙來重結雨雲愁欲緘雙淚寄亭州又金粉香情别石頭六朝烟柳繫離憂破瓜人泣仲宣樓桃葉渡邊春易去梅花笛裏夢難留子規斜月一悠悠

俞琬綸製桂枝香古鏡詞贈女史顧文英琬綸自序云文英善書以碧絲作小行楷繡之鏡囊遺所歡後有人

鬻二千金娶之未幾英死一夕予夢英相對如常謝此詞予曰殊悔有架罷殘粧二語遂爲卿讖英曰此亦竊疑之愛其佳不請易耳其詞云張郎一去君且代郎看雙蛾解理贈别躊躇不忍把君分碎問容顏君獨知憔悴受多磨與君無異廣寒三五嫦娥愁向却元自已晴空裏似丹青點綴箇中小小洞天深處背地沉迷形影都無據憐君自爲分明累貯盡了漢宮人淚架罷殘粧黯然收却遠山横翠

吳祭酒作秣陵春一名雙影記嘗寒夜命小鬟歌演自賦金人捧露盤詞云記當年曾供奉舊霓裳歎茂陵遺事淒涼酒旗戲鼓買花簪帽一春狂綠楊池館逢高會身在他鄉喜新詞初填就無限恨斷人腸為知音仔細思量偷聲減字畫堂高燭弄絲簧夜深風月催檀板顧曲周郎時祭酒將復出山晉江黃東崖詩云徵書鄭重眠餐損法曲淒涼涕淚橫正謂此詞也祭酒又自題一律云詞客哀吟石子岡鷓鴣清怨月如霜西宮舊事餘

殘夢南內新詞總斷腸漫濕青衫陪白傅好吹玉笛問寧王重翻天寶梨園曲減字偷聲柳七郎

揚州君字雲和沈君善之側室工于繡佛名流多題詠之作君善輯針史行世其女閨閣字宮音尤能出新意所繡山水人物無不精絶嘗墨繡顧茂倫濯足圖尤悔菴題漁家傲一闋其詞云我夢吴江烟水皺綸竿擬掛垂虹口不道逋翁濯足久枕且漱滄浪一曲天如斗深院玉人閒譜繡粉香妙寫溪山友宛轉素絲盤素手林

下秀小名獨占毛詩首

廣陵有老儒孿生二女子娟娟相倚雅好文墨幼時並處不能辨以香炙面為識戊戌年詠傳掖庭之選倉卒歸二少年一居城一居湖中嫁同日後皆有娠復同病而卒閻再彭修齡賦漁家傲詞弔之云畫鎖紗窗縈碧霧瓊花自是無雙樹並蒂嬌姿無解語經行處花鈿暗識修眉嫵畫閣乖肩朝復暮閒情時咏游仙句奔月化烟留不住天風度飛瓊自挽雙成去詞載倚聲集人多

傳之

紅橋在平山堂法海寺之側王貽上司理揚州日與諸名士遊讌酒間小有倡酬江南北頗流傳之于是過廣陵者多問紅橋矣司理在紅橋賦浣溪沙云北郭清溪一帶流紅橋風物眼中秋綠楊城郭是揚州西望雷塘何處是香魂零落使人愁淡烟芳草舊迷樓茶村杜濬和云六月紅橋漲欲流荷花荷葉幾時秋誰翻水調唱涼州更欲放船何處去平山堂上古今愁不如歌笑十

三摟淮陰丘象隨和云清淺雷塘水不流幾聲寒笛畫城秋紅橋猶自倚揚州五夜香昬殘月夢六宮芳落曉風愁多情烟樹戀迷樓後陽羨陳維崧賦紅橋詩云輕紅橋上立逡巡淥水微波漸作鱗手把柳絲無一語十年春恨細如塵又一帶蕪城織野烟三春板渚亂寒田傷心錯到平山路不獨江南事可憐又雨餘垂柳鴨頭緑日落吴天卯色紅絶似儂家罨畫裏幾曽春水幾層風余亦有紅橋絶句云酒樓楊柳碧絲絲憔殺紅裠舞

柘枝留得狂名偏薄倖至今猶說杜分司又轉過春帘便板橋船窗草閣雨蕭蕭蕪城一片寒烟織流水何人問六朝人多誦之附録阮亭遊記畧云出鎮淮門循小秦淮折而北陂岸起伏多態竹木蓊鬱清流映帶人家多因水為園亭榭溪塘幽窈而明瑟頗盡四時之美拏小艇循河西北行林木盡處有橋宛然如垂虹下飲于澗又如麗人靚糚袨服流照明鏡中所謂虹橋也游人登平山堂率至法海寺捨舟而陸徑必出虹橋下橋四

面皆人家荷塘六七月間菡萏作花香聞數里青簾白舫絡繹如織良謂勝游矣

秦淮卞賽小字玉京桃葉名姬也後為女道士吳祭酒琴河感舊詩有青山憔悴卿憐我紅粉飄零我憶卿之句不勝樓頭燕子山上蘼蕪之感彭城萬年少壽祺賦眼兒媚贈之云花弄香紋春滿樓桃葉引江流箇人何事斜陽獨倚曲曲腸柔垂楊淡淡撲楊毬私心好處投侍兒斂態閉門作意不上金鈎蓋記其少年情事猶覺

風韻可人

葉天寥治史云沈智瑶内人季妹也鸝吹五君詠珠暉映月流玉彩迎花度可以想見風格矣有詩刻彤奩續些年三十餘以怨恨自沉于水而死傛婦蘭支其内姪女也有詞哭之調寄水龍吟云水晶深處瓊樓湘風半捲鮫綃軟桂旗翠陌平沙碧草瑶天烟煖寶柱哀絃曲終人杳晚江清淺奈芳菲極目雲霞未賞都倩靈妃游佯寂寞楚山高遠夜半猿聲淚痕滿鏡消菱月斂沈蘭

霧霎時分散恨逐波香愁隨浪影一天幽𢡟歎銷魂正是白蘋黃葉暮鴻淒斷

沈宜修宛君天寥夫人也三女紈紈小紈小鸞皆工詩詞有午夢堂集數種曰昔和凝有句云春思翻教阿母疑余以為破瓜之年亦何須疑直是當信耳因作問疑詞云芳草青歸梨花白潤春風又入昭陽鬟繡窗日靜綺羅閒金鈿二八人如蕣碧字題眉細香寫暈青鸞玉線裙褶襯若教阿母不須疑糕臺試向飛瓊問

天寒又云侍女隨春年十三四即有玉質肌凝積雪韻彷幽花笑盼之餘風情飛逗瓊章極喜之為作浣溪沙詞云欲比飛花態更輕低回紅頰背銀屏半嬌斜倚似含情嗔帶淡霞籠白雪語偷新燕怯黄鶯不勝力弱懶調箏貽齊和云翠黛新描桂葉輕柳枝婀娜倚蓮屏風前閒立不勝情細語嬌諵嗔亂蝶清矑淚粉怨殘鶯日長深苑惱秦箏蕙綢和云髻溥金釵半嚲輕佯羞微笑隱湘屏嫩紅染面作多情長怨曲欄看鬭鴨慣嗔南陌

聽啼鶯月明簾下理瑤箏宛君和云袖惹飛烟緑雨輕翠裙拖出粉雲屏飄殘柳絮暗知情千喚懶回拋繡鸂半含微吐溢新鶯嗔人無賴戛風箏諸詞俱用嗔字以此女善嗔嘗面發赤也宛君又有長愛嬌嗔人不識水剪雙眸欲滴之句余亦作二闋云初總銀篦攏鬢輕添香朝拂美人屏生来腼腆自風情淺靨翠分明月雁小檀黄入小春鶯故憐斜撥學新箏紅袖垂鬟旖旎輕闌干閒倚杏花屏半將嗔語寄深情金釧粉痕香畫鳳玉

鈿胎膩滑流鶯坐来簾下即彈箏按隨春一名紅于葉小鸞侍妾也鸞歿後歸龐氏别字元元龐蕙纕有病中聞家慈同元姨為予誦經誌感鷓鴣天云終歲懨懨怯往還盈盈雨袖淚痕潜一心解織愁千縷雙鬟慵梳月半彎鴛被冷瑣窗寒翻經畫閣懺紅顏抌面稽首殷勤意不盡箋題寄小鬟見林下詞選

柳亭沈遹聲豐垣任情縱誕中年因所歡遂被放黜嘗賦踏莎行一闋亦惜分飛遺意也其自序云星移物換人世皆虛梗逝蓬飄吾生靡定是以求仙學佛羣笑為迂飲酒被紈元非過激聊蟄龍而伸蠖或呼馬以應牛

僕本有情兼遭多難秋風大澤情殊屈子之悲春水橫橋恨學尾生之信雙珠待握一劍驚飛王孫之草徒芳姊妹之花半死天高離恨總喚奈何鄉老溫柔翻為醉夢佯狂自廢啼則襟袖多淹惝恍如癡笑則冠纓欲絕然而佳人不再淑儷難雙未曾斷藕蓮復生心縱是枯楊絮還惹恨但使小家碧玉終嫁汝南趙國才人不歸厮養則雖蓽門陋巷敵金屋之繁華泌水流泉勝瓊漿之雋永夜窺石鏡朝起藜牀寧懷犢鼻之慚豈下牛衣

之泣無如薄命空復多愁腸無瓶綆侵曉還牽腹有車輪何時不轉書空靡益説鬼偏宜且寄興于小詞即徵歌于長恨詞曰積雨埋紅沉烟漾碧小樓春信催寒食踏青鬭草總無心自家憔悴誰憐惜枉裂香羅虛勞黛筆東風笑殺多情客瑤琴元不是知音一牀夜月吹羌笛

歌者張郎今日之秦青也壬子春暮讌集于宋荔裳觀察京師寓園張後至合肥宗伯賦蝶戀花詞云春絆情

絲千縷纈夢裏人來乍暖輕寒節何處玉驄曾小歇海棠飄落胭脂雪重倩紅霞温舊闋張緒風前好是腰身絶樓閣水明光四徹羅衣影漾波心月又送張還廣陵云紅淚一巾心百纈春盡纔逢剛過菖蒲節懊恨子規啼不歇生生催就雙蓬雪莫聽陽關朝雨闋禁得年年腸為分攜絶芳草粘天難望徹杏花人面揚州月又代張閨情云綠線鴛鴦愁晴纈花雨新添水暖銀塘節燕子穿簾飛又歇冰紈襯貼芙蓉雪悶倚玉簫吹半闋報

道人歸喜極還嗔絶别後心情明鏡徹日長捱到如年
月又隋苑烟花羅綺纈小别重圓交代歡愁節腸轉車
輪輪始歇夢回關塞沙如雪為問歡場歌幾闋比並雙
蛾畫就誰嬌絶天欲為人須為徹一生長似團圞月長
安諸公爭裂素紈書之于是紅牙檀板中都唱此詞
朱錫鬯彝尊在代州與妓小字白狗者狎一日晚往訪
之不值戲投一詞云踈籬日影纔鋪地却早被金鈴喚
起朝雲一片出巫山盼不到黄牛峽裏仙源乍入重門

閑任閒殺桃花春水劉郎自去阮郎歸算只有相如伴你盖步蟾宮調也錫鬯天才踔厲詩文膾炙海内塡詞與柳七黄九爭勝葉元禮嘗作駢體文序之綴以絶句云鴛鴦湖口推朱十代北汶西詞客哀美墨偶然工小令人間腸斷賀方回

京師舊俗婦女多以元宵一夜出游名走橋摸正陽門釘以祓除不祥亦名走百病予向欲塡一詞記之近見青城集中木蘭花令正謂此也句頗雅麗詞云元宵昨

夜嬉游路今夕還從橋下去名香新暖繡羅襦翠帶低垂金線縷回頭姊妹多私語魚鑰沉沉纖手拄釵横鬢嚲影參差一片花光無處所　青城集嘉善魏子存著

海寧陳相國夫人徐燦字湘蘋有燕京元夜詞云華燈看罷移香屐正御陌游塵絕素裳粉袂月為容人月都無分别丹樓雲淡金門霜冷纖手摩挲怯三橋宛轉凌波躡斂翠黛低回說年年長向鳳城游曾望蕊珠宫闕星橋雲爛火城日近踏遍天街月

淮陽柳敬亭以淳于滑稽之雄為左寧南幸舍重客寧南没于九江舟中柳生先期東下憔悴失路垂老客于

長安龍松先生贈賀新郎詞云鶴髮開元叟也來看剃
高市上賣漿屠狗萬里風霜吹短褐遊戲侯門趨走卿
與我周旋良久綠鬢紅顏今改盡嘆婆娑人似桓公柳
空擊碎唾壺口江東折戟沉沙後過青溪笛牀烟月淚
珠盈斗老矣耐煩如許事且坐旗亭呼酒拼殘臘消磨
紅友花壓城南韋杜曲問球塲馬狷還能否斜日外一
回首又賦沁園春云驃騎將軍異姓諸侯功名壯哉乍
南樓傳箭大航風鶴中流搖櫓溢浦蒹葭片語回春千

金遂賞遮客長刀玩弄來堪憐處有恩門一涕青史難埋偶然座上嘲詼博黃絹新詞七步才似籌兵北府碧油晨啟把碁東閣展齒宵陪春水方生吾當速去老子遨游頗見哀相攜手儘山川六代簫鼓千杯聽恩門一涕之語直是敬亭知己

出湧金門沿湖為錢王祠兔葵燕麥瓦礫荊榛瓣香嘗絶余過而感之題滿江紅一闋于壁上云雷馬霜戈馳江上怒濤始歇誇保障并吞割據韓彭比烈寂寞幾堆

羊虎石淒涼一片銅駝月憶白鹽担裏是何人閑情切故宮内餘殘雪荒廟裏靈旗滅笑宋家南渡金甌也缺五國未曾生馬角五王莫漫啼鵑血箕原来天道好循環悲雙闕亦陳橋驛孤兒寡婦久假當還意也

葉元禮 舒崇 客西泠遇雲兒于宋觀察席上一見留情時尚未破瓜也雲兒居孤山别墅密簡相邀訂終身焉别五年復至湖頭則如綵雲飛散不可踪跡矣元禮撫今追昔情不自禁援筆賦浣溪沙四闋云彷彿青溪似

若耶底須惆悵怨天涯青驄倚處是儂家生小畫眉分細薾近来綰髻學靈蛇捹成不耐合歡花又柳煖花寒懊惱時春情脈脈倩誰知廉纖香雨正如絲團就鏡臺烏鰂墨寄来江上鯉魚詞此生有分是相思又潛背紅窗解珮遲銷魂爾許月明時羅裙消息落花知蝶粉蜂黄拚付與淺顰深笑總難知敎人何處慽情癡又半帳脂香夜半侵幾番細語夢難尋清波一樣淚痕深南浦鶯花新别恨西陵松柏舊同心一番生受到而今

壬子元宵吳荆西之紀沈龍門永令合樂玉樹堂名士勝流無不畢集花燈火樹稱爲極盛校書芳蓀雲間人色藝獨絶時微雨無月羣呼曰嫦娥何在耶吳玉川鏘笑曰咫尺雲間何云不見遂調畫堂春一闋云佳節姮娥不放閒只看燈影團圞更闌薄醉嚲雙鬟無限屏山妬殺一天風雨玉簫錦瑟生寒清光咫尺在雲間倚遍闌干席上有老樂工沈遂譜入管絃即爲歌唱極歡而罷其詞傳播揚州宗定九元鼎刻之花鈿集中

浙中查伊璜妙解音律其家姬桑些尤擅絕一時廣陵汪舍人蛟門製春風裊娜遺查君兼贈桑些云看先生老矣兀自風流圍翠袖昵紅樓羨香山攜得小蠻樊素玉簫金管到處遨游舞愛前溪歌憐子夜記曲娘還數阿桑戲罷更教彈絕調氍毹端坐撥箜篌新製南唐院本衣冠巾幗抵多少優孟春秋拖六幅掩雙鈎英雄意態兒女嬌羞燈下紅兒真堪消恨花前碧玉耐可忘憂是鄉足老任悠悠世事爛羊作尉屠狗封侯同郡小香

居士宗定九和云憶年前度曲無限嬌愁花未放蕊還羞洞簫聲駊騀酒濃春蕩無端牽惹情緒難由裊娜衣裳六朝宮様傾國傾城看阿桑我慕香山白居士也曾絃管識荆州此日汪郎才子新詞填就問端委十二層樓珠繚繞玉雕鏤燈前席上巫水江頭鶯滚含桃昔憐將熟兎園月桂今勝如鈎伊人信美況西園公子英雄曠達寄興箜篌觀二詞可以知桑些風度矣

吳玉川夫人龐小畹蕙纕詩詞書法擅絕當世片紙隻

字莫不珍惜有青蓮女伎小青者色藝皆精嘗演劇復
復堂持扇叩唾香閣乞書夫人即調桂枝香一闋有浪
萍飛絮前生果别是傷心一小青之句一時傳誦青亦
撫然自失遂有意脱籍

沈素嘉葉蕙綢女歸中表葉學山居與龐小畹比鄰後
移居汾湖有寄吳夫人小畹點絳脣曰隔箇牆頭幾番
同聽黃昏雨别來情緒向北看春樹一片藤花底是臨
書處還記取緑窗朱户裊裊茶烟縷小畹次韻云十載

芳隣自憐一别還如雨看雲愁緒隔箇江天樹佳句曾題小楷紅箋處頻看取相思何限一瞬情千縷

長沙女子王素音有可憐魂魄無歸處應向枝頭化杜鵑之句辭旨酸楚王司州士禎用其意作減字木蘭花弔之云離愁滿眼日落長沙秋色遠湘竹湘花腸斷南雲是妾家掩啼空驛魂化杜鵑無氣力鄉思難裁楚女樓空楚雁来

桐城方太史納姬合肥龔中丞賦燭影揺紅催粧詞詞

既纖穠序尤綺麗今載香嚴集中序云何來才子自負多情選艷花叢既眼苛於冀北效顰桃葉空夢遶于江南無處尋愁歌燕市酒人之曲有官割肉慳金門少婦之緣願得一心合為雙璧今且窮搜粉譜恰遇麗姝綰髻相思能誦義山之句投珠未嫁欣挑客座之琴眉黛若遠山臉際若芙蓉風流放誕驚絕世之佳人玉釵挂臣冠羅袖拂臣衣微笑還延快上國之公子錦茵角枕良夜未央白雪幽蘭新歡方洽無以花枰月拍並是慧

心壁板烏絲時呈纖手搴玉堂之紅藥比金屋之奇姿可謂勝絕一時風華千載者矣昔宋玉口多微詞自許温柔之祖而其告楚王曰天下之美無如臣里臣里無如東家之子嘻何隘也燕趙多佳鳳驚名貴文鴛擇栖未肯匹凡鳥耳豈必聽子夜于吳趨載莫愁于烟艇乃稱雅合哉詞云一捐芙蓉閒情亂似春雲髮淩波背立笑無聲學見生人法此夕歡娛幾許嗔新粧佯羞淺荅莫來好夢總為今番被他猜殺宛轉菱花眉峯小映紅

潮發香肩生就靠檀郎睡起還凭欄記取同心帶子雙雙綰輕綃尺八畫樓南畔有分鴛鴦預憑錦扎

青兒者楊中丞家妓也適毘陵董氏為青衣婦嗟哉憔悴矣猶記旗亭舊曲一日文友宴客因索清歌青兒掩抑自傷遷延不出促之至再始發聲其音瑟瑟似在潯陽江上時文友賦愁春未醒一闋以傷之詞云千金不惜歌舞教成似燕離巢後呢喃猶作畫梁聲自分年踰絃索笙簫讓後生今宵何事重聞呼喚幾度如酲欲奏

清音花檀乍拍淚已盈盈我幸非牙郎買絹不受伊輕
但覺歌餘蘆花楓葉滿中庭不知可似白家老嫗舊日
聞名陽羨生和青兕曲云檀槽尚撥仙帔初成似沙場
老將醉来偏喜楚歌聲隔着屏風舊恨新愁指下生當
年此際額黄嬌暈紅粉羞酲樂府嬌嬈從来屬董何必
盈盈但越公朱門何在玉瘦花輕分付歌奴休將臨本
笑黄庭須知一樣悮卿絶世老我虚名二詞成座客聞
之都不樂羅江東云我未成名卿未嫁可能俱是不如

人紅粉飄零才人老大安能無杜秋之悲江州之泣也

尤悔菴云僕嘗客恒山梁司徒公出家伎佐酒僕于座上演清平調雜劇即令小鬟歌之公賦菩薩蠻詞云尊前若個歌金縷盈盈十五芳如許笑靨半含羞驕憨不解愁眉痕青尚淺秋水雙眸剪何處耐人思歌停掩袖時座客爭為傳唱極歡而罷

梁司徒伎有名文玉者最姝麗嘗裝淮陰侯故事悔菴于席上調南鄉子詞贈之云珠箔舞蠻鞾淺立氍毹宛

轉歌忽換猩袍紅燭艷瞧科錦纈將軍小黛蛾鬢髮尚盤螺一辮絲鞭燕尾拖為待情人親解取誰何春草江南細馬馱盖晉女未字者鬟後垂辮解辮則破瓜矣司徒見詞大喜命文玉酌叵羅再拜以獻盡醉而歸

王晉庭司馬張伎設讌棠村梁公賦春風裊娜云喜良宵烟月依舊清平花市暖晚風輕有尚書好客堂開簾捲故人歡笑粧點春城百寶珠輪九枝青玉絳燭高燒列畫屏琥珀光浮千日酒赤瑛盤薦五侯鯖誰把燕山

舊事移宮換羽倩優孟譜入新聲紅牙串紫鸞笙歌喉未歇客欲沾纓夢裏功勳休嗟陳跡眼前盃酌且盡平生種槐庭院看年年無恙紅燈綠醑快聚良朋時華堂竹肉間發聽歌者唱至看年年無恙紅燈綠酒快聚良朋之句舉座起舞

汪鈍翁題梁曰緝江村讀書圖云鄢陵野色平于掌也有江南此景無王阮亭見之呵曰吳子輩乃爾輕薄汪笑曰行當及君矣因續嘲阮亭所題云彷彿春江綠樹

陰幾回展卷幾沉吟江南于汝關何事賦得愁心爾許深汪固輕薄然余嘗見陽羨陳髯望江南數闋風景情事如畫讀之不得不令人轉憶江南樂也其詞云江南憶憶得上元時人鬬南唐金葉子街飛北宋鬧蛾兒此夜不勝思江南憶最憶善和坊猿臂醉彎劉白墮鶯喉嬌唱小秦王花月去堂堂江南憶少小住長洲夜火千家紅杏幞春衫十里綠楊樓頭白想重游江南憶白下最堪憐東冶壁人新訣絕南朝玉樹舊因緣秋雨蔣山

前江南憶懊惱是西湖秋月春花錢又趙青山緑水越
連吴往事只模糊江南憶更憶是蕪城蘭葉寒塘盤馬
路梨花微雨築毬聲風景逼清明江南憶最好是清歌
一曲琵琶彈賀老三更絃索響桑奴此事艷東吴江南
憶罨畫最風流白屋山腰烟内市紅闌水面雨中樓樓

上漾簾鈎

望春樓故邸在青州丁葯園祠部入闗後偶游山左來
尋舊址覩蔓草零烟不勝華清宫闕之感賦玉女揺仙

珮一闋令故妓歌之聽者恍如置身津陽門外奉誠園内也詞云青州城東帝子珠樓縹緲五雲深處繞柱鮫綃穿簾玳瑁舊是繁華朱邸誰意同流水見移花月檻落榆鋪地玉階外鳥聲咿軋雨洗遺鈿數點空翠何處鳳簫聲暗想當年玉容同倚樓上望春如醉風斷窗紗燕子銜將花蘂鬬草踏青昭陽人去冷落鞦韆佳會飛絮連天起笙歌杳不道岐王故第祇見得空梁蛛網紛牆蝶鬧但餘幾點看花淚不如把鳳樓長閉

宋觀察荔裳罷官游西湖與鐵崖顧庵西樵宴集演邯鄲夢傳奇觀察曰殆為余輩寫照也即席賦滿江紅云古陌邯鄲輪蹄路紅塵飛漲恰半晌盧生醒矣龜茲無恙三島神仙遊戲外百年卿相蘧廬上歎人間難熟是黃粱誰能餉滄海曲桃花漾茅店內黃雞唱閱今來古往一杯新釀蒲類海邊征伐碣雲陽市上修羅杖笑吾儕半本未收場如斯狀詞成座客傳觀屬和為之欷歔罷酒

曹顧菴學士詩詞流播海内已三十年辛亥復游京國與同志唱酬意氣淩霄精力扛鼎新詞一出小胥競寫余嘗見其京華詞集觀女伶高陽臺一闋云鶯舌新調鴉鬟猶嚲湘裙欲整還拖懶散心情朝来愁畫雙蛾風約繡簾搖樺燭對菱花倦眼生波儘嬌憨動人些子元不爭多魂銷一曲清歌却似曾相識無可如何影好難描空勞石墨三螺燈前小立紅粧換笑還嗔喚弟稱哥暗相憐細腰無力又著蠻靴未知女伶何人知學士猶

有白傅情懷也余在西陵賦沁園春寄之云金馬銅龍游戲當時犢車入燕看禁烟藏柳鶯啼舊樹玉河浸月雁訴遙天華轂朱門白衣蒼犬田竇紛紜絶可憐歸来好有陶家松菊謝傅林泉舊游景物依然倩紈扇新詞記往年想潬水臺空梁園鄴下華清夢短杜曲樊川無數紅牙一犨腰鼓秋水春飆書畫船重來此聽黄鸝細囀坡老堤邊

廣陵冒巢民家青童紫雲儇巧善歌與陽羨陳其年狎

其年為畫雲郎小照徧索題句新城王阮亭曰黃金屈膝玉交盃坐爐銀荷葉上灰法曲自從天上得人間那識紫雲迴武進陳椒峯曰憶脫春衫花底眠新聲愛殺李延年只今展卷人猶在何處相看不可憐長洲尤悔庵曰西園公子綺筵開璧月瓊枝夜夜來小部音聲誰第一玉簫先奏紫雲迴于是和者幾數十人一日雲郎合巹其年賦賀新郎贈之云小酌酴醾釀喜今朝釵光簟影燈前滉漾隔著屏風喧笑語報道雀翹初上又悄

把檀奴偷相撲翊雌雄渾不辨但臨風私取春弓量送爾去揭鴛帳六年孤館相依傍最難忘紅蕤枕畔淚花輕颺了爾一生花燭事宛轉婦隨夫唱努力做藁砧模樣只我羅衾渾似鐵擁桃笙難得紗窗亮休為我再惆悵人傳努力做藁砧模樣句無不絶倒

陳其年既失意無聊嘗賦悵悵詞云咄汝青衫曷不去白楊荒漠歎是處病蘭不芙瘦琴空削鄰酒紅來心久死越娘老去懷長惡猛耳酣追憶玉箋河驚流落東蕭

屐西紈芎北金谷南銅雀只詞流騷艷供伊談噱百不憐人游獵賦一生悞我靈光作向要離塚畔以呼余余曰諾又云日夕此間以眼淚洗胭脂面誰復惜松螺脚短不堪君薦幾帙罵人鸚鵡著半牀詛世芙蓉誤笑嶔嵜俠骨縛青衫奚其便曷不向青河戰曷不向青樓宴問何為潦倒青藜筆硯老大怕逢裘馬輩顛狂合入烟花院誓從今傅粉上鬚眉簪歌釧又云白柳黃羊宛繪出傷心片幅酸切處短霜供爨古烟供讀觴弄于君何

必怒飄浮似我原堪哭聽黃陵磯畔夜深船淒涼曲梨園內絲憎肉田園內花欺粟更梟麻誇錦薋葹讒菊百隊錢刀爭作橫一身風雅單為僕倚酒悲亂擊紫珊瑚鳴如筑涉筆騷怨鳴咽王司州阮亭見之大為歎絕

王司勳倩蕭靈曦畫水晶簾下看梳頭圖余嘗見之點染精絕陳散木世祥為題夏初臨詞云悄意難描幽情誰見久無人賦雙文梧影單衫閒中驗取腰身蕭生作意經營寫濃香不著些些顰曾波橫溜淺櫻忍笑活現伊

人晝簾小暇糚閣清歡釵邊翠滑鏡裏紅分欹牀凝睇
心苗全染幽芬道不銷魂相看處遮盡温存問真真他
年好憶月想花因
曲中陳九老教師也其子陳郎亦善歌以扇索陽羨生
書生為題滿江紅一闋云鐵笛鈿箏還記得白頭陳九
曾消受妓堂絲管毬場花酒籍福無雙丞相客善才第
一琵琶手歎今朝寒食草青青人何有弱息在佳兒又
玉山皎瓊枝秀喜門風不墜家聲依舊生子何須李亞

子少年當學王曇首對君家兩世濕青衫吾衰醜白生名珏字璧雙通州人琵琶第一手吳梅村為作琵琶行陽羨生詩王熙宮外綠垣平盧女門前野草生一曲紅鹽數行淚江南祭酒不勝情正為璧雙作也一日抱琵琶至冒巢民水繪園撥弦按拍宛轉作陳隋數弄陽羨生又賦摸魚兒一闋倚絃歌之聽者皆淒然泣下其詞云是誰家本師絕藝檀槽搯得如許半灣邐迤無情物惹我傷今弔古君何苦君不見青衫已是人遲暮

江東烟樹縱不聽琵琶也應難覓珠淚曾乾處淒然也
恰似秋宵掩泣燈前一對兒女忽然涼瓦颯然飛千歲
老狐人語渾無據君不見澄心結綺皆塵土兩家後主
為一兩三聲也曾聽得撇却家山去
江夏女子周炤字寶鐙丰神娟娟無善詞翰歸漢陽李
生雲田李固好游篋中藏炤自寫坐月浣花圖雙鬟如
霧髩鬌洛神廣陵宗定九題風流子詞云梧桐庭院下
黄昏後又復捲簾鈎見花影一天蟾光如畫太湖石畔

烟裊甆甌新涼也畫屏閒冷蕈蘭薤正嬌秋低喚碧鬟戲持銀甕露珠輕瀉細潤香柔漢宮人似否簷前月偷看灧灧含羞寧讓海棠春睡宿酒初收縱花愁婉娩禁寒賺暖浣花人見更惹閒愁何日雙携畫卷同玩南樓或云寶鐙又字絡隱某觀察女為雲田副室年十九所至雖隱自敝匿人得窺見之炤蓋天人也尤悔翁曰予亦有踏莎行詞云坐月青蓮浣花工部閨房之秀兼佳趣燃脂寫出麗人行風鬟霧鬢姍姍步碧杜紅蘭明珠翠羽葯房移傍湘君住可憐蕩子不歸家長吟蕩婦秋思賦葯房夫人齋名雲田自號老蕩子

姚江女師維極幼歲棲真頓悟元妙微言清雋尤工詩
詞其咏梅云春來了鶯來了凍解霜枝小萼新姿巧聽
雁云擣衣聲起家家聽不盡西澗芭蕉送雨丁葯園歎
其涉筆蕭踈自是蓮臺上品度繞佛天香一曲贈之云
茅菴小築踈梅幾樹能伴幽獨無生悟速長齋繡佛前
身是金粟經翻貝葉清磬裏蓮根似浴微笑拈花儼然
是先生天竺染翰恣緗竹慧業文人更清福坐老蒲團
空階秋草綠映不染禪心一枝芬郁誰道仙子塵凡料

兜率蓬山任歸宿花雨吹烟團成香玉

壬子季夏余客京師偶偕檗子方虎雪客旗亭小飲余賦風入松云青春游狹去江東六博塲中旗亭對酒花如雪當壚側爛醉吳儂指點綠楊蘸水贏他紫馬嘶風偉長文筆少瑜工燕市相逢吹簫擊筑悲歌裏誰憐惜爨後枯桐只有石頭周顗典衣埋骨堪從檗子和云澹烟濃樹月城東薊過天中北窗高卧誰呼起醉鄉深深處宜儂幾點白鷗橫渚一雙紫燕穿風西山螺翠晚來

工雨後難逢南金滿坐連珠丰也包容棄蒯燒桐羨爾
相當旗鼓百年鞭弭吾從方虎和云棗花飛滿坐牆東
病裏愁中晚涼天氣催人出且當杯莫問誰儂酒浪平
翻柳浪裙風拖帶荷風掠波燕子晚来工故意迎逢看
看日落銀塘暗烏啼上金井梧桐歸去重申舊約狗屠
劍俠吾從雪客和云酒帘飄颺畫橋東綠樹陰中一時
佳客多相聚斜陽外倍覺愁儂岍柳猶含宿雨隣花暗
遞香風多情孝穆句偏工醉裏歡逢新詞一闋歌將歇

似秋宵夜冷梧桐欲覓雙鬟何處且携鐵板来從大宗伯芝麓龔公見而喜之亦遥和一闋云客心搖曳往西東柳絮空中爭傳紫陌青帘下倩雙鬟譜出歡儂一陣催花梅雨滿簾消夏松風五陵衣馬鬬誰工湖海相逢唾壺擊碎狂歌發勝淒涼露滴新桐寄語酒樓高李論文吾欲過從王西樵司勲覯宗伯寄語酒樓高李論文吾欲過從之句擊節曰庚公南樓興復不淺

柳村在恒山之南梁治湄使君讀書其中屬金陵樊圻

畫柳村魚樂圖余有絶句云鵓啼屋角柳藏烟一帶人家住水邊最愛春晴三月暮夕陽斜繫釣魚船其風景宛然江南也曹固庵學士題滿江紅云碧樹清溪孤亭外汀沙紆曲閒家具筆牀茶竈漁舠如屋湖上綸竿惟釣月盤中鱸鱠全堆玉曉烟深楊柳蘸晴波村村緑朝露泣連畦菊細雨灑垂簷竹有青蓑可著短衣非辱縮項鯿肥春水活長腰米白江村足醉香醪船繫夕陽天眠方熟和者數十家于是趙郡自雕橋栢棠村而外無

匆知有柳村矣

汪蛟門記夢云己酉夏夜夢二女子靚糚淡服聯袂踏歌于瓊花觀前唱史邦御雙雙燕詞至柳昏花暝句宛轉嘹喨字如貫珠詢其姓曰衛氏姊娣也及覺歌聲盈盈猶在枕畔爰和前詞云伊誰艷也看袖拂霓裳廣寒清冷柔情綽態却許羅襟相並行過玉勾仙井更翩若驚鴻難定衛家姊妹天人不數昭陽雙影溜出歌聲圓潤聽落葉迴風十分幽俊最堪憐處唱徹柳昏花暝驚

醒烏衣夢穩真難覓天台芳信魂消洛水巫山獨抱枕兒斜凭

乙卯五日泛舟午風酣暢畫舫笙歌湖山環繞冶湄使君載酒放鶴亭邊其弟中溪子偶尋小青墓不得微吟消魂一半是孤山之句余信口足成之云青青芳草瘞紅顏愁對雙峰似翠鬟多少西陵松陌路銷魂一半是孤山相與拍浮叫絕酒痕墨瀋幾污衫袖酒半小憩處士祠中分韻賦漁家傲一闋已而夕陽在山人影散去

逋僊有靈亦應呼梅妻鶴子共伴香冢于暮烟衰草之際也冶湄詞云面面漣漪呈繡縠晚蒲小荇分新緑何處閒情聲陸續人争逐畫橈龍笛吹寒玉幾負芳辰空鹿鹿五絲誰倩春纖束寂寞香冢遺恨觸尋芳躅一阡荒草銷金屋中溪詞云湖面晴分錦帶繞午風謖謖笙歌晨晝艇飛來閒語笑悠遠眺蒲樽催動紅顏早涼起孤山停晚棹梅銷鶴去青苔老一任閒雲籠翠篠人懊惱蛾眉碣蝕香冢杳余詞云艾虎釵符懸百結蘭橈重

汎菖蒲節影漾湖心清又徹無休歇子規枝上聲聲血瘞玉埋香魂斷絕銀濤江上空嗚咽莫把靈均閒話說春纖捏半灣邐迤沉檀屑小青廣陵人為虎林某生妾早卒戔戔居士為之傳有天仙子詞云文姬遠嫁昭君塞小青又續風流債也虧一陣黑罡風火輪下抽身快單單另另清涼界原不是鴛鴦一派休算做相思一懸自思自解自商量心可在寃可在着衣又撚雙裙帶傳中又有南鄉子詞止三句云數盡懨懨深夜雨無多也只得一半工夫

宗定九讀書廣陵之東原所居雖茅屋數椽而花間亭新柳堂頗極幽人之致繡水王安節為之繪圖一時名

士俱賦詩贈之白門紀伯紫遺以賀新涼詞云手把花間卷日相羊東原溪閣百情厭遣擔外琅玕垂萬个夜夜露啼霜沍葯房靜光明瑩繭汲古騷人恒默坐遡黄顱下晰羸劉淺書著就腸紆展堂名新柳朝光顯拂闌干燕泥洗淨松圓石扁截盡俗塵苔院閉寂寂莎陰眠犬只酒甕頻空不免散絶廣陵誰復繼世蝥弧述祖如堯典餘碌碌秋風剪

丁雁水紫雲詞云辛酉九月六日余從洪州回虔泊廬

陵張家渡萬籟鳴秋孤燈照夢髩鬅身在全州樸被悤悤作買舟他適狀蘇公東坡追送江滸賦詩贈别維時烟雨溟濛柳條綰恨殊有黯然可憐之色余迫欲踵和竟不能措一語葢心知蘇公為千古詞人未可輕持布鼓而在全州握别若有尤難為懷者因勉填小令一闋奉酬醒後朦朧追憶不遺一字因呼童爇燭書之其調為平昔倚聲所未及按之樂府雅詞仍不失分寸惜蘇公一律不復記憶惋歎久之余何人斯曷敢冀公之賡

代相接而粵中全州尤非緣想所至幻境迷離姑述之以記異詞云烟雨微茫二月天水連山征人曉立瘴江邊默無言十里長亭新柳色旅情牽客中為客最堪憐

別坡仙

虔南花鳥比中土絕異紅白梅常與桂花齊開可譜入風土歲時諸記丁觀察雁水持節雙江于使院傍隙地搆甓園雜植名卉新城王司成士禎祭告南鎮道出雙江題甓園詩云初來甓園裏早愛甓園詩夜雨前山過

青苔使院滋故人傾卯酒名卉發辛夷物候炎方異春風生桂枝自後賓朋屬至雁水賦鶯啼序紀事詞云聞来署東屐履見芭蕉覆地鎖頹牆破屋三間榱桷空存而已凄然念前人退食荒涼芟舍今如此急鳩傭垂槖命僕構材于市壬戌之秋八月既望乃經營爰始厥工肇先自軒房墍茨丹堊毋侈遍中庭名葩襍植海棠與梅桃稱最愛霜枝虬舞螭翻鵲停鸞峙層軒當北别藂踈垣使園通花氣更在海柚雙株下結成亭子繞以欄

杅蔭將櫻李徑鋪錦石籬牽芳荔牆陰修竹搖寒翠看
深宵月色涼如水窺魚藻影何殊濯魄冰壺此境疑非
人世檐楹既具燕雀還来樂在其中矣且消受素屏清
几贏得身閒客至傳觴夢廻觀史四美或并六宜粗備
彈琴濯圃皆吾事較陶公運甓差堪比茲園非敢為家
但欲流行聊隨坎止好事者爭相購寫遂與坡公八境
臺並傳
古平原村店中姑蘇女子題壁鷓鴣天一闋有收拾菱

花把劍彈之句庚申春暮丁觀察之任虔南和詞云瓜字初分碧玉年花枝憔悴一春前陌頭塵浣文鴛錦柳外風欺墮馬鬟郵壁上墨光懸柔腸百疊念鄉關才人厮養千秋恨箏柱調來拭淚彈頗有白香山商婦琵琶之感附録姑蘇女子原詞云弱質藏閨十六年嬌羞未敢出堂前眉顰曠道悲新柳袖捲輕塵擁翠鬟腸欲斷意懸懸舉頭何處是鄉關臨粧莫遣紅顏照收拾菱花把劍彈士子北上余猶及見之

河陽角妓紅兒有名曲中加善曹學士固庵爾堪為賦南鄉子詞贈之云停酒按紅牙蘇合香濃掠鬢鴉秋水

糢糊偏可惜天斜十五娉婷早破瓜愁恨徧天涯飛絮

啼鶯是妾家莫道臙脂開未足驚誇却占河陽一縣花

或云華亭吳六益懋謙有迎風細鳥啼紅雨隔岸殘霞

隱畫樓之句亦為紅兒作也按紅兒一名夢月趙女之絶佳者

長安妓趙文素與和州吳采臣觀察共杯酒目成者久

之汜丁酉觀察有行間之役是夜漏下三十刻矣聞剥

啄聲啟戶視之則文卿也袖出長相思一闋涕泗横流

觀察亦以一闋别之後踪跡不知所之矣其詞曰花有

情月有情花月多情兩地分斷腸直至今聽君行怕君行来問君家果否行傳聞未必真觀察答云長相思短相思長短相思不自知人来夢裏時怕逢伊又逢伊及至逢伊却恨遲明朝怎别離

吳園次以水部郎出知湖州宋轅文中丞賦浣溪沙送之云茗雪烟波百里清碧瀾堂外柳雲輕使君心似玉壺氷紅袖人喧桑岸緑白頭翁舞釣竿青共看竹馬向前迎風景如畫一時爭傳誦之

西湖女子沈方珠字浦來善詩能文以園次代葬其祖願以身歸之而憚于入署常以減字木蘭花寄吳有若肯憐才携取梅花嶺外栽之句後以事不果遂抱恨而卒

吳湖州内子黄淑人能詩湖州常贈以臨江仙一闋中有秦嘉書兩紙蘇蕙錦千絲之句其為林下之風益不在王夫人下矣吳湖州江夏夫人與扶風少君皆有出塵之韻湖州常因内宴作詞云一家都解愛青山蓋實錄也

吳湖州詞有把酒祝東風種出雙紅豆梁溪顧氏女子見而悅之日夕諷咏四壁皆書二語人因目湖州為紅豆詞人

吳湖州常于碧浪湖張燈泛舟燈火管絃極一時之勝丁葯園儀部作過秦樓一闋以紀其事云太守風流裁紅摘翠點就玉湖烟景畫船載酒繡幙調笙香送素波千頃樹杪幾隊燈紅鵁鶄飛来驚棲難定更銀蟾一色蕊珠宫裏袖搖波影今宵是皓魄初圓青尊浮滿畫裏

江城如鏡六街簫鼓蘭槳齊開釵色珮聲交逬杜牧當年管取玉漏將移瓊膏漸暝笑紫雲孰是回盡兩行紅粉蓋樊門水嬉之後僅見于此也

廣陵吳壽潛字彤本號西瀛其妻賀氏名字字乃文吳與之情好甚篤常戲作你我詞贈之調一七令曰我情埋愁裏無奈事如何可濤倖些些癡頑頗頗眼下總成空心中全未妥堪嗟泣慰牛衣難負書乾螢火漫言枕上枉封侯還憐有夢卿同我你前來語予誇美玉隨簫

史視我何如憐卿乃爾時事笑秋雲韶光悲逝水難忘孔雀屏前常記櫻桃帳底一生苦樂任天公白頭惟願我和你按此調有平仄二韻始于唐人送白樂天即席指物為賦作者頗多然諸譜中不載惟楊升庵有風花雪月四作形本蓋偶與其婦為之耳後十年乃丈死形本不勝哀悼諸名士為作輓歌甚多形本亦有無夢詞調子夜歌曰夜臺難道情俱死如何只我思量你你若也思量應知我斷腸待夢來時省夢也無些些影畢竟是

多情怕添離恨生

萊陽姜仲子孌所歡廣陵妓陳素素號二分明月女子後為豪家携歸廣陵姜為之廢寢食遣人寄致書通終身之訂陳對使悲痛斷所帶金指環寄姜以示必還之意姜得之感泣不勝出索其友吴彤本題詞吴為賦醉春風一闋其詞曰玉甲傳芳信金縷和香褪懸知掩淚訴東風問問問明月誰憐二分無賴鎖人方寸情與長江並夢向巫山近好將環字證團圞認認認有結多開

留絲不斷些些心印吳蘭次以二分明月女子集鵑紅夫人集寄弟玉川乞其婦小畹夫人題跋夫人有絶句云鄣筒纔到一緘開明月鵑紅寄集来閨閣文人應下拜吳興太守總憐才又朝来窗閣曉粧遲小婢研朱滴露時歌吹竹西明月滿清輝多半在君詩

芙蓉開遍烟波繞沙洲閒傍輕鷗小小艇畫圖間推蓬特地看枝枝嬌艷色野岸無人惜耐老是秋霜應教薄海棠甲子九月鉛山道中見野岸芙蓉孫赤崖為賦菩薩蠻一詞余和孫韻并録孫詞云一溪緑水芙蓉繞隔江點點揺紅小折向玉瓶間船窗仔細看天生真國色

不受春風惜秋雨更秋霜風姿勝海棠赤崖亦以自寓
也
任丘旅店中有女子題壁云妾白浣月號蓮仿家住半
塘幼失雙親寄養他姓姿容略異慧業不同非敢擅秀
閨中願效清風林下豈意我生不辰所適非偶日彈琴
之相對百恨纏綿時捲幔以言征一時哽咽余爰題之
驛亭人共憐之黄土可耳其詩曰吴宫春深怨别離風
塵慘慘雙蛾眉鶗鴂啼月落寸腸斷香消芍藥空垂垂流

黄未工機上織生小殷勤美文筆新詩和淚寫郵亭珍重寒宵誰面壁丙辰三月商丘宋牧仲犖北上過此挑燈細讀因檃括原詩為調笑令云面壁淚痕濕想見含毫燈下立風鬟雨鬢吳宮隔芍藥香消堪惜明妃遠嫁歸何日一曲琵琶悽惻河朔間甚為傳唱詞載楓香集中

錢塘盧生愛娉姍姍年十五姿容韶秀為嫡所嫉不得已遣去其友王丹麓晫賦調笑令第一體嘲之曰挑棗

桃葉忽被風姨催別拋殘無限春光枉對花枝斷腸腸
斷腸斷小玉時常誤喚
王冊麓少時中表章進士欲妻以女王父母以章將赴
遠任議遂不諧後章歸籍冊麓往省見其女乃殊色也
因賦如夢令云記得那時相見正似芙蓉初艷生小兩
情濃不料紅絲錯綰誰怨誰怨悔却當初一面
道喇金元戲劇名也似俗而雅錢塘陸雲士次雲賦滿
庭芳詞云左抱琵琶右持琥珀胡琴中倚秦箏氷絃忽

奏玉指一時嗚唱到繁音入破龜茲曲盡作邊聲傾耳際忽悲忽喜忽又恨難平舞人矜舞態雙甌分頂頂上然燈更口噏湘竹擊節堪聽旋復廻風滚雪搖絳蠟故使人驚哀艷極色飛心駴四座不勝情徐華隱嘉炎云此等題極宜留咏以補風俗通之所未載

壬子季夏余同曹掌公朱人遠卓永瞻葉元禮周雪客宋楚鴻王季友集周鷹垂寓齋時掌公初至都門雪客及予將南還雪客賦水調歌頭云簾外雨初霽六月喜

新涼一時座上佳客大半是江鄉子建恰當初至孝穆何堪遠別賭酒興飛揚我亦欲分手歸去卧滄浪看滚滚登紫閣賦長楊渾如鸞鳳雲中接翅下高岡何用徵歌擊鉢且共藏鉤射覆一飲罄千觴羸馬醉馳去高柳挂斜陽一時同人皆有和詞未幾風流雲散彈指六七年永瞻元禮俱為異物丁未十月余宦京邸永瞻弟次厚過余舊話賦齊天樂云西風黄葉都零亂吹得游人意倦新恨未消舊愁重咽相對大家難遣況逢旅雁看

天外遥征聲聲幽怨思量舊雨寒烟空鎖垂楊岸酒壚
燕市未渺舊游零落盡難呼酒伴物換星移天高木落
不覺奈何頻喚離懷無限縱憔悴依人身同秋燕一曲
淒涼淚珠空自泫朱人遠序曰次厚為永贍愛弟予交
永贍凡十餘年壬子季夏偕游金臺
當是時名流雲集訂文酒之好若吳江徐子電發葉子
元禮中州周子雪客雲間宋子楚鴻周子鷹垂王子季
友魏里曹子掌公結兄弟歡如一日乃未幾别去永贍
後予半載亦歸里無何竟卒嗟乎一日之集不過九人
九人之交僅得八載其間或掇巍科侍帷幄或以草茅
召見官侍從或偃卧里門或汗漫游四方如晨星之落
落或不遇而死或遇矣復死于旅邸何人事之靡常若
是歟此九人者當其以筆墨杯斝為樂事非不知聚者

之終不能不散然不意其散之遽也及旣散矣非不知散者之復聚然不意其升沉死生之竟至于此使更越八年且數十年人事之靡常其所為聚散升沉生死者愈不可知此予嘗為之慷慨太息流涕交襟也

庚戌秋山陽黃大宗客西湖九日為登高會客少至十九日倣古為展重陽客咸集而天雨大宗曰吾當再展重陽以二十九日大會四方之客登孤山詩文極盛即事分賦各體體凡二十武林王丹麓拈得詩餘其望遠行第三體云兼句兩過重陽節却又秋光垂暮芙蓉已老籬菊將殘只剩霜林紅樹旅客驚心特把佳辰再展

贏得曠懷如許共登高不禁徘徊今古難語試上層岡一望見纍纍荒墳無數蟋蟀閒堂鳳凰金闕不識銷歸何處但有芳樽細飲檀槽遞唱遑問誰賔誰主奈夕陽西下鐘聲催去詞成令小鬟歌之座客無不歎絶

李雲田既娶周寶鐙復迎侍兒掃鏡于吳門無錫嚴蓀友賦瑞龍吟一闋調之云吳趨里誰在小小門庭溶溶烟水柔枝乍結春愁盈盈解道塗妝綰髻癡情難擬不比舊家桃葉綠陰深矣檀郎近約相迎雀釵新黛玉符

空翠休問石城艇子更堪腸斷竹西歌吹唯有泰娘橋邊離夢猶縈漢皐珮冷别是傷心地待携向蘭缸背底菱花偷展誰照郎心切探春試問春風来未蜂子憐新蕋香破也報来幽窗慵起吟箋賦筆待伊次第

丁葯園祠部少時有白燕樓詩百首流傳吴下士女争相採掇以書衫袖婺州吴賜如之罷有句云恨無十五雙鬟女教唱君家白燕樓其為一時傾倒如此後以事徙閫外皂帽歸来偶于邘上逢王西樵考功賦夢揚州

一闋云公言愁愁未了我始言愁總是愁城何日破除方休吳市裏酒徒落魄王生召我爲儔桓野笛楊惲缶幷呼鼓史岑年同作南冠楚囚各相對欷嘘亦復何求散盡千金一劍蒯緱空留歌相樂也因而泣怎銷磨短髮盈頭只落得兩人白眼共醉揚州曹學士見之曰僕與祠部俱從氷天雪窖中磨鍊而出有甚于退之潮州東坡儋耳者辦此情懐庶不使韓蘇笑人寂寂

杭州女教塲在鳳凰山麓宋南渡妃嬪演武于此蕭山

毛大可（奇齡）過之賦鷓鴣天云銀甲琱戈小隊工内家宣勅教從我山蘿霞鏃縈金細野火燒旗閃幔紅宮月静陣雲空鳳凰山下抱龍弓珠兕玉靸園營路小雨寒花何處逢余亦有絶句云御教塲中看點操宫娥隊隊雁翎刀鄂王已戮蘄王死羞著團花舊錦袍盖傷南宋之不復振也

沈家姬卯娘善度曲曺秋岳侍郎戲用卯字賦青玉案為贈云花前舉樂何須忌薄曉曈曈初罷啟户逢君嬌

不語三秋兎魄平分留影垂柳東邊去鏤成新玉剛為字十二時中排第四中酒嫵人知也未芳名檢點春光已半會取相迎意

詞苑叢談卷九

詞苑叢談卷十

翰林院檢討徐釚撰

辨証

苕溪漁隱曰小說紀事亦多舛誤豈復可信雖事之小者如一詞一詩蓋亦謬耳淮陰侯廟詩築壇拜日恩雖重之句青箱雜記謂是錢昆作桐江詩話謂是黃好謙作是一詩而有二說也小詞春光好待得鸞膠續斷絃

是何年之句湘江野録謂是曹翰使江南贈妓詞本事曲謂是陶穀使錢唐贈驛女詞冷齋夜話又謂是陶穀使江南贈韓熙載歌姬詞是一詞而有三説也其他如此甚衆殆不可徧舉

冷齋夜話云東坡初未識少游少游知其將過維揚作坡筆語題壁于一山寺中東坡果不能辨大驚及見孫莘老出少游詩詞數十篇讀之乃歎曰向書壁者定此郎也後與少游維揚飲别作虞美人曰波聲拍枕長淮

曉隙月窺人小無情汴水自東流只載一船離恨向西州竹陰花圃曾同醉酒未多于淚誰教風鑒在塵埃醖造一塲煩惱送人來世傳此詞是賀方回作雖山谷亦云大觀中于金陵見其親筆醉墨超脫氣壓王子猷蓋東坡詞也張文潛詩云亭亭畫舸繫春潭只待行人酒半酣不管烟波與風雨載將離恨過江南王平甫常愛誦之不知其出于東坡也

漫叟詩話云楊元素作本事曲記洞仙歌氷肌玉骨自清涼無汗水殿風來暗香滿繡簾開一點明月窺人人

未寢敧枕釵橫鬢亂起來携素手庭戶無聲時見疎星
度河漢試問夜如何夜已三更金波淡玉繩低轉細屈
指西風幾時來又不道流年暗中偷换錢唐有老尼能
誦後主詩首章兩句後人為足其意以填其詞予嘗見
一士人誦全篇云氷肌玉骨清無汗水殿風來暗香暖
簾開明月獨窺人敧枕釵橫雲鬢亂起來瓊戶悄無聲
時見疎星度河漢屈指西風幾時來只恐流年暗中換
東坡序云僕七歲時見眉州老尼姓朱忘其名年九十

餘自言嘗隨其師入蜀主孟昶宮中一日大熱王與花蕊夫人夜起避暑摩訶池上作一詞未具能記今四十年朱已死矣人無知此詞者獨記其首兩句云冰肌玉骨自清涼無汗暇日尋味豈洞仙歌令乎乃為足之云

漁隱曰漫叟所載本事詩云錢唐老尼能誦後主詩首兩句與東坡洞仙歌序全然不同當以序為正也

南唐書云王感化善謳歌聲韻悠揚清振林木繫樂部為歌板色元宗嘗作浣溪沙詞二闋手寫賜感化曰菡

菡香消翠葉殘西風愁起碧波間還與容光共憔悴不堪看細雨夢回雞塞外小樓吹徹玉笙寒簌簌淚珠多少恨倚闌干手捲珠簾上玉鈎依前春恨鎖重樓風裏落花誰是主思悠悠青鳥不傳雲外信丁香暗結雨中愁回首緑波三峽暮接天流後主即位感化以其詞札上之後主感動賞賜甚優苕溪漁隱曰元宗嗣位李璟嘗作此二詞今以為後主作非也

古今詞話曰東坡在黄州中秋夜對月獨酌作西江月

詞云世事一場大夢人生幾度新涼夜來風葉已鳴廊看取眉頭鬢上酒賤常愁客少月明多被雲妨中秋誰與共孤光把醆凄涼北望坡以讒言謫居黃州鬱鬱不得志凡賦詩綴詞必寫其所懷然一日不忘朝廷其愛君之心末句可見矣漁隱曰衆蘭集載此詞注曰寄弟子由故後句云中秋誰與共孤光把醆凄涼北望則兄弟之情見于句意之間矣疑是倅錢塘時作子由時為雎陽幕客若詞話所云則非也

青瑣高議海山記云隋煬帝泛東湖製湖上曲望江南八闋按段安節樂府雜録云望江南李德裕鎮浙日為亡妓謝秋娘所撰本名謝秋娘後改此名亦曰夢江南據此則隋時初無此調也且曲詞畧不類隋人語因留此一闋以袪後人之惑云詞曰湖上柳烟裏不勝摧宿霧洗開明媚眼東風搖弄好腰肢烟雨更相宜環曲岸陰覆畫橋低線拂行人春晚後絮飛晴雪煖風時幽意更依依

苕溪漁隱曰古今詞話以古人好詞世所共知者易甲為乙稱其所作仍隨其詞牽合為説殊無根蔕皆不足信也如秦少游千秋歲水邉沙外城郭春寒退末云春去也飛紅萬點愁如海者山谷嘗嘆其句意之善欲和之而以海字難押陳無已言此詞用李後主問君都有幾多愁恰似一江春水向東流但以江為海耳洪覺範嘗和此詞題崔徽頭子云多少事都隨恨遠連雲海晁無咎亦和此詞弔少游云重感慨驚濤自捲珠沉海觀

諸君所云則此詞少游作明甚乃以為任世德作又八六子倚危臺恨如芳草萋萋剗盡還生浣溪沙脚上鞋兒四寸羅二詞皆見淮海集乃以八六子為賀方回作以浣溪沙為涪翁作晁无咎鹽角兒開時似雪花中奇絶為晁次膺作皆非也

張泌南唐人有江城子二闋其一云碧闌干外小中庭雨初晴曉鶯聲飛絮落花時節近清明睡起捲簾無一事勻了面沒心情其二云浣花溪上見卿卿眼波明黛

眉輕高綰綠雲低簇小蜻蜓好是問他來得麼和笑道莫多情黃叔暘云唐詞多無換頭如此詞自是二首故重押兩情字兩明字今人不知合為一首則誤矣

王銍默紀載歐陽公望江南雙調云江南柳葉小未成陰人為綠輕那忍折鶯憐枝嫩不勝吟留取待春深十四五閒抱琵琶尋堂上簸錢堂下走恁時相見已留心何況到如今初歐公有盜甥之疑上表自白云喪厥夫而無托携幼女以來歸張氏此時年方七歲錢穆父素

恨公笑曰正是學箴錢時也歐知貢舉下第舉人復作醉蓬萊詞譏之愚按歐公詞出錢氏私誌盖錢世昭因公五代史中多毀吳越故詆之此詞不足信也

高文惠妻與夫書曰今來織成襪一量願著之動與福并量當作兩詩葛屨五兩是也無名氏踏莎行詞末云夜深著輛小鞋兒靠著屏風立地輛兩盖古今字也小詞用毛詩字亦佳

偶于友人處見念奴嬌一詞鶯幃睡起正飛花蘭徑啼

鶯瓊閣對鏡梳粧愁見那怯怯容顏瘦弱一自仙郎眉梢眼尾屢訂西廂約牆花拂影獨眠何事如昨誰憐潘果空投貫香難與更紅箋誰託帶眼輕拴須看取楊柳腰肢如削珠履玲瓏羅衫雅淡件件無心著何時廝見得償今朝蕭索又孤鸞一篇蝦鬚初揭正寺日停鐘霜風鳴鐵懶自粧梳亂挽鬟兒翠滑追想昨宵瞥見有多少動情難說枉在屏風背後立歪羅襪聽玉人言去苦難說任樹上黃鶯歌遣離別強欲排餘恨及寸腸悲裂

試使侍兒挽住想未離畫橋東折傳道行踪已遠但垂楊烟結二詞俱工不載作者姓名後觀詩畫類編乃元之自叙夢中美人所歌而不自載其姓後有跋亦以諸詞出于假托而自稱坌丘道人如此兩人文藻雖優一何曖昧

從来文之所在不必名之所在如陸雪窗名不甚著其瑞鶴仙春情末云待歸来先指花梢教看却把心期細問問因循過了青春怎生意穩迷離婉妮幾在周秦之

上令誤作歐公非是梨莊曰虞山詩選云夏桂洲喜為長短句詩餘小令草藁未削已傳播都下互相傳唱没未百年花間草堂之集無有及公謹名氏者求如前代所謂曲子相公亦不可得大約花間草堂亦宋人選集之偶傳者耳此外不傳者何限況并不入選中則佳詞滅没又不知其幾矣黄俞邰所藏桂洲詞本甚有可觀但不傳于世故人無知者予欲專梓之以公同人

梁溪漫志云程子山舍人跋東坡滿庭芳詞云予聞之蘇仲虎云一日有傳此詞以為先生作東坡笑曰吾文章肯以藻繪一香篆槃手然觀間如畫堂别是風光及十指露之語誠非先生所云子山之説固人所共曉予嘗怪李端叔謂東坡在中山歌者欲試東坡倉猝之才于其側歌戚氏坡笑而頷之邂逅方論穆天子事頗摘其虚誕遂資以應之隨聲隨寫歌竟才點定五六字坐中隨聲擊節終席不問他詞亦不容别進一語臨分曰

足以為中山一時艷事然予觀其詞有曰玉龜山東皇靈娥繞羣仙又云爭解繡勒香韉又云鸞輅駐蹕又云肆華筵間作翠管鳴絃宛若帝所鈞天又云倒盡瓊壺酒獻金鼎藥固大椿年又云浩歌暢飲回首塵寰爛熳游玉輦東還東坡御風騎氣下筆真神仙語此等鄙俚猥俗之詞殆是教坊娼優所為雖東坡竈下老婢亦不作此語而顧稱譽若此豈果端叔之言耶恐疑悞後人是不可以不辨

俞紫芝秀老弟澹清老名字見王介甫黃魯直集中詩詞傳世雖少亦間見文藴等編葉石林詩話誤以為揚州人魯直荅清老寒夜三詩其一引牧羊金華山皇初平事言之蓋黃上世亦出金華也近覽智者草堂所藏張公詡青溪圖有秀老手題臨江仙一闋後書金華俞紫芝不知石林何故誤也此詞世少知之録于後弄水亭前千萬景登臨不忍空回水輕墨澹寫蓬萊莫教世眼容易洗塵埃收去兩昏都不見展時還似雲開先生

高趣更多才人人盡道小杜却重來
于湖玩鞭亭晉明帝覘王敦營壘處自温庭筠賦詩後張文潛又賦于湖曲以正湖陰之誤詞皆奇麗警拔膾炙人口徐寶之韓南澗亦發新意張安國賦滿江紅云千古淒涼興亡事但悲陳迹凝望眼吴江不動楚山叢碧巳鎮綠駿追風遠武昌雲旆連天赤笑老奸遺臭到如今留空壁邉書静烽烟息通軺傳銷鋒鏑仰太平天子聖明無敵蹙踏揚州開帝里渡江天馬龍為匹看東

南佳氣欝葱葱傳千億嘗見安國大書此詞後題云乾道元年正月十日筆勢竒偉可愛

歐公小詞間見諸詞集陳氏書録一卷其間多有與陽春花間相混者亦有鄙䙝之語一二廁其中當是仇人無名子所為近有醉翁琴趣外篇凡六卷二百餘首所謂鄙䙝之語往往而是不止一二也前題東坡序八九語云散落尊酒間盛為人所愛詞雖小技其工有取焉者詞氣卑陋不類坡作盖可以証詞之偽

新來塞北傳消真消息赤地居人無一粒更五單于爭立維師尚父鷹揚熊羆百萬堂堂看取黃金假鉞歸來異姓真王又云堂上謀臣尊俎邊頭將士干戈天時地利與人和燕可伐歟曰可今日樓臺鼎鼐明年帶礪山河大家齊唱大風歌不日四方來賀世傳辛幼安壽韓侂胄詞又有小詞亦多俚談不錄近讀謝疊山文論李氏整年錄朝野雜記之非謂乾道間幼安以金有必亡之勢顧詔大臣預修邊備為倉卒應變之計此憂國遠

猷也今摘數語而曰贊開邊借西江劉過京師人詞曰此幼安作也忠寃得無究乎故今特為拈出

令詩餘名望江南外菩薩蠻憶秦娥稱最古以草堂二詞出太白也近世文人學士或以為實然予謂太白在當時直以風雅自任即近體盛行七言律鄙不肯為寧屑事此且二詞雖工麗而氣衰颯于太白超然之致不啻穹壤藉令真出青蓮必不作如是語詳其意調絶類温方城輩盖晚唐人詞嫁名太白耳杜楊雜編云大中

初女蠻國貢雙龍犀明霞錦其國人危髻金冠瓔珞被體故謂之菩薩蠻當時倡優遂歌菩薩蠻曲文士亦往往效其詞南部新書亦載此事則太白之世唐尚未有斯題何得預置其曲耶又北夢瑣言云宣宗愛唱菩薩蠻詞令狐丞相假飛卿新撰密進之戒以勿泄而遽言于人由是踈之按大中即宣宗年號此詞新播故人喜歌之予屢疑近飛卿至是釋然自信其隻眼也

東坡在黃州作卜算子詞有缺月挂踈桐等句山谷以

為不喫烟火人語詞學荃蹄强為之解皆未得其故余載入品藻中昨讀野客叢書又云乃東坡在惠州白鶴觀所作惠有温都監女頗有姿色年十六而不肯聘人聞坡至相鄰媪謂人曰此吾壻也一夜坡吟咏間其女徘徊窗外坡覺而推窗則女踰牆而去坡物色得其詳正呼王說為媒適有過海之事此議遂寢其女不久卒葬于沙汀之側坡回為之悵然故為此詞也梨莊曰此言亦非似亦忌公者以此謗之如揩下簸錢之類耳小

誤紕繆不足憑也

南渡後有題聞笛玉樓春詞于杭京者其詞云玉樓十二春寒惻樓角暮寒吹玉笛天津橋上舊曾聽三十六宮秋草碧昭華人去無消息江上青山空晚色一聲落盡短亭花無數行人歸未得其詞悲感悽惻在陳去非憶昔午橋之上而不知名或以為張子野非也子野卒于南渡之前何得云三十六宮秋草碧乎

曲名有解紅者今俗傳為呂洞賓作見物外清音其名

未曉近閱和凝集有解紅歌云百戲罷五音清解紅一曲新教成兩個瑤池小仙子此時奪却柘枝名樂書云優童解紅舞衣紫緋繡銀帶花鳳冠盖五代時人也焉有洞賓在唐世預塡此腔耶

周美成寒食應天長詞條風布暖飛霧弄晴池塘徧滿春色正是夜堂無月沉沉暗寒食今本無條風至正是二十字又過秦樓首句是水浴清蟾今刻本誤作京浴草堂詞話柳梢青岸草平沙一首僧仲殊也今刻本往

往夫其名故特著之宋人小詞僧徒惟二人最佳覺範之作類山谷仲殊之作似花間祖可如晦俱不及也

秦少游滿庭芳山抹微雲天粘衰草今本改粘作連非也韓文洞庭汗漫粘天無壁張祜詩草色粘天鷃鵊恨山谷詩遠水粘天吞漁舟卲博詩老灘聲殷地平浪勢粘天趙文昇詞玉闕芳草粘天碧巖次山詞粘雲紅影傷千古葉夢得詞浪粘天蒲桃漲綠劉行簡詞山翠欲粘天劉叔安詞暮烟細草粘天遠粘字極工且有出處

若作連天是小兒語也

筆談曰小曲有咸陽沽酒寶釵空之句云李白作花間集云張泌所為莫知孰是楊繪本事曲云近世謂小詞起于温飛卿然王建有宫中三臺宫中調笑樂天有謝秋娘一曲望江南又曰近傳李白製然觀隋海山記中有望江南調即煬帝世已有之矣

舊傳水調歌一曲其首章云瑤草一何碧春入武陵溪溪上桃花無數花上有黄鸝以為黄魯直所作蜀人石

耆翁言此莫少虛壯氣詞也少虛又有浣溪沙詞云寶釧湘裙上玉梯雲重應恨翠樓低愁同芳草雨萋萋又云歸夢悠揚見未真繡衣恰有暗香薰五更分得楚臺春皆造語新雋但晚歲心醉富貴不復事文章今人鮮有知其作者

有菩薩蠻咏蘇堤芙蓉云紅雲半壓秋波急艷糚泣露嬌啼色佳夢入仙城風流石曼卿石曼卿號芙蓉城主宮袍呼醉醒休捲西風景明月粉香殘六橋烟水寒世謂高季迪

之詞也不知季迪乃是行香子其詞曰如此紅糚不見春光向菊前蓮後纔芳雁來時節寒沁羅裳正一番風一番雨一番霜蘭舟不采寂寞横塘强相依暮柳同行湘江路遠吳苑池荒柰月朦朧人杳杳水茫茫以優劣論之前則不如後也昨偶得雜録一冊前詞乃宋人高竹屋著也豈非因姓同而訛之耶

升庵曰小詞如周美成惜惜坊曲人家俗改曲爲陌張仲宗東風如許惡俗改妬花惡東坡玉如纖手嗅梅花

俗改王奴孫夫人日邊消息空沉沉俗改耳邊所以書

貴舊本

山色有無中歐公咏平山堂句也或謂平山堂望江左諸山甚近公短視故耳東坡為公解嘲乃賦快哉亭詞云長記平山堂上欹枕江南烟雨杳杳没孤鴻認得醉翁語山色有無中葢山色有無非烟雨不能也然公起句是平山闌檻倚晴空晴空安得烟雨恐東坡終不能為歐公解矣

蜀亡花蕊夫人隨孟昶行至葭萌驛題壁云初離蜀道心將碎離恨綿綿春日如年馬上時時聞杜鵑書未竟為軍騎促行只二十二字點點是鮫人淚也及見宋祖有十四萬人齊解甲更無一個是男兒之句足愧鬚眉矣乃有無名子戲續之云三千宮女如花貌妾最嬋娟此去朝天只恐君王恩愛偏不惟虛空架橋亦且狗尾貂續也又按鐵圍山叢談云花蕊夫人蜀王建妾號小徐妃者也後主王衍歸唐半壁遇害及孟氏再有蜀傳

至昶又有一花蕊夫人費氏作宮詞者是也後隨昶歸
宋十日名花蕊入宮而昶遂死昌陵後亦惑之晉邸數
諫昌陵不聽一日從獵苑中花蕊在側晉邸方調弓矢
引滿擬獸忽廻射花蕊一箭而死
亂鴉啼後歸興濃于酒蘇叔黨詞也或云江彥章在京
師作紹興中彥章知徽州仍令席間歌之坐客有挾怨
者亟納檜相指為新製以譏檜檜怒諷言者遷之于永
趙秋官妻書岐陽郵亭武陵春云人道有情還有夢無

夢豈無情夜夜思量直到明有夢怎教成昨夜偶然來夢裏鄰笛又還驚笛韻淒淒不忍聽總是斷腸聲此詞一作連倩女寄陳彥臣作

朝天紫本蜀牡丹花名其色正紫如金紫大夫服色故名後人以為曲名今以紫作子非也見陸游牡丹譜

朱竹垞云庭院深深一闋載馮延巳陽春録刻作歐九誤也

王弇州曰楊用修所載太白有清平樂二闋識者以為

非太白作謂其畢淺也按太白清平樂本三絶句而已不應復有詞第所謂女伴莫話高眠六宮羅綺三千一笑皆生百媚宸遊教在誰邊亦有情語予每誦之及樂天絶句云雨露由來一滴恩爭能遍却及千門三千宮女如花面幾個春來無淚痕輒低回嘆息古之怨女棄才何限也

李重光深院静小令升庵曰詞名擣練子即咏擣練也復有雲鬟亂一篇其詞亦同衆刻無異常見一舊本則

俱係鷓鴣天二詞之前各有半闋其雲鬢亂一闋云節
候雖佳景漸闌吳綾已暖越羅寒朱扉日暮隨風掩一
樹藤花獨自看雲鬢亂曉粧殘帶恨眉兒遠岫攢斜托
香腮春筍嫩為誰和淚倚闌干其深院静一闋云塘水
初澄似玉容所思還在别離中誰知九月初三夜露似
珍珠月似弓深院静小庭空斷續寒砧斷續風無奈夜
寒人不見數聲和月到簾櫳
吳虎臣曾能改齋漫録云樂府有明月逐人來詞李太

師撰譜李持正製詞云星河明淡春來深淺紅蓮正滿城開遍禁街行樂暗塵香拂面皓月隨人近遠天半鰲山光動鳳樓兩觀東風靜珠簾不捲玉輦待歸雲外聞絃管認得宮花影轉東坡曰好箇皓月隨人近遠持正又作人月圓云小桃枝上春風早初試薄羅衣年年樂事華燈競處人月圓時禁街簫鼓寒輕夜永纖手重攜更闌人散千門笑語聲在簾幃近時以為小王都尉作非也

今世樂府傳沁園春詞按後漢書竇憲女弟立為皇后憲恃宮掖請奪沁水公主園然則沁水園者公主之園也故唐人類用之崔湜長寧公主東莊侍宴詩云歌舞平陽地園池沁水林又李義府云平陽館外有仙家沁水園中好物華世傳呂洞賓沁園春詞所謂九返還丹者乃知唐之中世已有此音矣

仙女董雙成漢殿夜涼吹玉笛曲終却從仙官去萬户千門惟月明李太白詞也有得于石刻而無其腔劉無

言自倚其聲歌之音極清雅東皋雜錄又以為范德孺謫均州偶遊武當山石室極深處有題此曲于崖上未知孰是

王通叟觀官翰林學士常應制撰清平樂詞云黄金殿裏燭影雙龍戲勸得官家真箇醉酌酒猶呼萬歲折旋舞徹伊州君恩與整搔頭一夜御前宣住六宮多少人愁高太皇以為媟瀆神宗翌日罷職世遂有逐客之號令集本乃以為擬李太白應制非也一云宣仁太后以其近褻謫之

周晴川作十六字令云眠月影穿窻白玉錢無人弄移過枕函邊朱竹垞云按十六字令即蒼梧謠也張安國集中三首蔡伸道集中一首其首俱以一字句斷今本訛眠字為明遂作三字句斷非也是詞見天機餘錦係周晴川作今相沿刻美成然片玉集無此其不係美成明矣

陶穀使江南遇秦弱蘭作風光好詞見宋人小說或有以為曹翰者翰能作老將詩其才固有之終非武人本

色沈叡達雲巢編謂陶使吳越惑倡女任社娘因作此詞任大得陶貲後用以㓨仁王院落髮為尼李唐吳越未審孰是要之近陶所為耳藝苑巵言

秦少游謫處州日作千秋歲詞云水邊沙外城郭春寒退花影亂鶯聲碎飄零疎酒盞離別寬衣帶人不見碧雲暮合空相對憶昔西池會鵷鷺同飛蓋攜手處今誰在日邊清夢斷鏡裏朱顏改春去也落紅萬點愁如海今郡治有鶯花亭因此詞取名宋吳虎臣云少游千秋

歲詞在衡陽與孔毅甫作也詞云憶昔西池會言在京師與毅甫同朝叙其為金明池之遊耳今言處州非也

耆舊續聞云侍制公十八歲時嘗作樂府云流水泠泠斷橋斜路横枝亞雪花飛下全勝江南畫白壁青錢欲買真無價歸來也風吹平野一點香隨馬朱希真訪司農公不值于几案間見此詞驚賞不已遂書于扇而去初不知何人作也一日洪覺範見之扣其所從來朱具以告二人因同往謁司農公問之公亦愕然客退從容

詢及侍制公公始不敢對既而以實告司農公責之曰兒曹讀書正當留意經史何用作此等語耶然心實喜之以為此兒他日必以文名于世今諸家詞集及漁隱叢話皆以為孫和仲或朱希真作非也正如詠摺骨扇詞云宮紗蜂赶梅寶扇鸞開翅數摺聚清風一捻生秋意搖搖雲母輕裊裊瓊枝細莫解玉連環怕作飛花墜余嘗親見稿本于公家今于湖集乃載此詞蓋張安國嘗為人題此詞于扇故也

詞苑叢談卷十

詞苑叢談卷十一

翰林院檢討徐釚撰

諧謔

中吳紀聞云徽宗即位下詔求直言及上書與廷試直言者俱得罪京師有謔詞云當初親下求賢詔引得都來胡道人人拈是駱賓王并洛陽年少自訟監宮及岳廟都一時閒了誤人多是誤人多誤了人多少

宣和四年預借元宵有戲為詞云太平無事四邊寧靜狼煙眇國泰民安謾説堯舜禹湯好萬民翹望綵都門龍燈鳳燭相照只聽得教坊襍劇歡笑美人巧寶籙宮前咒水書符斷妖更夢近竹林深處勝蓬島笙歌鬧奈吾皇不待元宵景色來到只恐後月陰晴未保是年中秋後帝在苑中賦晚景一聯云日映晚霞金世界月臨天宇玉乾坤宰臣皆稱賀次年戎馬犯闕後國號金

少游悶損人天不管悶損一作瘦殺山谷在某大夫家

聞歌此曲乃以好字易瘦字戲作一詞云心情老懶對歌對舞猶是當時眼巧笑靚糚近我衰容華鬢似扶着賣卜算思量好箇當年見催酒催更只怕歸期短飲散燈稀背鎖落花深院好殺人天不管

建炎中駕駐維揚康伯可上中興十策名振一時後秦檜當國伯可乃附會求進為十客中之狎客專應制為歌詞重九遇雨奉勅口占望江南云重陽日陰雨四郊垂戲馬臺前泥拍肚龍山會上水平臍直浸到東籬茱

莄胖菊蕋濕滋滋落帽孟嘉尋箬笠休官陶令覔蓑衣
兩个一身泥上大笑
詞品云小說載曹西士赴試步行戲作紅窗迥慰其足
云春闈期近也望帝鄉迢迢猶在天際懊恨一雙脚底
一日厮趕上五六十里爭氣扶持我去博得官歸恁時
賞你穿對朝靴安排你在轎兒裏更選對弓樣鞋兒夜
間伴你又劉叔凝繫裙腰詞云山兒矗矗水兒滿船兒
似葉兒輕風兒陣陣没人情月兒明厮合凑送人行眼

兒簌簌淚傾燈兒更冷清清雁兒陣陣向前程一聲聲
怎生得夢兒成
王齊叟字彥齡元祐樞密彥霖之弟也任俠有聲初官
太原作詞數十曲嘲郡邑同僚并及府帥帥甚怒因聲
吏入謁面數折之曰君恃爾兄謂吾不能治爾耶彥齡
斂板頓首謝且請其故帥告之復趨進微聲吟曰居下
位即恐被人讒昨日但吟青玉案幾時曾唱望江南下
句不屬回顧適見兵官乃曰請問馬都監帥不覺失笑

衆亦匿笑而退時都監倉惶失措伺其出詰之曰素不相識何故以我作証王笑曰不過借公叶韻耳娶舒氏女亦工篇翰因不得於翁竟至離絶而夫婦之好元無乖張女在父家一日行池上懷其夫作點絳脣云獨自臨流興來時把闌干凭舊愁新恨耗却來時興鷺散魚潛煙斂風初定波心靜照人如鏡不是年時影後再適他族彥齡終浮沉不顯

東坡送子由奉使契丹詩末句云單于若問君家世莫

道中朝第一人用李撥事也紹興中曹勛功顯使金國
好事者戲作小詞其後闋云單于若問君家世說與教
知便是紅窓迴底兒謂功顯之父兄寵昔以此曲著名
也後大璫張去為之子安世以閤門宣贊為副使或改
其語曰說與教知便是中朝一漢兒蓋京師謂內侍養
子不閹者為漢兒也最後知閤門事孟思恭亦使北或
又改曰便是鹽商孟客兒謂思恭父為販鹺巨賈也
裴郎中諴晉國公次弟子也善談諧與温岐為友好作

歌曲既入臺為三院所謔曰能為淫艷之歌有異潔清
之士其南歌子云不是廚中串爭知炙裏心井邊銀釧
落展轉恨還深又曰不信長相憶擡頭問取天風流荷
葉動無夜不搖蓮二人又為新聲楊柳枝詞裴云思量
大似惡因緣只得相看不得憐願作琵琶槽那畔美人
長抱在胸前又云獨房蓮子沒人看偷得蓮時命也拚
若有所由來借問但道偷蓮是下官溫詞云一尺深紅
勝麴塵天生舊物不如新合歡桃核終堪恨裏許元來

别有人又云井底點燈深燭伊共郎長行莫圍棊玲瓏

骰子安紅豆入骨相思知不知

中吳紀聞云宣和初予在上庠俄有旨令士人結帶巾

否則以違制論士人甚苦之當時有謔詞云頭巾帶誰

理會三千貫賞錢新行條例不得向後長垂與冈服相

類法甚嚴人盡畏便縫潤大帶向前面繫和我太學先

輩被人叫保義

宣政間戚里子邢俊臣性滑稽喜嘲咏常出入禁中善

作臨江仙詞末章必用唐律兩句為謔以寓調笑徽皇置花石綱石之大者曰神運石大舟排聯數十尾僅能勝載既至上大喜置艮嶽萬歲山命俊臣為臨江仙詞以高字為韻末句云巍峩萬丈與天高物輕人意重千里送鵝毛又令賦陳朝檜以陳字為韻檜亦高五六丈圍九尺餘枝覆地幾百步詞末云遠來猶自憶梁陳江南無好物聊贈一枝春上容之不怒也内侍梁師成位兩府甚尊顯用事以文學自命尤自矜為詩因進詩上

稱善顧謂俊臣曰汝可為好詞以咏師成詩句之美且命押詩字韻俊臣口占末句云欲知勤苦為新詩吟安一箇字撚斷數莖髭上大笑師成恨之譖其漏泄禁中語謫為越州鈐轄太守王嶷聞其名置酒待之醉歸燈火蕭疎明日攜詞見帥敘其寥落之狀末云捫窓摸戶入房來笙歌歸院落燈火下樓臺席間有妓秀美而肌白如玉雪頗有體氣豐甫令乞詞末云酥胸露出白皚皚遥知不是雪為有暗香來又有善歌舞而體肥者末

云只愁歌舞罷化作綵雲飛邪雖小才亦是滑稽之雄
子瞻若在當為絶倒
賈似道欲行富强之策是時劉良貴為都曹尹天府吳
世卿為餉淮東入為浙漕遂賛公田事欲先行之浙省
倎有端緒則諸路倣行之於是以官品限田立回買派
買之目民皆騷然有為詩云襄陽屢載困孤城豢養湖
山不出征不識咽喉形勢地公田枉自害蒼生其後又
立推排打量之法白沒民産有人作詩云三分天下二

分亡猶把山川寸寸量縱使一丘添一畝也應不似舊
封疆又有沁園春詞云道過江南泥牆粉壁右具在前
述何州何縣何鄉何里住何人地佃何人田氣象蕭條
生靈憔悴經界從來未必然唯何甚為官為己不把人
憐思量幾許山川況土地分張又百年西蜀巉巖雲迷
鳥道兩淮清野日驚狼煙宰相弄權奸人罔上誰念干
戈未息肩掌大地何須經理萬取千焉 江湖紀聞云淳祐壬子饒信行
經量番陽以邑庠置局有題詩云大成殿下水漫漫堂
上盡是經量官孔子回頭顧孟子是你說出許多般咸

淳甲子又復經量湖南醴陵士人有詩云失淮失蜀失荆襄却把江南寸寸量一寸縱教添一丈也應不是舊封疆時又有詞云宰相巍巍坐廟堂說着經量便要經量那个臣僚上一章頭說經量尾說經量輕狂太守在吾邦聞說經量星夜經量山東河北又抛荒好去經量胡不經量

御史陳伯大奏立士籍賈似道毅然行之凡應舉給歷一道親書年貌世系及所肄業於歷首執以赴舉過省參對興同筆跡以防偽濫時有詩譏之云戎馬掀天動地來襄陽幾處哭聲哀平章束手全無策却把科塲惱秀才又有詞云士籍令行件條分明逐一排連問子孫

何習父兄何業明經詞賦右具如前最是中間娶妻某氏試問于妻何與馬鄉保舉那當著押開口論錢祖宗立法於前又何必更張萬萬千筭行闕陂會限田放糴生民凋瘵膏血俱朘只有士心僅存一脉今又艱難最可憐誰作俑陳堅伯大附勢專權

容齋隨筆曰紹興初范覺民為相以自崇寧以來創立法度例有沈賞建議討論又行下吏部參酌追奪有至奪十五官者雖公論當然而失職者胥造謗浮議蜂起

無名子因改坡語云清要無因舉選艱辛繫書錢須要十分浮名浮利虛苦勞神歎旅中愁心中悶部中身雖抱文章苦苦推尋更休説誰假誰真不如歸去作箇齊民免一回來一回討一回論大字書寫貼於牆上邏者得之以聞朝論慮或揺人心罷討論之舉范公用是為臺諫所攻

徐淵子好以詩文諧謔丁少詹與妻有違言乃棄家居茶寮山茹素誦經日買海物放生久而不歸妻患之祈

徐譬解徐許諾出門見賣老婆牙者買一巨筐餉丁併遺以阮郎歸詞云荼寮山上一頭陀新來學者麼蝤蛑螃蟹與烏螺知他放幾多有一物似蜂窩姓牙名老婆雖然無奈得他何如何放得他丁見詞大笑歸

後村詩話云嘉定更化收召故老一名公拜參政雖好士而力不能援謂客曰贄而來見者吾皆倒屣未嘗敢失一士外議如何客素滑稽答曰自公大用外間咸唱燭影摇紅之詞參政問何故客舉卒章曰幾回見了見

了還休爭如不見賓主相視一笑吳虎臣詞話云王都尉有憶故人燭影揺紅詞曰燭影揺紅向夜闌乍酒醒心情懶尊前誰為唱陽關離恨天涯遠無奈雲沉雨散凭闌干東風淚眼海棠開後燕子來時黄昏庭院徽宗喜其詞意猶以不豐容宛轉為恨令大晟府別撰腔周美成增損其詞而以首句為名謂之燭影揺紅云芳臉勻紅黛眉巧畫宮粧淺風流天付與精神全在嬌波眼早是縈心可慣向尊前頻頻顧盼幾回相見見了還休爭如不見燭影揺紅夜闌飲散春宵短當時誰會唱陽關離恨天涯遠爭奈雲收雨散凭闌干東風淚滿海棠開後燕子來時黄昏庭院

趙公衡宗室居秀州性和易善與人款曲但天資滑稽過可啓顔一笑衡口輒發見者無不敬畏因寡髮俗目

爲趙葫蘆洪景盧戲作減字木蘭花云家門希差養得一枝依樣畫百事無能只去籬邊纏倒藤幾回水上軋捺百翻真箇强無處容他只好炎天照作巴出夷堅支志

紹興辛巳金遣使來修好洪景盧往報之入境與其伴約用敵國禮伴許諾故沿路表章皆用在京舊式未幾乃盡却回使依近例易之景盧不可於是扃驛門絶供饋使不得食者一日又命館伴等來言景盧懼留不得已易表章授之供饋乃如禮景盧素有風疾頭常微掉

時人為之語曰一日之飢禁不得蘇武當時十九秋傳語天朝供奉使好掉頭時不掉頭太學生作南鄉子詞誚之曰洪邁被拘留稽首垂哀告彼酋一日忍飢猶不耐堪羞蘇武爭禁十九秋厥父既無謀厥子安能解國憂萬里歸來誇舌辯村牛好擺頭時便擺頭

郎瑛曰庠彦洸明德宣嘗賦吾杭除夕元旦蝶戀花二詞道盡中人以下之家俗誠足解頤錄以遺好事者除夕云鑼鼓兒童聲聒耳傍早關門挂起新簾子爆竹滿

街驚耗鬼松柴燒在烏盆裏寫就神荼并欝壘細馬送神多着同興紙分歲酒闌扶醉起闔門一夜齊歡喜元旦云接得竈神天未曉爆竹喧喧催要開門早新畫鍾馗先挂了大紅春帖銷金好爐燒蒼朮香繚繞黃紙神牌上寫天尊號燒得紙灰都不掃斜日半街人醉倒

杭妓朱觀奴頗通文義嘗欲構一室而募緣於人求題詞於瞿宗吉宗吉援筆戲書云傾國傾城美貌為雲為雨芳年金沙灘上舊因緣重到人間示現欲構雲窗霧

閣奈慳寶鈔金錢諸公有意與周旋請看桃花好面人
以宗吉故喜捐貲焉

有生第三子者王正之戲製喜遷鶯詞以賀之曰古今
三絶惟鄭國三良漢家三傑三俊才名三儒文學更有
三君清節争似一門三秀三子三孫奇特人總道賽蜀
郡三蘇河東三薛慶愜況正是三月風光盃好傾三百
子並三賢孫齊三少俱篤三餘事業文既三冬足用名
即三元高揭親見慶看寵加三命禮膺三接

山谷守當塗日郭功甫嘗寓焉一日過山谷論文山谷傳少游千秋歲詞歎其句意之善欲和之而海字難押功甫連舉數海字若孔北海之類山谷頗厭而未有以郤之者次日又過山谷問焉山谷答曰昨日偶得一海字韻功父問其所以山谷云羞殺人也爺娘海自是功甫不復論文於山谷矣盖山谷用語以郤之也

管仲姬趙子昂夫人也子昂嘗欲置妾以小詞調管夫人云我為學士你做夫人豈不聞陶學士有桃葉桃根

蘇學士有朝雲暮雲我便多娶幾个吳姬越女無過分
你年紀已過四旬只管占住玉堂春夫人答云你儂我
儂忒殺情多情多處熱似火把一塊泥捻一箇你塑一
個我將咱兩個一齊打破用水調和再捻一個你再塑
一個我我泥中有你你泥中有我我與你生同一個衾
死同一個槨子昂得詞大笑而止
陳藏一雪詞譏賈秋壑云没巴没鼻霎時間做出漫天
漫地不論髙低并大小平白都教一例鼓弄滕神招邀

巽二一恁張威勢識他不破至今道是祥瑞最是鵝鴨池邊三更半夜誤了吳元濟東郭先生都不管挨上門兒穩睡一夜東風三竿紅日萬事隨流水東皇笑道山河元是我底

因話録云紙錢起自唐時紙畫人未知起於何代今世禱祀禳禬者用之刻板印染有男女之形而無口北方之俗歲暮則人畫一板於臘月二十四日夜珮之於身除夕焚之時有謔詞云你自平生行短不公正欺物瞞

心交年夜時燒毀猶自昧神明若還替得你亦可知好
裏爭索無憑我雖然無口肚裏清醒除非閻家大伯一
時批判昏沉休癡呵臨時恐懼各自要安身
林鐵崖嗣環使君口吃有小史名絮鐵嘗共患難絶憐
愛之不使輕見一人一日宋觀察琬在坐呼之不至觀
察戲為西江月詞云閲盡古今俠女肝腸誰得如他兒
家郎罷太心多金屋何須重鎖羞説餘桃往事憐卿勇
過龐娥千呼萬喚出來麽君曰期期不可衆皆大笑

雲間周冰持稺廉吾友鷹垂才子也喜為詞曲常有詠門神春風嫋娜詞云羨恥圖鵝鶒嬾繪麒麟隨北富任南貧總相親解惜香封粉裹窺園忘禁竊藥隨人夜黑齊肩日高對面賞遍簷花不欠伸衫薄怕沾梅後雨命輕難看隔年春頗怪天公懞懂雌雄未配兩相看俱是孤身支薄俸有椒尊犬同值夜雞伴司晨儘一樣身材難兄難弟兩般性格宜喜宜嗔借問題門舊字至今可剩餘痕長老見之無不稱絕

朝霞李尚書容齋戲為優人新婚賀新郎詞云夫子門楣異却贏來嬌羞事業風流經濟一向喬粧身請妾此舉差強人意指山海香盟粉誓笑煞逢場花燭假喜今嘗花燭真滋味貪美酒恣尤殢箇儂休作男兒覷料無非鉛華侶伴裙釵班輩正自難分姑與嫂謾道燕如兄弟恐還是趙家姊妹兒女温存原自慣願卿卿卿憐婦如憐婿今何夕三生會長安中盛傳此詞

錢塘陸雲士大令家有萬年冰一塊長安諸公賦之者

甚衆尤悔庵云幾時海上凌波去碧雲宮裏偷氷柱擕向玉臺中光争琥珀紅長安多熱客把玩清心骨若問是何名多年一老兵昔劉原父在署隔舍聾武弁玩一水晶器不識何名原父遥謂之曰諸公勿訝此乃多年一老氷耳今讀悔庵此詞不覺絶倒

詞苑叢談卷十一

欽定四庫全書

詞苑叢談卷十二

翰林院檢討徐釚撰

外編

蘇小小者錢塘名娼也盖南齊時人其墓或云湖曲或云江干古詞云妾乗油壁車郎跨青驄馬何處結同心西陵松柏下今西陵在錢塘江之西則云江干者近是宋時司馬槱才仲初在洛下晝寢夢一美姝牽帷而歌

曰妾本錢塘江上住花落花開不管流年度燕子銜將春色去紗窗幾陣黃梅雨才仲愛其詞因詢曲名云是黃金縷後五年才仲以蘇子瞻薦作錢唐幕官為秦少章道其事少章為續其後詞云斜插犀梳雲半吐檀板輕敲唱徹黃金縷夢斷彩雲無覓處夜涼明月生南浦明夕復夢美姝迎笑曰夙願諧矣遂與同寢自是每夕必來才仲為寮寀談之咸曰公廨後有蘇小小墓得無妖乎不逾年才仲得疾所乘遊舫艤湖塘柁工見才仲

攜一麗人登舟即前喏之聲斷火起舟尾倉皇走報其衙則才仲已死矣

黄魯直登荆州亭柱間有詞調似清平樂令詞云簾捲曲闌獨倚山展暮天無際淚眼不曾晴家在吳頭楚尾數點雪花亂委撲鹿沙鷗驚起詩句欲成時沒入蒼煙叢裏魯直悽然曰似為余發也筆勢類女子又有淚眼不曾晴之語疑其鬼也是夕有女子見夢曰我家豫章吳城山附客舟至此墮水死登江亭有感而作不意公

能識之魯直驚悟曰此必是吳城小龍女也葢乾道六
年吳明可帥守豫章其子登科同年生朱某來見得攝
新建尉值府中葺吳城龍王廟命之董役忽憶荊州詞
以為語意憤抑悽斷殆非龍宮嫻雅出塵之度為賦玉
樓春一闋書於女祠壁云玉階瓊室冰壺帳恁地水晶
簾不上兒家住處隔紅塵雲氣悠揚風淡蕩有時閒把
蘭舟放霧鬢霜鬟乘翠浪夜深滿載月明歸畫破琉璃
千萬丈是夜夢旌幢羽葆儀衛甚盛傳言龍女來謁宴

飲寢昵如經一日夜言談瀟洒風儀穆然將別謂朱曰
君前身本南海廣利王幼子行遊江湖為吾家壻妾實
得奉箕箒今君雖以宿緣來生朱氏然吳城之念正爾
不忘以故得禄多在豫章之分須君官南海陽禄且盡
當復偕佳偶言訖愴然而別既覺亟書其事識之特未悟
南海語爾後浸淫病瘠家人疑其祟挽使罷歸明年丁
艱服闋調袁州分宜主簿須次家居縣之士子昔從為
學者相率來謁因話袁州風土偶及主簿廨前有南海

王廟朱恍然自失明日抱疾遂不起竟未嘗得至官[冷齋夜話]

紹興間都下有烏衣椎髻女子歌云朝元路朝元路同駕玉華君千乘載花紅一色人間遥指是祥雲回望海光新東風起東風起海上百花揺十八風鬟雲半動飛花和雨著輕綃歸路碧迢迢煙漠漠煙漠漠天淡一簾秋白洗玉舟斟白酒月華微映是空舟歌罷海西流凡九闋皆非人世語或記之以問一道士道士驚曰此赤

城韓夫人所製水府蔡真君法駕道引也烏衣女子疑
龍云
五代新説載鬼儷柳梢青詞云曉星明滅白露點秋風
落葉故址頽垣冷煙衰草前朝宮闕長安道上行客依
舊名深利切䧺變容顏消磨今古隴頭殘月意此鬼亦
太白長吉之亞耶
南唐盧絳病痁夢白衣美婦歌詞勸酒云玉京人去秋
蕭索畫簷鵲起梧桐落欹枕悄無言月和清夢圓背燈

惟暗泣甚處砧聲急眉黛小山攢芭蕉生暮寒因謂絳
曰子之病食蔗即愈如言果差數夕又夢曰妾乃王真
也他日富貴相見於固子坡後入宋被刑有白衣婦人
同斬究如所夢問其姓名曰耿玉真問受刑之地則固
子坡也南唐書
夷堅志云陳簡齋東靖康間嘗飲於京師酒樓有倡打
坐而歌者東不顧乃去倚欄獨立歌望江南詞音調清
越東不覺傾顧視其衣服皆故敝時以手揭衣爬搔肌

膚綽約如雪乃復名使前再歌之其詞曰闌干曲闌干曲紅颭繡簾旌花嫩不禁纖手捻被風吹去意還驚眉黛蹙山青鏗鐵板閒引步虛聲塵世無人歌此曲却騎黃鶴上瑶京風冷月華清東問何人製曰上清蔡真人詞也歌罷得數錢即下樓亟遣僕追之已失所在矣

冷齋夜話云劉跛子者青州人也拄一拐每歲必至洛中看花館范家園春盡即還京師陳瑩中甚愛之作長短句贈之曰槁木形骸浮雲身世一年兩到京華又還

乘興閒看洛陽花聞道鞓紅最好春歸後身委泥沙忘
言處花開花謝不似我生涯年華留不住飢食困寢觸
處為家這一輪明月本自無瑕隨分冬裘夏葛都不會
赤水黄沙誰知我春風一拐談笑有丹砂余政和春見
于興國寺以詩戲之曰相逢一拐大梁間妙語時時見
一班我欲從公蓬島去爛銀坑裏看青山予姻家許中
復之内乃趙參政之孫女云我十許歲時劉跛子來覔
酒飲笑語而去計其壽百四五十歲許嘗館於京師新

門張婆店三十年日坐相國寺東書邸中人無識之者
宋慶之寓永嘉適逢七夕學徒醵飲有僧法辨者在焉
辨善五星每以八煞為說時人號為辨八煞酒邊一士
致仙叩試事忽箕動大書文章伯降宋怪之漫云姑置
此但求七夕新詞箕復請韻宋指辨云以八煞為韻意
欲困之也忽運箕如飛大書鵲橋仙一闋云鸞輿初駕
牛車齊發隱隱鵲橋咿軋尤雲殢雨正歡濃但只怕來
朝初八霞垂彩幔月明銀燭馥郁香噴金鴨年年此際

一相逢未審是甚時結煞

後周末汴京民石氏開茶肆有丐者索飲其幼女敬而予之如是月餘父怒笞女女供奉益謹乞謂女曰汝能啜我殘茶否女頗嫌之少覆于地即聞異香亟飲之便覺神體清健乞者曰我呂仙也汝雖無緣盡飲我茶亦可隨汝所願女只求長壽不乏財物呂仙遺詞曰子午當餐日月精元關門户啓還扃長似此過平生且把陰陽仔細烹遂不復見宣和中又遺吳興倡女張珍奴詞

曰坎離坤兌分子午須認取自家宗祖地雷震動兩山頭漸洗濯黃芽出土捉得金精牢閉固煉庚申要生龍虎待他問汝甚人傳但只道先生姓吕步蟾宫詞也

壬辰北渡順天毛楊二生祈仙蘇晉降乩有百僞無一真中有羲皇醇二句以語元遺山遺山云此予少時所作晉豈予前身耶二生更述其酒裏神仙我之句公因作詞云繡佛長齋半生枉伴蒲團過酒壚橫卧一蹴虛空破頗笑張顛自謂無人和還知麽醉鄉天大少箇神

仙我

劉改之得一妾愛甚淳熙甲午預秋薦赴省試在道賦

天仙子每夜飲旅舍輙使小童歌之到建昌遊麻姑山

屢歌至於墮淚二更後有美人執拍板來願唱一曲勸

酒即賡前韻云别酒未斟心已醉忍聽陽關辭故里揚

鞭勒馬到皇都三題盡當際會穩跳龍門三汲水天意

令吾先送喜不審君侯知得未蔡邕博識爨桐聲君抱

負却如是酒滿金盃來勸你劉喜與之偕東果擢第調

荊門教授遇臨江道士熊若水謂之曰竊疑隨車娘子非人也劉具以告曰是矣今夕與並枕時吾於門外作法教授緊緊抱之勿令竄逸劉如所戒乃擁一琴耳頓悟昔日蔡邕之語攜至麻姑訪之知是趙知軍所瘞壞琴也焚之

大觀中有紫竹者工詞善諧謔一日手李後主集父問何處最佳答曰問君能有幾多愁却似一江春水向東流耳有秀才方喬與紫竹野遇晝夜思之見賣美人圖

者輒取視兾有似者有句云若使畫工圖軟障何妨終日喚真真一日遇一道士持古鏡謂曰子之用心誠通神明吾有純陽古鏡令以奉贈一觸至陰之氣留影不散試使一人照此女即得其貌矣當急請畫工圖之勿令散去又戒喬不可照日恐飛入日宮喬如言達意紫竹忻受長夏紫竹遺書云欲結赤繩應須素節泣珠成淚久比鮫人流火為期聊同織女春風鴛帳裏不妨雁語驚寒暮雨雀屏中一任雞聲唱曉喬答以玉樓春詞

云綠陰撲地鶯聲近柳絮如綿煙草襯雙鬟玉面碧窓人一紙銀鉤春鳥信佳期卜遠清秋夜梧樹梢頭明月掛天公若解此情深此歲何須三月夏紫竹又賦生查子詞云思郎無見期獨坐離情慘門户約花開花落輕風颭生怕是黄昏庭竹和煙黯斂翠恨無涯强把蘭釭點自此私諧繾綣其父稍聞名喬以女妻之紫竺約方喬于望雲門暫會墻陰下間履蒼苔鞋底盡濕而方不至作踏莎行一闋云醉柳迷鶯懶風熨草約郎暫會閒門道粉墻陰下待郎來蘚痕印得鞋痕小花日移陰簾香失裊望郎不到心如擣避人愁入倚屏山斷竟還向墻陰繞移

時喬至責其失約笠賦菩薩蠻云約郎共會西廂下嬌羞竟負從前話不道一睽違佳期難更期郎君知我愧故把書相詆寄語不須慌見時須打郎喬荅云秋風只擬同衾枕春歸依舊成孤寢爽約不思量翻言要打郎鴛鴦如共耍玉手何辭打若再負佳期還應我打伊

平江雍熙寺月夜有婦人歌曰滿目江山憶舊遊汀花汀草弄春柔長亭艤住木蘭舟好夢易隨流水去芳心猶逐曉雲愁行人莫上望京樓客有傳之姑蘇者慕容嵒卿驚曰此余亡妻詞也詢所由來正其妻旅櫬處竹坡清話

姚氏月華隨父寓揚子江與鄰舟書生楊達相遇見達昭君怨詩愛其匣中縱有菱花鏡羞向單于照舊顏之句私命侍兒乞其稿遂相往來一日楊偶爽約不至姚作阿那曲云銀燭清尊久延佇出門入門天欲曙月落星稀竟不來煙柳朣朧鵲飛去詞統云阿那曲一名雞叫子

張世英館于蕭公讓家公讓妹蕭淑蘭挑之張拒不納蕭賦菩薩蠻詞曰天教劉阮迷蓬島桃花片片依芳草芳草惹春愁王孫知不知紅顔輕似葉薄倖堅如鐵妾

意為君多君心棄妾那張辭歸蕭又賦云有情潮落西
陵浦無情人向西陵去去也不教知怕人留戀伊憶了
千千萬恨了千千萬畢竟憶時多恨時無奈何後公讓
知之以妹許張備禮而婚
舒信道中丞宅在明州子弟羣處有一夕於燈下忽見
女子自稱丘氏舉手代拍歌燭影揺紅云綠淨湖光淺
寒先到芙蓉島謝池幽夢屬才郎幾度生春草塵世多
情易老更那堪秋風嫋嫋曉來羞對香芷汀洲枯荷池

洺恨鎖橫波遠山淺黛無人掃湘江人去歎無依此意
從誰表喜趂良宵月姣况難逢人間兩好莫辭沉醉醉
入屏山只愁天曉遂相從月餘家人驗其妖怪請法師
治之乃池中大白鱉也
賈雲華之母與魏鵬母有指腹之約鵬謁賈賈命女結
爲兄妹不及前盟兩人遂相與私未幾鵬以母喪歸雲
華賦踏莎行與决別云隨水落花離絃飛箭今生無處
能相見長江縱使向西流也應不盡千年怨盟誓無憑

情緣有限願魂化作銜泥燕一年一度一歸來孤雌獨入郎庭院遂欝欝死二年後有長安丞宋子壁女暴卒復甦自言雲華借屍還魂丞以告賈遂歸鵰焉

明州女子柳含春禱於闗王祠一僧雛窺其姿而悅之戲以姓作咒語誦之於神曰江南柳嫩綠未成陰攀折尚憐枝葉小黃鸝飛上力難禁留取待春深女聞之怒歸告其父父訟於方國珍國珍捕僧至問其姓名對曰姓竺名月華國珍命以竹籠盛之將沉之江曰我亦取

汝姓作偈送汝因吟曰江南竹巧匠結成籠好與吾師藏法體碧波深處伴蛟龍方知色是空僧哀訴曰死我分也乞容一言國珍許之僧復吟云江南月如鏡亦如鉤明鏡不臨紅粉面曲鉤不上畫簾頭空自照東流國珍大笑釋之且令蓄髮賜柳氏為婦按江南柳或以為即歐陽公雙調望江南前半闋未知孰是

詩餘載獨夜曲云玉漏聲長燈耿耿東牆西牆時見影月明窗外子規啼忍使孤魂愁夜永進士楊蘊中下獄

成都夢一婦人自稱薛濤贈楊此詞

延祐初永嘉滕穆僑居臨安月夜遊聚景園遇一美人自言衛芳華故宋理宗朝宫人即命侍女翹翹設茵席酒果歌木蘭花慢一闋云記前朝舊事曾此地會神仙向月地雲階重攜翠袖來拾花鈿繁華總隨流水歎一場春夢杳難圓廢港芙蓉滴露斷堤楊柳垂煙兩峯南北只依然輦路草芊芊恨别館離宫煙銷鳳蓋波没龍船平生玉屏金屋對漆燈無焰夜如年落日牛羊壠上

西風燕雀林邉又詩云湖上園亭好重來憶舊遊徵歌
調玉樹閲舞按梁州徑狹花迎輦池深柳拂舟昔人皆
已沒誰與話風流自是白晝亦見生遂攜歸寓所下第
後美人留翾翾使守舊宅而身隨生歸里凡三載生復
赴浙試美人請與生往訪翾翾至則翾翾迎拜於路左
矣美人忽淚下云緣盡當奉辭是夜鐘鳴急起與生分
袂贈玉指環一枚而別
宣和中蜀人王通判女嬌娘與中表申純字厚卿者私

通酬和甚多有寄申生滿庭芳詞云簾影揺花簟紋浮
水緑陰亭院清幽夜長人静羸得許多愁空憶當時月
色小窻外情話綢繆臨風淚拋成暮雨猶向楚山頭般
勤紅一葉傳來密意佳好新求奈百端間阻恩愛休休
應是紅顔薄命難消受俊雅風流須相念重尋舊約休
忘杜家秋父納帥子之聘嬌娘竟以憂卒申生痛念之
亦死
羅愛愛嘉興名娼也色藝俱絶甞與諸名士讌于鴛湖

凌虛閣愛愛賦絶句云曲曲欄干正正屏六銖衣薄懶
來凭夜深風露凉如許身在瑶臺第一層自此才名日
盛同郡有趙氏子者與之狎遂托終身焉未幾趙有父
執官太宰以書自上都招之許授江南一官趙躊躇未
决愛愛勸之行因置酒中堂捧觴為趙母壽自製齊天
樂一闋歌以侑之詞曰恩情不把功名誤離筵又歌金
縷白髮慈親紅顏幼婦君去有誰為主流年幾許况悶
悶愁愁風風雨雨鳳折鸞分未知何日更相聚蒙君再

三分付向堂前奉侍休辭辛苦官誥蟠花宮袍製錦待要封妻拜母君須聽取怕落日西山易生愁阻早促歸程綵衣相對舞歌罷淒然趙子遂去及至都而太宰殂矣無所依托遷延旅邸趙母以憶子故感病没愛愛親為營葬甫三月張士誠陷平江參政楊完者率兵拒之因大掠見愛愛姿色欲納之愛愛以羅巾自縊死不久張氏通欵趙子間關北歸則城郭人民皆非故矣遂獨宿于堂中忽見愛愛淡糚素服出燈下與趙禮畢泣而

歌沁園春一闋云一别三年一日三秋君何不歸記尊嫜抱病親供藥餌高堂埋葬親曳麻衣夜卜燈花晨占鵲喜雨打梨花晝掩扉誰知道恩情永隔書信全稀干戈滿目交揮奈薄命時乖履禍機向銷金帳裏猿驚鶴怨香羅巾下玉碎花飛要學三貞須拚一死免被傍人話是非君相念算除非畫裏重見崔徽每歌一句悲啼掩抑趙子遂與入室款若平生雞鳴泣别黯然而逝但覺寒燈半滅而已

至順中有王生者居金陵甞趁租船往松江泊舟渭塘入肆沽酒一女於簾幙間窺之姿態獨絶彼此注視怏怏登舟是夕忽夢至肆中見壁上花箋效東坡體題四時詞其一云春風吹花落紅雪楊柳陰濃啼百舌東家蝴蝶西家飛前歲櫻桃今歲結鞦韆蹴罷鬢鬖髿粉汗凝香沁緑紗侍女亦知心内事銀瓶汲水煮新茶其二云芭蕉葉展青鸞尾萱草花含金鳳嘴一雙乳燕出雕梁數點新荷浮緑水困人天氣日長時針線慵拈午漏

遲起向石榴陰畔立戲將梅子打鶯兒其三云鐵馬聲喧風力緊雲窓夢破鴛鴦冷玉爐煙麝有餘香羅扇撲螢無定影洞簫一曲是誰家河漢西流月半斜要染纖纖紅指甲金盆夜搗鳳仙花其四云山茶未開梅半吐風動簾旌雪花舞金盤冒冷塑狻猊繡幙圍春護鸚鵡倩人呵筆畫雙眉脂水凝寒上臉遲粧罷扶頭重照鏡鳳釵斜亞瑞香枝後女終歸於生然是詞未知何人作也

至正辛卯真州有崔生名英者家極富少工書畫補浙江永嘉尉攜妻王氏赴任道經姑蘇舟人艷其貲夜沉英水中并婢僕殺之留王氏欲以為子婦王佯應之乘間逸去奔入尼庵中遂落髮於佛前歲餘忽有人施畫芙蓉一幅王過見之識為英筆因詢庵主所自乃言顧阿秀兄弟以操舟為業人頗道其刼掠江湖間王遂援筆題於上云少日風流張敞筆寫生不數黃筌芙蓉畫出最鮮妍豈知嬌艷色翻抱死生寃粉繪淒涼餘幻質

只今流落誰憐素屏寂寞伴枯禪今生緣已斷願結再生緣其詞盖臨江仙也尼皆不曉所謂後其畫為好事者買獻御史高公而英亦因幼習水善泅得不死因賣草書高遂延為館客一見畫泫然流涕高怪問之遂言被盜之由且誦其詞曰此英妻所作也高因廉得其實捕盜置法而跡英妻復合焉

戴石屏薄遊江西有富家翁愛其才以女妻之居二三年忽欲作歸計妻問其故告以曾娶妻白之父父怒妻

宛曲解釋盡以奩具贈行仍餞以辭曰惜多才憐薄命無計可留汝揉碎花箋忍寫斷腸句道傍楊柳依依千絲萬縷抵不住一分愁緒捉月盟言不是夢中語後回君若重來不相忘處把杯酒澆奴墳土石屏既别遂赴水死 輟耕錄

洪武初吳江沈韶遊於九江嘗月夜偕友訪琵琶亭聞有歌聲次日獨往躊躇良久見一麗人宮糚艷飾二小姬前導來就韶曰妾偽漢陳主婕妤鄭婉娥也年二十

而死殯於亭側侍女二人名鈿蟬金雁亦當時殉葬者
遂共飲于亭上歌念奴嬌詞曰離離禾黍歎江山似舊
英雄塵土石馬銅駝荊棘裏閱徧幾番寒暑劒戟灰飛
旌旗鳥散底處尋樓艣暗嗚叱咤只今猶說西楚憔悴
玉帳虞兮燈前掩面雙淚飛紅雨鳳輦羊車行不返九
曲愁腸慢若梅瓣凝粧楊花飛雪回首成終古翠螺青
黛絳仙慵畫眉嫵歌竟謂韶曰此即昨夜所謳也因口
占一詩云鳳艦龍舟事已空銀屏金屋夢魂中黃蘆晚

日烘殘壘碧草寒烟鎖故宫隧道魚燈油欲盡粧臺鸞鏡匣長封憑君莫話興亡事淚濕胭脂損舊容所言多當時宫掖間事

張紅橋閩縣良家女常曰欲得才如李青蓮者事之福清林鴻投詩稱意遂侍巾櫛鴻有金陵之遊作詞留别云鍾情太甚人笑吾到老也無休歇月露烟雲都是恨况與玉人離别軟語丁寧柔情婉戀鎔盡肝腸鐵岐亭把酒水流花謝時節應念翠袖籠香玉壺温酒夜夜銀

屏月蓄喜舍嗔多少態海岳誓盟都設此去何之碧雲春樹晚翠千千疊圖作羈思歸來細與伊說紅橋次韻答念奴嬌云鳳凰山下恨聲聲玉漏今宵易歇三疊陽關歌未竟啞啞棲烏催別舍怨吞聲兩行清淚漬透千重鐵系情一縷不知多少根節還憶浴罷描眉夢回攜手踏碎花間月謾道胸前懷荳蔻今日總成虛設桃葉津頭莫愁湖畔遠樹雲烟疊寒燈旅邸熒熒與誰閑說後紅橋竟以念鴻而死遺稿中有蝶戀花半闋云記得紅橋西畔路郎馬來

時繫在垂楊樹漠漠梨雲和夢度錦屏翠幕留春住

嘉靖初清河丘生泊舟江陵有一女子自稱兩淮運使何公之妾翠微引生至一亭就枕臨别賦憶秦娥云楊枝裊恩情無恨天將曉天將曉漏窮難喚教人煩惱郵亭一夜風流少匆匆後會應難保應難保最傷情處殘雲風掃又詩云不斷塵緣露本真翠薇花下遶香魂如今了却風流債一任東風啼鳥聲次日訪之乃其墓也

元之夢遊僊詞序云夏夜倦寢神遊異境榜曰元妙洞

天見少女獨立朗然歌謁金門詞云眞堪惜錦帳夜長虛擲挑盡銀燈情脉脉繡花無氣力女伴聲停刀尺蟋蟀爭啼四壁自起捲簾窺夜色天青星欲滴歌竟命侍兒傳語曰與君有緣今時未至請辭遂翻然而醒元之不知何許人詞載卓珂月詞統

福清諸生韓夢雲嘉靖甲子過石湖山見遺骼掩之其夜夢一麗人自稱王秋英字澹容楚人也元至正間從父之任遇寇石湖山投崖而死今感掩骼之恩願諧伉

儷自是數日一至詩詞甚多明年寒食夢雲攜雞黍奠其墓秋英出見韓作瀟湘逢故人慢一闋云春光将暮見嫩柳拖煙嬌花帶霧頃刻間風雨把堂上深恩閨中遺事鑽火留餳都付却落花飛絮又何心挈罍提壺鬭草踏青盈路子規啼蝴蝶舞遍南北山頭紙灰緑醑奠一丘黃土歎海角飄零湘陰淒楚無主泉扃也能得有情雞黍畫角聲吹落梅花又帶離愁歸去遂與夢雲同歸座一子萬歷癸巳年自言緣已盡揮涕而別

蘇小娟錢唐名娼也其姊盼奴與太學生趙不敏狎不敏赴官三載後有祿俸餘資囑其弟趙院判遺盼奴且言盼奴妹小娟俊雅可謀致之佳耦也院判如言至錢唐則盼奴一月前死矣小娟亦為盼奴所歡以於潛官絹誣扳繫獄院判言於府倅倅名出之付以所遺物小娟自謂不識院判何人及拆書惟一詩云當時名妓鎮東吳不好黃金只好書借問錢唐蘇小小風流還似大蘇無小娟得詩默然倅索和之援筆書云君住襄江妾

住吳無情人寄有情書當年若也來相訪還有於潛絹也無倅喜免其償絹脫籍歸院判馮元遺山題小娟圖詞云綠陰庭院宜清晝簾捲香風逗美人圖子阿誰留都是宣和名筆內家收鶯鶯燕燕分飛後粉淡梨花瘦只除蘇小不風流斜插一枝萱草鳳釵頭

林下詞選載浣溪沙一闋云溪霧溪煙溪景新溶溶春水浸春雲碧琉璃底靜無塵風颭游絲垂蝶翅雨飄飛絮濕鶯唇桃花片片送殘春或以為宋時女鬼珍娘作

也不知珍娘為何許人
花史侍兒名楚江甲申三月降生趙地有和花史鷓鴣天半闋云情猶戀意如膠依依不舍舊藍橋東君可許歸曩伴暫向塵封學楚腰尤悔庵稱之
閩人林景清過金陵與院妓楊玉香狎許終身焉臨別賦鷓鴣天一闋云八字嬌蛾恨不開陽臺今作望夫臺月方好處人相別潮未平時僕已催聽囑付莫疑猜蓬壺有路去還來毵毵一樹垂絲柳休傍他人門戶栽遂

與訣别後五六年景清再訪之則玉香已死留宿軒中吟詩云往事凄凉似夢中香奩人去玉臺空傷心最是秦淮月還對深閨燭影紅徘徊不寐忽見玉香從帳中出唏嘘吟曰天上人間路不通花鈿無主畫樓空從前爲雨爲雲處總在襄王曉夢中景清失聲呼之隐隐而没

宣和間有題於陜府驛壁者云幼卿少與表兄同硯席雅有文字之好未笄兄欲締姻父母以兄未禄仕難其

請遂適武弁明年兄登甲科職教洮房而良人統兵陜右相與避逅於此兄鞭馬畧不相顧豈前恨未平耶因作浪淘沙以寄情云目送楚雲空前事無蹤漫留遺恨鎖眉峰自是荷花開較晩孤負東風客館歎飄蓬聚散匆匆揚鞭那忍驟花驄望斷斜陽人不見滿袖啼紅

吳興周權選伯乾道五年知衢州西安縣掐郡士沈延年為館生沈能邀紫姑神談未來事多驗尤善屬文清新敏捷出人意表通判方滋宴客就郡借伎周適邀仙

因求賦一詞往侑席指瓶內一捻紅牡丹令詠之名瑞鶴僊用捻字為韻意欲以險困之不思而就云覩嬌紅細捻似西子當日留心千葉西都競栽接賞園林臺榭何妨日涉輕羅慢褶費多少陽和調燮向晚來露浥芳苞一點醉紅朝頰雙壓姚黃國艷魏紫天香倚風羞怯雲鬟試插便引動狂蜂蝶況東君開宴賞心樂事莫惜獻酬頻疊看相將紅藥翻階尚餘侍妾既成畧不加點

又湖學甲子歲科舉後士人有請仙問得失者賦詞云

淒涼天氣淒涼院守孤鴻呌斜月寒燈伴殘漏落盡梧桐秋影瘦鑑古畫難就重陽又近也對黃花依舊此人竟失舉

田世輔為金州都統制荆南人劉之翰者待峽州遠安主簿闕作水調歌頭獻之田覽之大喜致書約來金城欲厚加資給之翰遽亡明年田出閲武見之翰立道左泣曰人鬼殊途公能恤我家亦足表践言之義忽不見田大驚異亟送千緡與其孤詞曰凉露洗金井 一葉下

梧桐謫仙浪游何事華髮作詩翁烏帽蕭蕭一幅坐對清泉白石矯首撫長松獨鶴歸來晚聲在碧霄中神仙宅留玉節駐金狨黔南一道萬里貔虎控雕弓笑折碧荷倒影自唱採蓮新曲詞句滿秋風劍佩八千歲長入大明宮 花草粹編

謝五娘萬歷中潮州女子有讀月居集一卷多懷人寄友之作其風懷放誕固可知也賦柳枝詞一闋云近水千條拂畫橈六橋風雨正瀟瀟枝枝葉葉皆離思添得

鶯啼更寂寥嘗被逮繫不知所坐何事或以為父受二
聘遂致雀角云
王瓊奴徐苕郎妻也苕郎未娶時以紅箋一幅遺之瓊
奴題詩答云茜色霞箋照面頳玉郎何事太多情風流
不是無佳句兩字相思寫不成後苕郎戍邊有吳指揮
者以計殺之欲納瓊奴瓊賦滿庭芳詞自誓云綵鳳羣
分文鴛侶散紅雲路隔天台舊時院落畫棟滿塵埃謾
有玉京離燕東風裏似訴悲哀主人去捲簾恩重空屋

亦歸來涇陽憔悴女不逢柳毅書信難裁歎金釵脫股
寶鏡離臺萬里遼陽郎去知何日却得重回丁香樹舍
花到死肯共野蒿開後鳴於御史得白其冤遂自殺
詩話類編云吳氏女愛吟咏鄰有鄭僖雅擅才華女常
令嫗索詞於生生賦木蘭花詞與之因從其母求婚不
允女密寄詞與生云看紅箋寫恨人醉倚夕陽樓故里
梅花纔傳春信又付東流此生料應緣淺綺窻下雨怨
雲愁樓外杏枝綻也珠簾懶上銀鈎絲蘿喬樹欲依投

此景兩悠悠恐鶯老花殘翠嫣紅減辜負春遊蜂媒問人情思總無言應只低頭夢斷東風路遠柔情猶為遲留女竟以憂恨而卒作詩別生云淚珠滴滴濕香羅病裏芳肌瘦損多怪得夜來春夢淺不知今日定如何生聞之為悼亡吟有死生真夢幻來往只詩篇之句

王十八娘天寶間宮人與太真寵相亞馬嵬埋玉十八娘亦歸晉安故里明萬歷間與閩人東海生冥會歌菩薩蠻詞云妾身本是瑯琊種當年曾得君王寵傾國鬭

紅桩人稱十八娘絳綃籠玉質纖手金盤擘驛路起塵
埃驪山一騎來見幔亭集按東坡詠荔枝詞有骨細肌
香恰是當年十八娘之句或以為十八娘即荔枝也
乩仙王氏秋波媚詞云流水東廻憶故秋跡雨滴更愁
雁來楚峽風淒江渚瘦損輕柔誰憐絶世嬌姿在斜倚
小妝樓慵窺寶鏡淚懸情眼恨鎖眉頭自言宋時人年
二十卒又有詩云兒家夫壻太輕狂錦瑟春風淚萬行
孤枕伴人憐夜雨翠娥戚損五更長見沇究君伊人思

瑶宮花史何氏小名月兒山陽人早夭爲王母散花女歲癸未降乩賦鷓鴣天詞云整束簪環下碧霄教人腸斷念奴嬌曲房空剩殘香粉獨對瀟湘憶翠翹斟別話酌清醪盈盈徐送小紅橋從今不伴烟霞客愛向風前鬬柳腰載悔庵沙語

吳江士女沈靜筠字玉霞山人吕元洲室没後降乩作鷓鴣天詞云一片春光徧九霄這回風月也全消重來繡閣吟殘句不數緱山弄玉簫身外事等閒拋萬層雲

路碧迢迢香南雪北何由見直比人間午夢遥載林下

詞選

詞苑叢談卷十二

總校官舉人臣章維桓
校對官中書臣董聯殼
謄録監生臣蔣知廉

圖書在版編目（CIP）數據

詞苑叢談 / (清) 徐釚撰. —北京：中國書店，2018.2
ISBN 978-7-5149-1920-2

Ⅰ. ①詞… Ⅱ. ①徐… Ⅲ. ①詞（文學）– 文學評論 – 中國 Ⅳ. ①I207.23

中國版本圖書館CIP數據核字(2017)第320411號

四庫全書·詞曲類

詞苑叢談

作者 清·徐釚撰
出版發行 中国书店
地址 北京市西城區琉璃廠東街一一五號
郵編 一〇〇〇五〇
印刷 山東汶上新華印刷有限公司
開本 730毫米×1130毫米 1/16
印張 46
版次 二〇一八年二月第一版第一次印刷
書號 ISBN 978-7-5149-1920-2
定價 一六〇 元（全二册）